사이의 사무침 03

하얀 이야기
우리말은 병신 말입니까

사이의
사무침 03

하얀 이야기

구연상

채륜
CHAE RYUN

여는 말

우리말은 병신(病身) 말입니까? 이 물음에 가슴이 털썩 내려앉는 사람이 한둘은 있겠지만, 대개는 시큰둥이 콧방귀나 뀌면서 무관심하게 흘려듣고 말 것입니다. 아마 어떤 이들은 세계인이 다 부러워하는 한글을 두고 병신이니 어쩌니 하는 것 자체가 귀에 거슬린다고 짜증을 낼지도 모를 일입니다. 몇몇은 내게 당신은 우리말로 학문하기 운동을 해 오지 않았냐고 되물으면서 그런데 갑자기 왜 뚱딴지같은 말을 하냐며 핀잔을 주려 할 테고, 고귀하신 분들께서는 "아니, 우리말이 병신 말이면 그럼 우리가 병신이라는 말이오?" 하고 날 꾸짖고 쥐어박으려 할 것입니다.

어제까지 우리나라에서 우리말로 강의하고 논문을 잘 써온 교수들이 오늘 갑자기 영어 능력을 갖추지 못했다는 이유로 무더기로 교수 자격이 없는 무책임한 교수로 내쫓기고 있습니다. 존경을 받아 마땅한 교수들이 벙어리 냉가슴 앓듯 대학 사회에서 하루아침에 병신이 된 까닭은 그들이 병신 말인 우리말만 썼기 때문입니다. 또 영어로 입사 시험을 치르고 영어로 발표를 하고 영어 면접을 보는 취업 전쟁에서 패배한 젊은이들도 그 가슴마다 영어 병신의 낙인이 찍혀 있지 않겠습니까? 그들을 병신으로 만든 자들은 대관절(大關節)

누구인가요? 영어에는 벙어리인 교수들인가요, 아니면 영어 시험을 치르는 기업인가요, 아니면 병신 말이 된 우리말 때문인가요?

우리가 평생 가장 오랜 시간 그리고 가장 많은 돈을 들여 배우는 게 바로 영어라는 사실, 또 많은 기업들이 영어 능력을 가장 중요한 인재 요건으로 내세운다는 것 그리고 한글날이 외국인을 위해 한국어 글짓기 대회를 열어 주는 날쯤으로 빛바래지고 있고, 영어 교육을 위해서는 몇 십억에서 몇 백억씩 쏟아 붓는 지자체(地自體)가 모국어(母國語)인 우리말을 위해서는 빵 원을 쓴다는 사실 등은 우리 사회가 우리말을 병신 말로 취급하기 시작했다는 증거가 아닐까요?

복거일은 자신의 책 『국제어 시대의 민족어』에서 우리 모두 영어(英語)를 우리의 것으로 받아들여 더욱 다듬고 발전시키자는 선언(宣言)을 하자고 외친 바 있습니다. 그는 조선(朝鮮)의 선비 서거정(徐居正, 1420~1488)이 당시의 국제어(國際語)인 한문(漢文)을 '제 나라 글'로 여긴 것을 추켜세웠습니다.[1] 복거일은 우리가 필리핀이나 인도 그리고 싱가포르 등을 본받아 영어를 공용어(公用語, official language)로 삼을 때만 우리 사회도 발전(發展)할 수 있다고 주장합니다. 우리의 대통령과 교육부 장관 그리고 대학 총장들과 교장들, 즉 한국의 많은 지도층 인사들 또한 앞다투어 영어 몰입 교육을 전면적으로 시행하지 못해 안달이 나 있는 듯 보입니다. 그들에게 우리말은 이미 언어 전쟁에

---

[1] 복거일, 『국제어 시대의 민족어』, 문학과지성사, 1998, 183쪽 살핌. "[한자로 지어진 이] 우리 동방의 글은 한·당의 글도 아니고 송·원의 글도 아니며 바로 우리나라의 글(是則我東方之文非漢,唐之文亦非宋,元之文. 而乃我國之文也.)[이다.]" 이 따옴글에서 "[]" 속의 말은 지은이가 덧붙인 것임.

서 패배했거나 진화를 멈춰 버린 '박물관 언어'에 불과합니다.

그들의 한결같은 논리(論理)는 영어를 잘 해야 개인도 기업도 나라도 사회도 발전할 수 있다는 것입니다. 이 말을 뒤집어 말하자면, 저 논리는 우리말은 병신 말이므로 그것으로는 아무것도 발전시킬 수 없다는 뜻입니다. 안타깝게도 우리말은 이제 대학의 교육 영역에서 쫓겨나야 합니다! 교육(敎育)은 우리의 미래인 만큼 우리의 후손들은 모든 것을 '국제어'를 넘어 '세계어'가 된 영어로 배워야 합니다! 영어는 가장 발전되고 그 효용 가치가 가장 높은 언어로서 성공의 보증수표입니다. 모든 가치 있는 정보를 마음대로 얻을 수 있는 영어의 세계가 활짝 열린 마당에 뜻도 애매하고 옛날 세계관에 붙들린 낡아 빠진 우리말에 매달린다는 것은 마치 최신 스마트 폰을 곁에 두고도 고리탑탑하게 편지쓰기만을 고집하는 병신 짓과 같습니다!

맞습니다! 당신들의 말이 모두 맞습니다! 우리말은 분명 병신 말이 맞습니다. 그런데 그것은 우리말 자체가 못났기 때문이 아니라 한국 사회가 모든 영역에서 우리말이 뒤따라 잡을 수 없을 만큼 빠르게 달음질쳐 왔기 때문입니다. 지난 100년 동안 우리 사회에는 외국어 낱말들이 새봄에 새싹 돋듯 쉼 없이 그리고 때론 한여름 소낙비가 퍼부어지듯 폭발적으로 들어와 우리네 삶 곳곳에 심겨지기 시작했지만, 우리는 그 낯선 낱말들을 우리말 체계 속으로 가지런히 바루어 들이지 못했습니다. 우리는 우리말 속에 간직된 세계를 보다 넓고 깊고 높게 풀어 밝히지도 못했고, 새로 만난 서양 세계를 우리말로 마름질할 새로운 말 틀(조어법)을 마련하지도 못했습니다. 많은 분들이 이러한 일에 온몸을 바쳐 왔지만 우리말이 병신 말이 되는 것을 막지는 못했습니다.

　우리말이 병신 말이 되었다는 사실은 스스로 부끄럽고 죄(罪)스러운 일입니다! 우리는 우리말이 병신 말이 되는 줄도 모르고 오직 발전과 성공만을 향해 달려왔던 것입니다. 하나를 얻은 대신 다른 하나를 잃은 셈이지요. 어떤 어미가 먹고사는 데 바빠 제 자식이 병신이 되는 줄 몰랐다가 나중에 그 사실을 깨달았다면, 그 어미는 그 아이를 어떻게 하겠습니까? 그 어미가 제 아이에게 실망하여 그 아이를 버린 뒤 다른 멀쩡한 아이를 입양(入養)하려 하겠습니까, 아니면 그 아이의 병신 됨에 가슴 아파하며 뒤늦게나마 제 아이를 제 몸처럼 소중히 돌보려 하겠습니까? 우리말이 병신 말이 된 것을 인정하는 올바른 태도(態度)는 어미가 아픈 아이를 제 몸처럼 보살펴 고치려 하듯이 병든 우리말을 드레지고 떳떳하게 고쳐 가려는 몸맘가짐일 것입니다.

　우리말은 좀 낡은 듯하여 슬로건을 짓거나 광고(廣告)를 만들거나 현대적 감각을 표현하는 데 잘 들어맞지 않는 듯도 보입니다. 그럴 때는 좋은 외래어를 찾아 쓰면 됩니다. 또 우리말은 한자투성이에다 일본어와 영어마저 마구 뒤섞여 그 뜻들이 갈피를 잡을 수 없어 새로운 지식(知識)을 전달하거나 독창적 학문 이론을 짜나가는 데 불편하기도 합니다. 그럴 때는 우리말의 새로운 쓰임새를 찾아내야 합니다. 그리고 우리말은 왠지 촌스럽고 세련되지 못하며 시대에 뒤지고 비논리적이기까지 해 보입니다. 우리말은 어딘가 모자라 보입니다. 그 까닭은 우리말이 온전한 말 노릇을 하지 못하기 때문입니다. 달리 말해 우리말에 어딘가 병이 들었기 때문입니다. 그럴 때 우리는 아픈 우리말을 버리는 대신 잘 고쳐 주어야 합니다.

우리가 우리말을 제대로 살펴보기만 한다면 우리는 가슴 한 편이 저려 옴을 느낄 수밖에 없습니다. 우리말은 글자 없이 반만 년, 제 몸에 딱 맞는 글자를 얻고도 한자에 눌려 지낸 지 오백 년, 새 빛이 비추어 힘찬 날개 짓으로 하늘을 날아오른 지 오십 년 만에 다시 영어에 내몰려 병든 몸이 되었으니 그 한(恨)이 얼마나 깊겠습니까? 우리말 가운데 "하늘"과 "땅" 그리고 "사람"이라는 낱말들은 얼마나 오랫동안 한국 사람들의 입속에 오르내렸을까요? 오늘날 우리 가운데 "나"라는 낱말 속에 서린 삶의 세계를 알아들을 수 있는 사람이 몇이나 될까요? 우리가 우리말이 말하는 진정한 뜻들을 뚜렷이 듣지 못하게 된 까닭은 말과 사람, 모두가 병들었기 때문입니다. 우리말 되살리기는 다름 아닌 우리 자신의 병든 세계를 다시 건강하게 일으켜 세우는 일과 같을 것입니다.

이 책은 누구를 탓하고 누구를 벌하려 쓰인 게 아니라 우리말이 겪고 있는 아픔과 괴로움을 터놓고 이야기하기 위한 것입니다. 이 아괴로움(아픔+괴로움)은 곧 우리 모두가 이미 오래 두루 스스로 겪어 온 것입니다. 이것은 마치 상대평가 제도가 어딘가 문제점이 많음에도 더 나은 제도를 찾지 못해 또는 자신이 문제 제기를 한들 그 제도가 결코 바뀔 것 같지 않기 때문에 우리 모두가 그 문제를 덮어 버린 채 그 아괴로움을 묵묵히 견디어 온 것과 같습니다. 나는 이런 종류의 이야기를 "하얀 이야기"라고 부릅니다. 그런데 하얀 이야기는 나만의 것이 아니라 우리 모두의 것입니다. 만일 읽으미 여러분의 하얀 이야기가 덧붙여진다면 이 책의 올은 더욱 촘촘해지겠지요.

우리말은 우리 모두의 결단(決斷)과 수고로써만 올바로 살려나갈 수 있습니다. 말의 운명은 결코 어느 한 사람이나 여느 단체의 손에 달려 있지 않습니다. 우리는 우리말의 운명을 쥐고 흔드는 오만한 손을 뿌리쳐야 합니다. 우리가 세종대왕과 집현전 그리고 주시경과 최현배 그리고 조선어학회를 생각해 보기만 해도 말과 사람의 관계를 쉽게 이해할 수 있습니다. 말은 그것이 누군가의 '우리말' 또는 '어머니 말(모국어)' 또는 '쓰임말'이 되지 못하는 순간 죽음을 맞고, 사람은 말의 가까운 이웃이 될 때에만 날마다 새로운 삶을 살아갈 수 있습니다. 말이 병이 들었다는 것은 그 말을 써온 사람들 모두의 탓입니다. 우리 모두가 우리말 연구자가 될 수는 없지만 우리들 자신은 분명 우리말이 '우리'의 '말'이 되도록 하는 주요 인사임에 틀림없습니다.

그런데 우리말은 왜 지키고 돌보고 가꾸어야 하는 걸까요? 우리에게 '우리말'은 한국말이 됩니다. 우리말은 우리가 살아가는 온누리(세계)를 마름질하기 위한 단순한 도구에 그치는 게 아니라 그러한 마름질의 작품입니다. 우리는 우리말로써 하늘과 땅과 사람을 재고 자르고 바느질하고 쌓아서 온누리(세상)를 짓습니다. 하늘은 동쪽과 서쪽 등으로 갈리고, 땅은 남녘과 북녘으로 쪼개지며, 사람은 여자와 남자로 나뉠 수 있는데, 이러한 가름은 모두 말로써 이루어집니다. 만일 우리말에 '남쪽'이나 '동녘' 또는 '어른'과 같은 낱말들이 빠져 있다면, 우리말은 이미 병들고 불완전한 것일 수밖에 없습니다. 그때 우리는 새로운 낱말들을 들여옵니다. 건강한 말은 우리의 생각과 뜻과 마음과 세계를 아름답게 마름질해 줄 수 있지만, 병든 말은 그러한 마름질을 제대로 해낼 수 없습니다.

제가 이 책에서 말하려는 알속(내용)은 크게 다섯으로 나뉩니다. 첫째 나누기에서 저는 이 책의 장르가 되는 '하얀 이야기'가 무엇인지를 말할 것입니다. 여러분은 하얀 이야기 한 자락만 들어도 '하얀 이야기'의 뜻을 절로 깨닫게 될 것입니다. 둘째 나누기는 우리말이 정말로 '병신 말'인지 아닌지를 따지고 살펴봅니다. 여기서 여러분은 "병신(病身)"이라는 낱말의 역사를 들을 수 있고, 아울러 '우리말'에 대한 속 시원한 뜻매김을 얻게 될 것이며, 그와 더불어 우리말이 학문어, 문학어, 생활어라는 세 개의 층층다리로 이루어져 있음도 알게 될 것입니다.

　셋째 나누기는 '정상(正常)'인 우리말을 비정상(非正常) 병신 상태로 내모는 제도들이 무엇인지를 세 줄기로 뒤쫓아 파헤쳐 갈 것입니다. 그 셋은 '영어 몰입 교육', '영어로 강의하기' 그리고 '영어로 논문 쓰기'입니다. 넷째 나누기는 이 책의 '높은 마루(클라이맥스)'로서 정부와 조선일보 그리고 중앙일보의 대학평가가 갖는 문제점 가운데 우리말을 병신 취급하는 평가 갈래(지표)들을 찾아내어 그 옳지 않음을 밝힙니다. 제가 비판의 초점을 맞춘 것은 중앙일보 대학평가의 '국제화'라는 지표입니다. 여러분께서도 이곳을 주의 깊게 읽어 주십시오. 다섯째 나누기는 학문어로서의 우리말을 제대로 키우기 위한 세 갈래로 된 '우리 학문의 큰길'을 짧게 그려봅니다.

2014년 9월
글쓴이 올림

나누기5
중앙일보 대학평가

나누기6
학문어로서의 우리말을 키우기 위한 길

나누기1

하얀 이야기

도막1. 하얀 이야기 한 도막

나는 최근 어느 대학 공채에 지원했다 최종 면접에서 떨어진 한 분의 이야기를 직접 들을 수 있었다. 그 분과 대학의 이름은 여기에 밝힐 수 없다. 그 떨어진 이유의 졸가리는 다음과 같다.

총장: 지원자께서는 현재까지 '영어논문'이 단 한 편도 없군요. 맞습니까?

지원자: 네.

총장: 음, [당신은] 국내 대학에서 박사 학위를 받으셨고…. 영어는 어떠신가요? 영어강의를 할 만큼 '엑셀런트'한가요?

지원자: 읽고 쓰는 데 큰 문제는 없습니다.

총장: 그러시겠죠. 국내 학술지 논문은 많으신데…. 앞으로 '국제 학술지'에 논문을 실을 계획은 갖고 계신가요? A&HCI는 알고 계시죠?

지원자: 네, 알고 있습니다. 현재 국제학술지 투고 경험이 있으신 분과 공동 집필을 계획하고 있습니다.

총장: 박사 학위를 받으신 지 7년이나 됐는데 아직까지 단 한 편의 영어논문을 쓰지 않은 까닭이 있나요?

지원자: 죄송합니다. 앞으로 열심히 노력해서 영어논문을 쓰겠습니다.

총장: 우리 대학에 지원하시려면 영어강의와 영어논문에 대한 자격을 갖추셔야 합니다.

면접관(총장)의 이야기는 영어로 강의할 줄 모르거나 국제 저널에 영어논문을 실을 수 없는 박사는 교수가 될 수 없다고 말한 것과 같다. '영어강의'와 '영어논문'은 어느덧 대학 교수가 되고자 하는 사람이 따 놓아야 할 자격증(資格證)이 된 셈이다. '우리말 강의 능력'이나 '우리말 논문'은 교수가 되는 데 아무런 보탬이 될 수 없고, 아울러 지원자가 국내 대학 출신이라는 사실은 예전보다 더 결정적으로 교수 임용에서 불리한 점으로 작용하게 되었다.

그런데 지원자를 더욱 좌절케 한 사실은 그에게 '국내 대학 딱지'를 붙이고 '영어 능력'을 들먹인 대학이 바로 그의 모교였다는 것이다. 그는 분노했다. 그는 총장이 자신에게 했던 말들을 다음과 같은 '직설 화법'으로 바꿔 말했다.

당신[지원자]이 우리 대학에서 우리말로 쓴 박사학위논문은 교수가 되는 데 아무 쓸모가 없다. 당신이 우리 대학에서 우리말로 들었던 모든 강의도 아무 짝에도 쓸데가 없다. 그런 것들은 앞으로 우리 대학이 발전하는 데 아무 도움도 되지 않는다. 만일 당신이 우리 대학의 교수가 되고 싶었다면, 당신은 영어로 강의하는 미국 대학에 다녔어야 했거나, 아니면 한 달에 백만 원 정도 투자해 영어 학원이라도 열심히 다녀 영어강의가 가능할 정도로 영어 실력을 길렀어야 했다. 당신이 국제 학술지에 영어논문을 실을 실력이 못되는 것은 전적으로 당신 책임이다. 당신 인생에서 최대의 실수이자 오점은 우리말로 강의하고 우리말로 학위논문을 쓰게 한 우리 대학을 나온 것이다!

나도 국내 대학을 나왔고, 당연히 우리말 강의와 우리말 논문을 썼다. 국내 대학원을 나온 사람들에게 지원자의 말은 공분(公憤)을 불러일으키기에 충분할 것이다. 우리들의 등록금을 받아 학교를 운영해 온 대학이 이제 자신들이 가르쳐 온 모든 것을 부정하고 있다. 그들은 또한 국내 대학을 성장시켜 왔던 국내 학회와 그 학회의 학술지를 송두리째 부정하기 시작했다. 이는 어버이가 제 아들딸들을 기른 뒤 그들을 쓸모없다는 이유로 내버리는 것과 같다.

우리의 학회들은 우리의 대학들에서 연구되고 가르쳐지는 모든 학문적 성과들이 검증되는 자리이자 교환되는 시장이다. 그곳은 지식의 법정이자 교류의 장이다. 학회지는 그렇게 검증된 지식 체계가 발표되는 도서관이자 논쟁이 벌어지는 전쟁터이고 학자들이 서로의 생각과 문제를 주고받는 통신망이다. 대학이 이러한 학회의 성과와 기능을 무시하거나 부정하거나 왜곡한다면, 그 여파는 결국 학회의 활동력을 크게 떨어뜨리거나 그 목적과 필요성을 비틀어 부숴버리게 될 것이다.

저 면접관 총장은 현재 자신의 대학에 다니는 학부생과 대학원생에게 뭐라 말할 것인가? 너희들은 영어강의를 찾아 듣고, 나중에 영어로 강의할 만큼의 탁월한 영어 실력을 갖춰야 한다. 나아가 너희들은 영어로 석·박사 논문을 써야 함은 말할 것도 없고, 국제 저널에 영어논문을 투고하여 게재할 수 있어야 한다. 이를 위해서 너희는 영어논문과 영어 텍스트 그리고 영어 자료들을 필수적으로 그리고 자유자재로 접근하여 이용할 수 있어야 하고, 아직 영어강의에 익숙지 못한 현재 교수님들을 믿지 말고 비싼 수강료를 내고서라도 원어민이 강의하는 영어 학원에 등록해 영어 말하기 능력을 길러야 한다. 만일 너희가 그 정도의 비용을 들여야 한다면, 차라리 너희는 미국으로 유학을 가는 게 더 좋을 것이다.

만일 이러한 일이 우리 대학들에서 보편적으로 현실화된다면 우리 대학의 모습은 어떻게 될 것인가? 대학의 강의실마다 영어 말하기가 울려 퍼질 것이고, 한국인 교수들과 대학생들은 유창한 영어 실력을 뽐내며 영어강의에 몰입할 것이며, 그때 쓰이는 말과 글은 모두 영어로 바뀌어 있을 것이다. 만일 어떤 교수가 우리말로 강의를 하거나 어떤 학생이 우리말로 물음을 던진다면, 그 교수와 학생은 비웃음과 조롱의 대상이 되고 말 것이다. 영어도 못하는 게 무슨 교수이고 대학생이냐고? 어떻게 저런 사람이 교수가 되었고, 어떻게 저런 애가 대학생이 되었느냐고? 심지어 사람들은 혹시 그들에게 무슨 비리가 있는 것이나 아닌지 의심하려 들 수도 있을 것이다.

만일 상황이 이렇게 된다면 우리말은 대학 세계에 조금이라도 그 발을 들여놓거나 입도 한 번 뻥끗할 수 없게 될 것이다. 우리말은 '쓰기 금지', '읽기 금지', '말하기 금지', '생각하기 금지' 등의 억눌림 짓눌림 아래 옴짝달싹도 하지 못할 것이다. 그것도 우리 사회를 이끌어간다는 지도자들에 의해서 말이다. 우리말은 길거리 광고판에서 사라질 것이고, 상품 이름에서도 지워질 테고, 모든 제도나 공공 영역에서 슬그머니 그 모습을 감추고 그 소리를 죽일 것이다. 우리말은 아마 겨우 사람의 이름이나 지금껏 남아 있는 지역 이름이나 사전에 기록된 토박이 낱말 정도에 그 밭은 숨이 붙어 있게 될 것이다.

도막2. 하얀 이야기의 뜻

새빨간 거짓말은 그 속이려는 꾀가 빤히 들여다보이는 거짓말, 달리 말해, 그것이 거짓말임이 벌거벗은 몸처럼 또렷하게 드러나는 거짓말을 뜻한다. 새빨갛다는 말의 뜻은 적심(赤心), 적수(赤手), 적각(赤脚), 적나라(赤裸裸)에 비추어 생각해 볼 수 있다. 이 낱말들은 적색(赤色), 즉 붉은 빛깔을 뜻하는데, 붉음은 불(火)의 빛깔 또는 불빛에 밝게 드러난 모습을 말한다. 순수한 마음(적심), 맨손(적수), 맨발(적각), 벌거벗음(적나라)의 공통 뜻은 가려지거나 숨겨지거나 감춰져 있지 않음, 달리 말해, 본디 모습 그대로 드러나 있음이다. "새빨간"이라는 말은 속이 훤히 들여다보이는 모습을 나타낸다. 영어로 속이 빤히 들여다보이는 거짓말은 "a transparent lie"라고 하는데, 이는 문자 그대로 "투명한 거짓말"인 셈이다.

경향신문 1958년 5월 28일 「여적(餘滴)」에는 자유당이 발간한 선거백서(選擧白書)에 대한 비판의 글이 실려 있다. 이 글은 먼저 "백서"의 뜻부터 알려 주고 있다. 백서는 영국 행정부가 공적으로 발표하는 보고서로서 그것이 백색 뚜껑으로 씌워 있던 까닭에 그렇게 불렸고, 이와 달리 영국의 입법부에서 공간(公刊)한 문서는 청색으로 표지를 했으므로 "清書(청서)"라고 일컬어졌다는 것이다. 자유당 백서에는 당시의 선거 결과가 도시민은 야당의 선동에 속아 넘어갔고 농촌인은 순후하여 속지 않았기 때문으로 적혀 있는데, 기자는 이를 "자다가도 웃을" 거짓말 또는 "새빨간 거짓말"이라고 부른 다음, "새빨간 거짓말"에 대해 "가리고 숨길 수 없는 환하게 들여다보이는 거짓말"이라는 풀이를 덧붙였다. 하지만 기자는 자유당의 백서를 적서(赤書), 즉 붉은 책이라고 부를 경우 그것이 공산당서적으로 오인될 수 있다는 이유를 들어 "새하얀 거짓말 책"이라고 바꿔 불렀다.

"새하얀 거짓말"이라는 말은 '하얀 거짓말'과는 그 뜻이 판이하다. 누군가의 말이 부분적으로 거짓인 게 아니라 온통 거짓말일 때 우리는 그 말을 "새하얀 거짓말"이라고 부를 수 있다. 새빨갛거나 새하얀 거짓말은 보통 날조(捏造)된다. "날조"란 밀가루 반죽을 짓이겨 빚는다는 뜻으로 누군가 어떤 것을 거짓으로 마구 꾸며 내는 일을 말한다. 거짓말이 거짓말을 낳고, 그래서 모든 게 거짓말로 꾸며진 것일 때 그것은 '새하얀 거짓말'이 되고, 그것이 불을 보듯 분명한 거짓말일 때 그것은 '새빨간 거짓말'이 된다. 그런데 새빨간 거짓말을 퍼트리는 사람들은 보통 너무도 뻔뻔하여 그것이 거짓이라는 사실이 밝혀졌을 때에도 자신의 말이 거짓임을 고백하려 하지 않는다.

새빨간 거짓말은 반죽하듯 또는 석고상을 뜨듯 이러저러한 사실들을 그럴듯하게 꿰맞춰 '없는 사실'을 마치 눈앞에 실제로 보여 줄 수 있는 사실인 양 그려 낸다. 그렇기 때문에 많은 사람들이 새빨간 거짓말에 감쪽같이 속아 넘어간다. 새빨간 거짓말에 꿰인 사람(피해자)은 피가 거꾸로 흐르거나 몸 밖으로 치솟을 만큼 분노하게 되거나, 그 꿰임의 섬뜩함으로 말미암아 목덜미에 식은땀이나 소름이 돋거나, 아니면 꼬리에 꼬리를 물고 일어나는 뒤탈에 대한 두려움에 사로잡혀 깊은 시름에 잠길 수도 있다. 한마디로 말해, 새빨간 거짓말은 그것의 새빨감이 들통 나지 않는 한 '산 사람'을 잡을 수도 있는 '새까만 거짓말'과 같은 것이다.

'까만 거짓말'은 진실이나 사실이 아닌 것 또는 그것에 반대되는 것을 일부러 꾸며 대는 말을 말한다. 진실의 빛깔이 밝음의 빛, 곧 흰 빛깔이라면, 그것의 반대 빛깔은 어둠의 빛, 바꿔 말해, 빛을 사라지게 만드는 빛깔, 곧 까만 빛깔이 된다. 까맣다는 것은 그 거짓말의 진짜 의도나 누군가의 참된 '속'이 감춰져 드러나지 않음을 나타낸다. 드러남이 양달, 곧 밝은 곳을 뜻한다면, 숨겨짐은 응달, 곧 어두운 곳을 말한다. '까만 거짓말'의 핵심은 그것이 거짓말쟁이에게는 이익이 되지만 누군가에는 돌이킬 수 없는 피해를 일으킨다는 데 있다. 그렇다면 까만 거짓말은 '악한 거짓말'과 같은 것이다. 까만 거짓말쟁이는 스스로의 양심을 속이고 거짓을 참으로 위장하려 하고 온갖 술수로써 자신의 행위를 정당화하려 한다.

그런데 세상에는 "하얀 거짓말"이라 불리는 거짓말도 있다. 하얀 거짓말은 거짓말이면서도 사람들의 사랑을 듬뿍 받는다. 불치병 환자를 안심시키기 위한 의사의 거짓말이나 늙으신 부모님이 충격을 받지 않도록 하기 위한 아들딸의 거짓말 또는 직장에서 누군가를 난처하지 않게 하기 위한 배려의 거짓말은 듣는 사람의 건강이나 기분 또는 관계를 좋게 하기 위한 것이다. 하얀 거짓말은 말 자체는 거짓이지만 그 말에 담긴 의도가 누군가를 속이기 위한 것이 아니라 그에게 도움이 되기 위한 것이라는 점에서 '좋은 거짓말'이라고도 할 수 있다. 하얀 거짓말은 남에게 피해를 줄 수도 있는 사실을 "곧이곧대로 말하지 않고" 그에게 위로나 위안이나 보호를 베풀 목적으로 '둘러대는 말'일 수도 있다. '둘러댐 말'은 그것의 참 거짓을 상황에 비추어 짐작할 수 있는 말로서 거짓말이라기보다는 '에두름

말'이라고 볼 수 있다.

하얀 거짓말은 그림에서도 나타난다. 옛날에 애꾸눈 임금이 전국의 유명 화가들을 불러 자신의 초상화를 그리도록 했는데, 어떤 화가들은 임금의 두 눈을 성한 모습으로 그렸고, 다른 화가들은 애꾸눈을 그대로 그렸다. 임금은 두 눈의 초상화에 대해서는 그것이 가짜이기 때문에 퇴짜를 놓았고, 애꾸눈 초상화에 대해서는 그것이 진짜이기 때문에 퇴짜를 놓았다. 임금의 마음을 사로잡은 초상화는 앞모습이 아닌 옆모습을 그린 것이었다. 이것이 바로 '하얀 그림'인 셈이다. 아마 대부분의 그림은 어떤 것의 가장 멋진 부분만을 강조하려 한다는 점에서 '하얀 그림'이라고 할 수 있다.

만일 우리가 친구의 신혼집 집들이를 하러 갔다면, 우리는 그 집이 아무리 허름하고 신부가 아무리 제 마음에 들지 않는다손 치더라도 우리는 모든 것에 대해 좋은 말을 늘어놓게 될 것이다. 그것은 친구의 결혼을 축복하고 그 둘이 앞으로 행복하게 살기를 바라는 뜻으로 하는 것이다. 이런 '하얀 거짓말'은 거짓말이기보다는 주어진 상황 속에 놓인 '가장 희망적인 가능성'을 발견해 그것이 현실이 되도록 힘을 북돋워 주는 말인 것이다. 현실 속에는 사실과 가능성이 뒤섞여 있다. '하얀 거짓말'은 현실 속에 심긴 가능성의 씨앗들을 마치 실제의 사실인 양 알아주는 말이다. 그로써 현실 세계는 더욱 풍요로워지고 부드러워진다. 가능성이 완전히 배제된 오직 현재의 사실만을 현실로 인정하는 '시퍼런 말'은 많은 사람들을 힘겹게 만든다.

에우리피데스의 『타우리스의 이피게네이아』에 나오는 '하얀 거짓말'은 아가멤논의 첫째 딸 이피게네이아가 자신의 친동생 오레스테스를 살리기 위해 당시 타우리스 섬의 왕 토아스에게 한 것이다. 이피게네이아는 이방인 오레스테스를 신의 제물로 바치려는 토아스 왕을 찾아가 이방인을 제물로 바치기 전 먼저 세 가지 일을 해야 한다고 거짓말을 한다. 첫째 오레스테스가 제 어머니를 죽인 죄인이기 때문에 제물로 바쳐지기 전에 바닷물로 그 죄를 씻어야 하고, 둘째 오레스테스가 훔치려 했던 아르테미스 여신상도 그들이 만져 오염되었기 때문에 마찬가지로 바닷물로 정화해야 하며, 셋째 이 장면은 아무도 보지 말아야 한다는 것이다. 오레스테스 일행은 그 누이의 '하얀 거짓말' 덕분에 아르테미스 여신상을 갖고 무사히 그리스에 돌아갈 수 있게 된다.

이제 내가 말하려는 '하얀 이야기'에 관한 이야기꽃을 피워 보자. 하얀 이야기는 '하얀 거짓말'처럼 어떤 좋은 가능성을 발견해 주기 위한 이야기를 뜻하는 게 아니라 그런 가능성이 하얗게 바래진 모습에 관한 이야기를 말한다. 빨감이 핏빛을 떠올리거나 어떤 생명의 위험이나 송곳 찔림이나 칼에 베임과 같은 섬뜩함을 느끼게 해 주고, 노람이 갓 피어난 개나리꽃이 맑은 햇살 아래 밝게 빛나는 깨끗함을 내보이며, 잿빛이 불이 다 타버린 뒤의 어둠이나 죽음 또는 꺼짐이나 사그라짐을 나타낸다면, 하얌의 빛깔이 불러일으키는 마음 깔은 핏기가 가시고 세파에 시달려 수척해진 얼굴빛을 닮았다. 하얌은 어떤 '빛깔 바램'이거나 '풀 죽음' 또는 '놀라 질림' 등을 나타낸다.

'하얀 이야기'는 듣는 이(들으미)를 깜짝 놀라게 할 만큼 낯선 이야기가 아니라 거꾸로 이미 귀가 따갑도록 질리게 들어온 이야기이다. 사람들은 그 이야기 속에 나오는 부라퀴에 대해 '그 놈은 누구도 물리칠 수 없다.'는 '귀먹은 푸념'을 늘어놓곤 한다. '하얀 이야기'는 이러한 푸념의 말을 모두에게 풀어놓는 이야기이다. 그것은 '흰 소리'가 아니라 '속마음을 털어놓는 이야기' 곧 '고백(告白)'과도 같다. 고백은 마음속에 숨겨 놓았던 생각(저지른 죄나 허물)을 숨김없이 털어놓는 말하기이다. 이때 '말할-거리'는 누구에게도 말할 수 없었던 부끄럽고 괴로운 자기 체험이 된다. 가슴속 이야기 털어놓기는 한편에서는 후련함과 해방감을 맛보는 일이지만 다른 한편에서는 까발림의 부담을 짊어지는 일이기도 하다.

하얀 이야기는 온밤을 하얗게 지새운 사람의 이야기이다. 그는 자신이 들려 주어야 할 이야기의 뒤탈이 두려워 밤새 망설이지만, 스스로 제 양심의 부름에 못 이겨 모두가 다 알고 있는 사실을 말하고자 결단한다. 그의 낯빛과 머리카락은 하얘졌고, 그의 속은 까맣게 타들어가지만 그의 눈빛만큼은 무섭게 번뜩이면서 또랑또랑하다. 하얀 이야기는 우리들 자신이 말하길 꺼려왔던 것이자 그러한 공범 의식에 기대어 간신히 스스로의 죄의식을 덮어올 수 있었지만 그러한 방식으로 우리네 삶을 헛되고 무의미하게 만들어 버린 부끄러운 사건에 관한 이야기이다.

하얀 이야기는 누군가 공동체 또는 집단 안에서 자신이 받았거나 받고 있는 아픔과 괴로움에 관한 개인적 이야기이지만, 그 고통이 내면화와 사회화를 거쳐 저마다 알아서 참아야 하는 것으로 널리 받아들여지는 한, 집단의 이야기이기도 하다. 하얀 이야기를 입 밖으로 꺼낸다는 것은 누구든 꺼릴 만한 일, 즉 금기(禁忌)를 깨트리는 일이고, 스스로 그에 대한 처벌을 각오해야 하는 일이다. 하얀 이야기는 집단 전체를 짓누르거나 사람들을 암묵적으로 복종케 하는 어떤 관행이나 제도 또는 도덕이나 문화를 고발하고, 그것을 고치려는 이야기이다. 하얀 이야기는 그 기능이 '양심 고백'이나 '양심선언' 과 비슷하지만 그 이야깃거리가 어떤 범죄나 구체적 악행에 관한 게 아니라는 점에서 다르다.

이야기를 꺼낸다는 것은 어떤 일이 벌어져 온 역사를 밝히려 한다는 것이고, 그 역사의 진실을 파헤치거나 옳고 그름의 평가를 내리거나 어떤 문제점을 문제로 삼고자 한다는 것을 뜻한다. 하얀 이야기는 그 이야기하미(이야기하는 사람) 자신이 어떻게든 문제의 당사자임을 인정할 뿐 아니라, 자신의 이야기를 통해 세상이 보다 나은 쪽으로 달라지기를 바라는 이야기이다. 하얀 이야기 속에는 우리 모두가 꿈꾸길 바라는 어떤 이상세계 또는 유토피아에 대한 밑그림이 놓여 있다. 우리는 그 유토피아가 실제로는 가능하지 않을지라도 그것을 포기하려 하기보다 그것을 꿈으로라도 유지하기 위해 스스로의 현실을 희생하기까지 한다.

한 집단의 틀 자체가 어긋 틀어질 때 그 안에 속한 사람들은 그틀이 틀리는 쪽으로 쏠릴 수밖에 없다. 이때 틀 자체가 올바르지 않거나 몇몇 사람들에게 유리하게 짜일지라도 사람들 낱낱은 그것을 따를 수밖에 없다. 왜냐하면 그들에게는 그 틀을 바꿀 힘이 없기 때문이고, 또 비록 아주 작으나마 그들에게도 이익이 돌아갈 수 있기 때문이다. 현재 상태를 유지할 수조차 없게 될까 두려운 사람들은 미래의 이익을 쟁취하기 위해서가 아니라 현재의 불이익을 당하지 않기 위해 침묵하고 복종한다. 게다가 틀을 거머쥔 상층부의 권력이 아주 사소한 저항에 대해서도 득달같이 보복을 일삼거나 다수가 '제도적 억눌림'과 '제도적 업신여김'을 달게 받아들이는 세태가 지속되는 한, 누구도 그 틀을 곧게 바로잡으려 할 수 없다.

더 큰 문제는 제도로서의 틀이 이미 또 다른 제도들에 의해 정당화되어 있다는 점이 될 것이다. 하나의 제도는 다른 제도들과 이리저리 맞물려 있어 서로 이어진 제도들을 모두 통제할 수 있는 상위 권력에 의하지 않고는 바꾸는 게 쉽지 않게 된다. 높은 자리에 앉은 사람들은 어떤 제도를 고치는 게 그들 자신에게 큰 이익으로 돌아오지 않는 한 그러한 고침에 소극적이다. 높은 사람들이 곧거나 올바르다면, 그들은 굽거나 휘거나 비뚤어진 것을 당연히 곧게 바로잡을 테지만, 그들이 그들 자신의 이익을 계산한다면, 그들은 올바른 틀이 아니라 자신에게 이익이 되는 틀을 지지할 것이다.

국민입법제(democracy)에 따를 때 정당한 절차에 따른 권력 획득은 그 자체로 정당화되곤 한다. 하지만 이때 정당화되는 것은 절차(節次)이지 권력(權力)은 아니다. 권력은 그것이 올바른 일을 할 때만 정당화될 수 있을 뿐이다. 권력자의 행동이나 의사결정은 언제든 옳지 않을 수 있다. 심지어 권력자는 비리(非理)를 저지른 사람일 수조차 있다. 흠(欠) 있는 권력자일수록 절차의 정당성을 그 자신에 대한 정당성과 동일시하는 착각(錯覺)에 빠지는 듯 보인다. 우리가 그의 착각을 일깨울 때 세상에는 큰 피바람이 불 수도 있다. 권력의 자리가 높을수록 그 밑에 깔리는 짙은 어둠은 볼 수 없고, 고통의 소리는 들을 수 없나 보다. 하여 나는 하얀 이야기나 읊조릴 뿐이다.

나누기2

우리말은 병신 말이 아니다

도막1. 병신(病身)이란 말

병신(病身)이란 말의 낱말 뜻은 본디 '병든 몸' 또는 '아픈 몸'이다. 아픔은 갖고 있던 어떤 것을 빼앗기거나 잃었을 때 또는 갖고 싶은 어떤 것을 끝내 얻지 못했을 때 일어나는 느낌이고, 괴로움은 그러한 아픔을 스스로 괴어 떠맡을 때 주어지는 힘겨움이다.[1] 병신은 조선시대에 잔질지인(殘疾之人), 잔폐지인(殘廢之人), 폐질자(廢疾者)[2] 등과 더불어 주로 신체장애자의 뜻으로 쓰였지만, 근대 이후 이러한 뜻은 차차 일본어 불구자(不具者)와 장애자(障碍者)로 대체되었고, 오늘날에는 주로 '모자라는 행동을 하는 사람을 낮잡아 이르는' 욕설(辱說)로 쓰이고 있다.[3]

신재효본 『박타령』에서 놀부가 박타는 장면에는 다음과 같은 병신들이 나온다. "곰배팔이, 앉은뱅이, 새앙손이, 반신불수, 지겟다리에 발 디딘 놈, 밀지(蜜紙)로 코 덮은 놈, 다리에 피 칠한 놈, 가슴에 구멍 난 놈, 다리가 통통 부어 모기둥만씩한 놈, 등덜미가 쑥 내밀어 큰 북통 진 듯한 놈, 키가 한 자 남짓한 놈, 입이 한쪽으로 돌아간 놈."[4] 여기에 나오는 병신들은 떼거지처럼 한꺼번에 몰려 나와 놀부

---

1 아픔과 괴로움의 뜻매김에 대해서는 구연상, 『공포와 두려움 그리고 불안』, 청계, 2002, 136~138, 141~154쪽 살핌.

2 잔질(殘疾)은 몸에 질병이 남아 있는 것, 또는 그 질병을 말하고, 폐질(廢疾)이란 고칠 수 없는 병을 뜻하고, 폐질자(廢疾者)는 성치 못한 사람이라는 뜻이다. 여기에는 경멸의 의미가 없다.

3 박희병, 「병신에의 시선(視線)- 전근대 텍스트에서의」, 『고전문학연구』(24), 한국고전문학회, 2003, 310~312쪽 살핌.

4 강한영 교주, 『申在孝 판소리 사설集(全)』(한국고전문학대계 8), 교문사, 1984, 419~421쪽,

의 잘못을 징계(懲戒)하고 벌을 주는 노릇을 떠맡고 있다. 놀부는 이러한 병신들을 거렁뱅이이자 비렁뱅이인 거지로 묘사하는데, 이는 당시 거지들이 떼거리로 몰려다니면서 자기의 병신 됨을 무기로 삼아 사람들에게 돈을 뜯어내거나 행짜를 부리곤 했다는 사실을 말해 준다.[5] 즉 병신은 '못된 걸인들'처럼 몸이 성치 못한 사람을 뜻하면서 동시에 억지 도움을 구하거나 몹쓸 짓을 일삼는 폭도(暴徒)를 일컬었다.

이와 달리 판소리 『심청가』에 나오는 병신은 그를 보는 눈길이 사뭇 다르다. "백성 중에 불쌍한 게 나이 늙은 병신이요, 병신 중에 불쌍한 게 눈 못 보는 맹인이라", "허다한 병신 중에 앞 못 보는 맹과니가 더욱 불쌍하다."[6] 여기서 "맹과니"는 "맹인(盲人)"의 뜻으로 '눈뜬장님'과 '눈먼장님' 모두를 나타낸 듯 보인다. 맹인이 병신 가운데 하나로 여겨진다는 것은 병신이 어떤 신체나 정신의 장애를 가진 사람으로 이해되고 있다는 것을 뜻한다. 이때 병신은 불쌍한 사람으로 돌봄의 대상이 된다. 병신은 저가 일부러 병신이 되는 경우는 없으므로 팔자가 사나운 사람, 또는 혼자서는 살아갈 수 없는 매우 딱한 처지의 사람을 뜻한다.

여기서는 박희병, 324~325쪽에서 다시 따옴. 여기에 나오는 곰배팔이는 팔이 곰배모양('ㄱ' 자 모양)으로 꼬부라져 펴지지 않는 사람이고, 앉은뱅이는 다리가 쭉 펴지지 않아 앉을 수만 있을 뿐 서거나 걷지 못하는 사람이며, 새앙손이는 손가락이 생강(生薑)처럼 뭉뚝하니 뭉개져 있는 사람이고, 반신불수는 반신(半身)이 마비되어 몸을 움직일 수 없이 누워만 지내는 사람이며, 밀지(蜜紙)로 코 덮은 놈은 나병환자 또는 한센병 환자를 일컫는다.

5 박희병, 325쪽 살핌.
6 강한영 교주, 211~213쪽, 219쪽 살핌. 여기서는 박희병, 326쪽에서 다시 따옴.

누군가 몸이 아프면 그는 제 할 일을 제대로 할 수 없을 뿐 아니라 어떤 좋은 기회가 닥칠지라도 그 일을 힘껏 해낼 수 없거나 아예 그 무엇을 할 마음조차 일지 않는다. 심지어 몸이나 마음 어딘가가 극도로 아파지면 사람은 먹는 것조차 힘겨워질 때가 있다. 아픈 사람은 일도 못하고, 구실도 못하고, 먹지도 못한 채 그저 살림만 축낼 뿐이다. 누군가 몸이 아프다는 사실, 달리 말해, 누군가 병신이 되었다는 것은 결국 그의 집안이 망하게 되었다는 것으로 이어질 수 있다. 이러한 뜻 결(맥락)에 힘입어 '병신의 저주(詛呪)'가 세상에 울려 퍼지게 되었다.

병신은 힘도 돈도 없이 가족에게 버려지는 경우가 많아 사회적으로는 노골적(露骨的)인 놀림의 대상이 되곤 했다. "곱사등이 짐 지나마나", "뻗정다리 서나마나", "소경 잠자나마나"와 같은 속담들과 "소경 집에 거울", "꿀 먹은 벙어리", "봉사 굿 보기", "장님 막대질" 등의 말들은 조롱(嘲弄)을 넘어 잔인(殘忍)하게 들릴 정도이다. "병신 집안에 병신 며느리 들어와 병신 자식을 낳는다."라는 말은 병신의 저주 내용을 풍자적으로 묘사하고 있다.

나아가 병신이 육갑을 떨고, 병신이 꼴값을 하며, 병신이 한 고집 한다는 말은 병신이 몸의 상태에만 관련된 게 아니라 그 마음이나 행동까지 확대되었음을 나타낸다. 병신의 말뜻에는 그 사람됨까지 배배 뒤틀리고 비뚤어졌다는 모멸감까지 섞여 든다. 그로써 병신은 부끄러움의 대상이 된다. 병신은 결혼시키기도 부끄럽고, 손님 보기에도 부끄럽고, 일가에게조차 말하기 부끄러우며, 살아있는 것조차 부끄럽게 여겨진다. 그러니 병신은 가족에게도 피해만 끼치는 지지리 못난이 쫄딱보로 차라리 없어져 주는 게 좋다. 병신의 저주는 곧 삶의 저주가 되었다.

병신은 저주의 대상으로서 누구나 마음껏 비웃을 수 있고, 아무렇게나 업신여길 수 있으며, 제멋대로 우스꽝스러운 장난을 벌일 수 있다. 이러한 인식은 뒤틀린 심리적·사회적 권력 관계를 나타낸다. 누군가를 병신이라고 말하는 사람은 그 자신이 정상이고 우월하며 모든 것을 통제하거나 지배할 권리가 있다고 주장하는 셈이다. 그렇기 때문에 병신의 수사학이 급속히 발전하게 된다. 입비뚤이, 언청이, 쌍언청이, 입찌그랭이, 얼굴 삐뚤이, 안면 찌부러진 사람, 곰보, 꼽추, 외팔이, 절름발이, 중풍쟁이, 떨떨이,[7] 히줄래기,[8] 배불뚝이, 문둥이, 꼬부랑할매, 난쟁이, 검둥이, 흰둥이, 어중이, 떠중이, 겹병신…. 어떻게든 병신이 된 사람은 지극히 경멸적이고, 억압적이며, 차별적이고, 배타적인 대우를 받게 마련이다.

병신보다 한 수 위에 쓰이던 말은 아마도 "미친 년"이나 "미친 놈"인 듯 싶다. 미친 년 널뛰기, 미친 여편네 떡 퍼 돌리듯, 미친 년 달래 캐기, 미친 년 방아 찧듯, 미친 년 아기를 씻어 죽인다, 미친 년의 치맛자락 같다. 미친 중놈 집 헐기 등의 말은 미친 사람이 온갖 부정적 행위의 대상이 되는 '가장 취약한 사회적 약자'이고, 그들에게는 바로 "미친 놈"이라는 평가가 덧씌워진다. 이러한 덧씌워진 말은 '주홍글자'이거나 '목에 두른 칼'과 같다. 이렇게 한국 사회에서 병신과 미친놈이란 말은 몸과 마음의 장애로부터 저주에 가까운 욕설로 바뀌었다.

---

7 두 팔을 함께 연신 떨면서 몸을 자꾸 비트는 사람.
8 뇌성마비 환자처럼 흐느적거리며 비틀거리는 사람.

병신의 반대는 건강한 신체와 같은 게 아니라 그냥 정상적인 '사람'이다. 사람이 병신의 반대가 되는 순간 병신은 사람조차 될 수 없다. 사람은 병신에 대해서는 언제든 우월하고 주체가 되며 지배자가 되어야 한다. 사람이 자연이라면, 병신은 반자연 또는 부자연이고, 사람이 정상이라면, 병신은 비정상 또는 이상(異常)에 속하며, 사람이 자유라면, 병신은 부자유가 된다. 누군가에게 이상하고 부자연스럽고 부자유스럽게 느껴지는 것은 비정상적, 부자연적, 부자유적인 것, 즉 병신이 된다.[9]

병신의 개념은 몸에서 마음으로 그리고 어떤 행동이나 그 있음 꼴(존재 상태)로까지 넓혀졌다. 병(病)의 개념은 사실(事實) 개념으로부터 가치(價値) 개념으로 바뀌었다. 병신은 나쁜 것일 뿐 아니라 추악하고, 비정상적이며, 못났고, 지적으로뿐 아니라 도덕적으로도 저열하며, 어리석고, 분수를 모르며, 기생적이고, 성가신 것이 되었다. 19세기 독립신문에 쓰인 "병신"이라는 말은 약하고 가난하고 무식하고 어리석고 쓸데없는 것들, 나아가 '못나고 약소한 국민'을 나타낸다.[10] 강하고 힘 있는 자는 선이고, 약하고 힘없는 자는 악이 되는데, 병신이 바로 악이 된다. 그렇다면 조선민족 역시 병신이 되고 만다.[11]

오늘날 병신이란 말은 남을 하찮게 깎아내리거나 남에게 모욕을 주고자 하거나 누군가의 어이없는 무능력이나 어리석음을 욕(辱)하

---

9 박희병, 335쪽 살핌.

10 「론셜」, 독립신문, 제1권 제8호, 1896.4.23.: "외국 사람을 디ᄒᆞ면 병신들 ᄀᆞᆺ치 힝신 ᄒᆞᄂᆞᆫ 고로 외국 사름들이 죠션을 업수히 넉임이라."

11 박희병, 357쪽 살핌.

기 위해 쓰인다. 병신이란 낱말의 가장 두드러진 뜻은 제 구실을 못하거나 고장이 나 마치 바보나 백치 또는 천치처럼 엉뚱한 짓을 일삼는다는 것이다. 병신은 열등(劣等)하거나 허약(虛弱)하거나 나약(懦弱)한 사람을 빗대어 일컫는 말이기도 하고, 때론 좋은 기회가 주어졌는데도 욕심이나 의지나 배짱이 없어서 또는 상황 판단을 제대로 못해 그 기회를 놓쳐버린 사람을 한심(寒心)하다는 뜻으로 비아냥거리는 말이기도 하다.

누군가 더 없이 좋은 기회를 맥없이, 달리 말해, 마치 정신이나 얼이 빠진 사람처럼, 스스로 놓치고 말 때, 옆에서 그 과정을 지켜보던 사람들은 속이 달거나 안달이 나 결국 그를 "병신"이라 부르고 만다. 이때 병신은 "등신(等神)"과 같은 말로 스스로 아무 일도 하지 못하는 어리보기를 말한다. 등신은 나무, 돌, 흙, 쇠 따위로 만든 상(像)이니 누군가 그것을 때리고 밀어도 아무런 대응을 하지 못한다.

병신이나 등신은 저에게 유리한 것과 손해가 나는 것을 헤아릴 줄 모르는 바보를 뜻하기도 하고, 사람 구실을 못한 채 제 이익만 다랍게 챙기려는 쪼다를 말하기도 하며, 세상의 이치를 제대로 깨우치지 못해 사리분별이 어두운 머저리를 가리키기도 하고, 세상 경험이 너무 모자라 세상일에 너무 서툰 나머지 남의 놀림을 받을 정도인 얼뜨기나 얼간이를 이르기도 하며, 쉬운 일조차 지나치게 아둔하여 엉터리로 만들어 버리는 멍텅구리를 놀리는 말이기도 하고, 배운 바가 하나도 없어 셈조차 셀 수 없는 맹추를 의미하기도 한다.

도막2. 우리말은 병신 말이 아니다

병신의 뜻하는 바는 크게 넷으로 갈무리될 수 있다. 1. 병신은 몸이나 마음에 병이 난 사람으로서 어떤 장애(障碍)로 말미암아 불편한 상태에 놓여 있다. 이때 우리는 그를 돌봐주려 한다. 2. 병신은 누군가 제 할 일을 제대로 못하거나 남에게 의존할 수밖에 없거나 자칫 집안까지 망하게 할 사람으로서 가족에게조차 버림을 받을 수있다. 이때 우리는 그를 멀리하려 한다. 3. 병신은 몸과 정신과 행동이 비정상인 사람으로서 이상하거나 못된 짓을 일삼으며 남에게 큰피해를 끼칠 수 있다. 이때 우리는 그를 온갖 말로 놀리거나 깔보거나 업신여기거나 욕하면서 비난할 뿐 아니라 심지어 그를 따로 가두거나 돌아오지 못할 곳으로 내쫓아 버린다. 4. 병신은 저주의 대상으로서 악인 취급을 받는다. 이때 우리는 그에게 갖은 욕설을 퍼붓거나 잔인하게 학대한다.

우리말은 위 네 갈래 병신 가운데 어디에 드는가? 3번과 4번이 제외된다면, 절로 1번과 2번이 들어맞을 듯하다. 1번에 쓰인 '장애'는 '막힘과 걸림과 어긋남과 없음'을 뜻한다. 누군가 걷고자 할 때 그의 다리의 자연스러운 운동 흐름이 막히거나, 다리의 근육이 무엇엔가 걸리거나 다리의 조정이 어긋나거나 다리 자체가 없다면 그는 다리로써 걷는 데 장애가 있는 것이다. 2번에 쓰인 '할 일 못함'은 다리로 걸을 수 없는 아이가 학교에 다닐 수 없게 되는 것과 같은 것을 뜻한다. 그런데 '다리 없는 아이'도 누군가 또는 휠체어의 도움만 받는다면 학교에 갈 수 있다. 이때 그는 장애를 극복한 셈이다.

마디1. 우리말의 입과 귀는 병신이 아니다

먼저 1번의 뜻에서 우리말이 병신 말인지를 살펴보자. 가장 먼저 우리말은 입 병신인지 물어보자. 우리말의 입은 그 말을 실제로 쓰는 사람들이 될 것이다. 아래의 표에 따를 때, 사용자 수가 가장 많은 언어는 중국어(12억 1천 3백만 명)이며, 에스파냐어(3억 2천 9백만 명), 영어(3억 2천 8백만 명)의 순이고, 가장 많은 국가에서 사용하는 언어는 영어(112개국), 프랑스어(60개국), 아랍어(57개국), 에스파냐어(44개국)의 순이다. 우리말은 쓰미(사용자)의 수로는 17위(6천 6백 3십만 명)이고, 사용 국가 수로는 8위(33개국)이다.

세계 언어 분포 현황(2008년)[12]

순위	언어	주요 국가*	사용 국가 수**	사용자 수(백만 명)
1	중국어	중국	31	1,213
2	에스파냐어	스페인	44	329
3	영어	영국	112	328
4	아랍어	사우디아라비아	57	221
5	힌디어	인도	20	182
6	뱅골어	방글라데시	10	181
7	포르투갈어	포르투갈	37	178
8	러시아어	러시아 연방국	33	144
9	일본어	일본	25	122
10	독일어	독일	43	90.3

---

12 M. Paul Lewis(2009), *Ethnology: Language of the World*, 16th Edition. SIL International. 원문 http://www.ethnologue.com/ethno_docs/distribution.asp?by=size 여기서는 김은성 외, 「2012년 국어 정책 통계 조사」, 국립국어원·이화여대산학협력단, 2012, 64~65쪽에서 다시 따옴.

순위	언어	주요 국가*	사용 국가 수	사용자 수(백만 명)
11	자바어	인도네시아	5	84.6
12	란다어	파키스탄	8	78.3
13	텔루구어	인도	10	69.8
14	베트남어	베트남	23	68.6
15	마라티어	인도	5	68.1
16	프랑스어	프랑스	60	67.8
17	한국어	남한, 북한	33	66.3
18	타밀어	인도	17	65.7
19	이탈리아어	이탈리아	34	61.7
20	우르두어	파키스탄	23	60.6

* 해당 언어를 제1 언어로 지정한 국가 중 사용 비중이 높은 나라를 의미함.
** 이민자가 거주하는 국가에서 출신 언어를 사용하는 경우도 포함함.

이 표가 말해 주는 바에 따를 때, 우리말은 결코 입 병신일 수 없다. 말이 입 병신이 된다는 것은 그 쓰미(사용자)의 수가 10만 명에 미치지 못할 때, 달리 말해, 소멸 위기에 몰려 있을 때이다. 우리말이 입 병신이 아니라는 사실은 동시에 우리말이 귀 병신도 아님을 뜻한다. 우리말은 일제강점기에도 그 입과 귀를 잃은 적이 없었다. 일제의 조선어 말살 정책으로 말미암아 학교에서는 일본어 몰입교육이 펼쳐지긴 했지만, 우리말은 생활어와 문학어 층위에서 그 쓰임이 줄지 않았을 뿐 아니라 한글 학자들의 목숨을 건 한국어 연구를 통해 한국어 문법과 한국어 사전까지 갖춰졌다. 그로써 해방과 더불어 곧바로 한국어 교육이 이루어질 수 있었고, 그것이 오늘날 한국 교육의 밑거름이 되었다.[13]

---

13 아일랜드와 필리핀은 그들이 영국과 미국으로부터 독립했을 때 그들의 '우리말(모국어) 문법'이 없었기 때문에 아이리쉬어와 타칼로그어라는 자기들 말 대신 영어로 학교 교육

마디2. 우리말은 적는 데도 병신이 아니다

게다가 우리말은 그것을 기호로 적을 수 있는 체계인 한글이 있다. 우리말은 단순히 글자만 있는 게 아니라 오랜 출판문화와 기록의 역사를 갖고 있다. 2012년 대한출판협회에서 조사한 '번역 출판물 전수 집계'에 따르자면, 전체 번역 종수는 2008년까지 증가 추세를 보이다가 그 이후로는 감소하였으나, 2011년에는 다시 증가하여 11,648종의 번역서가 출판되었다. 전반적으로 문학, 만화, 아동 분야의 번역 점유율이 다른 분야에 비해 높고, 문학의 경우 가장 높은 점유율로 계속적인 증가 추세를 보였으나, 2011년에는 20.7%로 감소하며, 아동 분야가 21.9%로 점유율이 가장 높아졌다. 2011년의 번역 점유율은 문학(20.7%), 아동(21.9%), 만화(19.7%)가 전체의 62.3%를 차지하며, 사회과학(10.7%), 기술과학(6.4%), 종교(6.2%), 철학(5.6%) 등의 순이었다.[14]

이러한 번역이 외국어가 우리말로 뒤쳐 옮겨진 것이라면, 이 번역물 자료는 우리말이 모든 분야에서 문자 소통이 가능할 수 있다는 것을 증명해 준다고 볼 수 있다. 게다가 우리말은 인터넷과 휴대폰 문자에서도 매우 편리하게 쓰이고 있다. 이는 우리말이 통신에서도 병신 말이 아님을 말해 준다. 아래의 표는 세계 인터넷 사용자들이

을 시작할 수밖에 없었고, 오늘날까지 '[그들의] 우리말로 학교 교육하기'는 이뤄지지 못하고 있다.

14 출처: 대한출판협회 누리집(www.kpa21.or.kr)>자료실>출판 통계>2011 원문 http://www.kpa21.or.kr/bbs/board.php?bo_table=d_total&wr_id=117. 여기서는 이은성 외, 56~57쪽에서 다시 따옴.

많이 사용하는 언어 순위를 보여 준다. 우리말은 세계 8위를 차지하고 있다.

인터넷 사용자 주요 언어 순위[15]

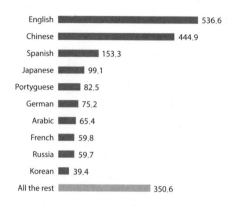

언어	비율
영어	26.8%
중국어	24.2%
스페인어	7.8%
일본어	4.7%
포르투갈어	3.9%
독일어	3.6%
아랍어	3.3%
프랑스어	3.0%
러시아어	3.0%
한국어	2.0%
상위 10개 언어	82.2%
기타	17.8%
계	100%

우리말은 이러한 자료들을 통해 볼 때 말과 귀 그리고 손이나 다리에서 병신 말이 아니다. 그렇다면 '우리말은 병신 말입니까?'라는 내 물음은 흰소리에 그치고 마는 것인가? 아니다. 아직 우리말이 병신 말일 수 있는 한 가지 길이 남았다. 우리는 우리말이 말이 해야할 여러 노릇들을 제대로 하고 있는지를 물어야 한다. 입이 있어도 말을 못하는 사람은 '말 병신'이 되고, 다리가 있어도 걷지를 못하면 '다리병신'이 되는 것처럼, 우리말도 입과 손이 멀쩡할지라도 말의 '할 일'을 제대로 못하는 한 '병신 말' 취급을 받을 수 있다. 우리말이 외형상으로는 분명 '병신 말'이 아닐지라도 우리는 우리말이 혹시

---

15 출처: www.internetworldstats.com

그 쓸모에서 반병신인 것은 아닌지, 또는 허우대는 멀쩡하지만 속은 텅 비어가고 있지는 않은지를 물어볼 필요가 있다.

도막3. 우리말의 층층다리 : 생활어와 문학어 그리고 학문어

마디1. 말이란 무엇인가

사람은 말할 줄 안다. 만일 누군가 나에게 "당신이 하는 말은 무슨 말입니까?"라고 묻는다면, 나는 한국말이라고 대답할 것이다. 이 세상에는 6천 종 이상의 말이 있다. 말은 중국말, 영국말, 독일말처럼 국가나 민족을 단위로 나뉠 수도 있고, 입말, 글말, 몸말, 머릿속말(mental language)처럼 말을 엮어 내는 기관이나 수단에 따라 이름이 붙여질 수도 있다.[16] 말은 사람들이 서로 주고받을 수 있는 것이고, 그로써 서로의 말하고자 하는 바(생각, 뜻, 정보, 마음, 삶 등)(앞으로 "말바"로 줄임)를 함께 나눌 수 있는 것이다. 말을 주고받기 위해서는 소리나 글자 또는 몸짓 등과 같은 수단(물리적 신호)이 반드시 있어야 하고,[17] '말바'를 함께 나눌 수 있기 위해서는 그것(말바)을 알아들을

---

16 구연상, 「말의 얼개와 특징」, 『존재론 연구』(11집), 한국하이데거학회, 2005, 169쪽. 앞으로 이 글에 대한 따옴은 바탕글 안에 "(○○쪽)"과 같이 적는다.

17 말은 입말로부터 글말로 발전해 왔다. 입말은 생물학적으로 진화한 반면, 글말(글자)은 문화적 발명이다.(죠지 밀러, 강범모, 김성도 옮김, 『언어의 과학』, 민음사, 1998, 47쪽 살핌)

수 있는 마음이 있어야 한다.

사람은 말을 배우고 가르칠 수 있다. 우리는 자신이 무엇을 배우
는지도 모른 채 어머니 말(모국어)을 저절로 배워 익히고, 그것을 거
쳐 새롭고 낯선 말들을 배워 나간다. 사람은 어머니 말로써 '세계 속
에서 말하는 법'을 깨우친 뒤 새로운 세계(학문의 세계, 예술과 기술의
세계, 정치와 경계의 세계)로 거듭 나아간다. 말은 배우고 가르칠 앎의
대상(알거리)이고, 더 중요하게는, '세계 속 모든 것'을 알아갈 수 있게
해 주는 '길'이자 그 앎이 갈무리되는 '집(작품)'이다. 말이 없다면, 학
문도 법률도 없고, 따라서 삶의 질서도 없다.[18]

가리1. 말은 낱말들의 복합적 체계

사람이 말을 배워 아무 막힘없이 말을 잘 할 수 있다면 우리는
"말은 무엇인가?"라는 물음에 대한 올바른 대답을 찾을 수 있을 것
이다. 이 물음에 대한 쉬운 대답은, 사람들이 "물(水)"을 "H_2O"로 환
원하는 것과 같은 방식으로, 말을 그 원자들의 결합식으로 나타내
는 것이다. 이에 따를 때 말은 '낱말들의 복합적 체계(體系)'라고 정의
(定義)될 수 있다. 보기를 들어, 우리말은 무지개를 빨강, 주황, 노랑,

---

18 레오 바이스게르버, 『모국어와 정신 형성』, 허발 옮김, 문예출판사, 1993, 117쪽. "언어와
더불어 그리고 언어 속에 세계와 그 현상들을 보는 일정한 양식이 갈무리되어 있으며, 그
렇기 때문에 한 언어는 그 내적 형식 안에 일정한 세계관을 숨기고 있다고 말할 수 있다.
한 언어 속으로 들어가 성장하는 모든 사람들은 반드시 현상과 정신의 세계를 파악하는
그 언어의 양식을 습득해야 한다. 따라서 한 언어 공동체에 속해 있는 모든 사람들은 그
들의 체험을 그들의 모국어의 내적 형식에 따라 소화하게 되며, 그에 상응하여 사유하고
행동하게 되는 것이다."

초록, 파랑, 남, 보라라는 낱말들로 체계화한다.[19] 말은 세계(무지개)를 낱말들로써 체계화하는 것이다.

그러나 낱말은 또 무엇인가? 낱말은 우리가 그것으로써 무엇인가를 가리키고, 나타내고, 뜻할 수 있는 것이다. 우리는 일곱 색깔 낱말로 체계화된 "무지개"라는 낱말로써 '하늘에 떠 있는 무지개'나 '그림책 속에 그려진 무지개 그림'을 가리킬 수 있다. 가리킴은 여럿 가운데 어느 하나(쪽, 곳, 사물, 집단)를 두드러지게 집어내는 것을 말한다. 또 "무지개가 하늘에 아름답게 떴다."와 같은 말에 쓰인 "떴다"라는 낱말은 어떤 사건이나 현상을 나타내고, "아름답게"라는 낱말은 '그래서 어떻다'라는 느낌이나 판단을 뜻한다. 가리킴과 나타냄 그리고 뜻함은 낱말이 세계를 체계화하는 세 방식이다.

말은 낱말들의 체계화를 통해 세계를 드러낼 수 있는 것이고, 그 드러난 것의 어떠함을 풀어낼 수 있는 것이다. "무지개"라는 낱말은 누군가 그것으로써 무지개를 가리킬 때 무지개를 드러내지만, 그의 드러냄(낱말 쓰기)에는 이미 무지개의 '낱말 뜻'을 넘어 그것(무지개)에 대한 다양한 경험들이 담겨 있을 수 있고, 그것들 가운데 하나가 "아름답다"라는 낱말로써 풀이될 수 있다.[20] 말이 세계를 저마다의 고유한 낱말 체계(體系)로써 드러내고 풀어내는 데는 세계에 대한

---

19 우리와 달리 로디지아의 쇼나인들은 무지개 색깔을 넷(침수카, 시세나, 시테마, 칩수카)으로, 리베리아의 바사인들은 두 가지 말(ziza/hui)로 체계화한다. Peter Farb 지음, 이기동, 김혜숙, 김혜숙 옮김, 『말, 그 모습과 쓰임. 사람들이 말을 할 때 어떤 일이 일어나는가?』, 한국문화사, 1997, 201~202쪽 살핌.

20 말의 드러냄과 풀이함, 즉 '매듭-풀이'에 대해서는 구연상·김원명, 『서술 원리, 논술 원리(I)』, 한국외국어대출판부, 2011, 117~139쪽 살핌.

사람들의 경험이 덧붙여지거나 곁들여질 수 있다.

가리2. 말의 얼개와 그 있음 꼴(존재 방식)

그런데 말의 체계화가 상상을 초월할 만큼 복잡한 까닭은 무엇인가? 그것은 무엇보다 말의 얼개(구조)가 복잡하기 때문이다. 말의 얼개는 '말 자체'(한국말, 영어), '말하미와 들으미'(사람), '말소리와 글자'(기호), '말거리'(말의 대상), '말-자리'(상황), '말하기', '말함의 까닭', '말하기의 앞뒤구조', '함께-갖기', '함께-나누기', '알속(내용)', '앞서-구조' 등의 요소들로 짜인다.[21](161쪽) 아울러 말의 복잡성은 말의 역사성과 사회성 때문이기도 하다. 말은 한 사회(모여살이)가 스스로 발전하는 것(과학화, 기술화)에 따라 저절로 복잡해질 뿐 아니라 그 사회가 다른 사회와 마주쳐 다원화됨(국제화, 세계화)에 따라 급격히 낯설어지고 복잡해진다.[22](171쪽)

세계가 변하면 말이 변하듯 말과 세계는 서로를 비추는 거울과 같지만, 말의 체계와 세계(말거리)의 그것은 사뭇 다르다. 보기를 들어, "복숭아가 참 달다."라는 말에서 "복숭아"라는 낱말은 실제의

---

21 L. 바이스게르버는 말의 얼개를 언어의 네 가지 현상형식으로 정식화하고 있다. 첫째, 말하는 것, 둘째, 개인의 언어재, 셋째, 한 공동체의 문화재로서의 언어, 넷째, 인류에게 특징적인 언어능력이란 의미에서의 언어.(『모국어와 정신형성』, 허발 옮김, 문예출판사, 1993, 66~67쪽 살핌)

22 철학자 정대현(『한국어와 철학적 분석』, 이화여자대학교 출판부, 1984)에 따를 때, 한국어는 (…) "현재의 [한국]사회가 전승하여온 것을 채택하면서 미래에로 수정해 가고 있는 언어이다." "중요한 것은 한국어는 한국사회가 어떤 범위 안에서 세계를 해석하고 바라보는 체계라는 점이다. 이것이 체계라는 의미에서 한국어는 그 나름의 논리를 그 안에 가지고 있다."(정대현, 67쪽)

복숭아와는 전혀 닮은 데가 없고, "달다"라는 낱말 또한 단맛이 전혀 없다. 복숭아는 단맛을 가질 수 있지만, "복숭아"라는 말은 단맛을 가질 수 없고 오직 "달다"라는 낱말에 의해 풀이될 수 있을 뿐이다. 우리는 이러한 풀이를 통해 "복숭아"라는 낱말이 가리키는 어떤 것이 '단맛'을 갖고 있음을 알게 된다. 하지만 "복숭아는 지혜롭다."라는 말은, 그것이 비록 복숭아에 대한 풀이일지라도, 복숭아가 지혜를 갖고 있다는 것을 알게 해 주는 것은 아니다. 만일 누가 그 말을 믿는다면, 그는 거짓을 믿게 되는 셈이다.

말의 체계가 반드시 사실의 체계인 것은 아니다. 이는 말이 세계의 거울이 아니라 '세계를 대신하는 것'임을 뜻한다. 이를 비유로써 말하자면, 회의에 사장 대신 그의 아들이 참석했다면, 그 아들은 사장이 아님에도 사장을 대리했다는 그 사실 때문에 사장 노릇을 할 수 있다. 이때 참석자들은 아들을 '사장을 대신한 사람'으로 받아들여야 한다. 말은 다른 어떤 것(아버지)을 대신(代身)하거나 대리(代理)하는 것(아들)과 같다. 말은 세계(사물)를 대신할 수도 있고, 마음(생각, 느낌, 뜻)을 대신할 수도 있다. 말은 모든 것을 대신할 수 있다.

가리3. 말의 본질은 마름질

이제까지의 이야기를 짧게 줄이자면, 말은 세계와 마음(말거리)을 대신할 수 있는 낱말들의 복잡한 체계화이다. 나는 이러한 체계화를 한마디로 "마름질"이라고 부른다. 말은 '마름질하기 위한 도구(道具)'일 뿐 아니라, '마름질된 것'이기도 하고, 나아가 마름질 자체로 정의될 수 있다. 비유적으로 말하자면, 말은 밥을 먹기 위해 써먹는 숟가락이나 밥그릇일 뿐 아니라, 살기 위해 먹어야 하는 '밥 자체'이기도 하고, 나아가 '밥을 먹는 일'이기도 하다. 말은 세계에 나타나는 것들과 마음에 떠오르는 것들을 마름질하기 위한 체계이다.

도대체 "마름질"은 무슨 뜻인가? 마름질은 옷 만들기의 한 과정으로서 옷감을 미리 만들어 놓은 앞품꼴, 뒷품꼴, 소매꼴, 목둘레꼴, 또는 주머니꼴 등의 본에 맞춰 알맞게 잰 뒤 시접을 따라 가위로 잘라내는 일을 말한다. 여기서 '옷감'은 말의 밑감과 같고, '본'은 낱말들과 같으며, 치수를 재고 거기에 맞춰 자름은 말하기와 같다. 이때 치수와 본은 옷의 쓸모에 따라 매우 다양한 방식으로 변형될 수있다. 마름질이 끝나면 박음질과 바느질이 이어지고, 마침내 입고다닐 옷(봉제품)이 만들어진다.

그렇다면 말은 무엇을 마름질하는가? 말의 옷감, 즉 말의 마름질거리는 사람에게 알려질 수 있는 '모든 것'이다. 그것은 경험의 총체(總體)라고 할 수 있다. 경험은 느낌(감각)이나 알아챔(지각)을 통해서 주어질 뿐 아니라 생각이나 '미루어 그려봄(상상, 想像)'을 통해서도 일어난다. 감각은 몸 밖뿐 아니라 몸 안으로부터도 주어지고, 상상은 감각에 대한 기억만으로도 가능하므로 우리가 말로써 마름질할 수 있는 것은 '어떻게든 우리에게 주어지는 모든 것'이라고 할 수있다. 여기에는 없는 것들과 모르는 것들도 포함되고, 책이나 미디어를 통해 읽고 듣고 본 모든 것까지 포함된다.

말은 무엇으로써 마름질하는가? 말이 '모든 것'을 마름질할 수 있으려면, 그것의 본이 되는 낱말의 수는 제한이 없어야 할 것이다. 낱말이 '본'과 같다면, 우리는 주어진 경험을 거기에 맞는 낱말로써 본을 떠 잘라낼 것이다. 만일 그 경험이 한 낱말로써 본뜰 수 없다면, 우리는 한 낱말에 다른 낱말을 이어붙이거나, 그것으로도 본이 안 떠진다면, 여러 낱말들을 한꺼번에 써먹거나, 때론 낱말을 구부리거나 새로운 낱말을 만들어 본을 뜨려 할 것이다. 낱말로 재어질 수 없는 경험은 본을 뜰 수 없게 되고, 낱말에 들어맞지 않는 경험은 그 본이 뒤틀릴 수밖에 없다. 아름다운 말은 경험을 알맞춤으로 잘 드러내어 풀이하는 말인 반면, 어그러진 말은 경험이 얼렁뚱땅 본떠진 말이다.

말의 마름질이 잘 되고 못 되고는 무엇에 달렸는가? 말은 낱말의 수가 많고, 그 체계가 잘 짜일수록 그 말거리(세계, 마음)를 잘 마름질할 수 있고, 그렇지 못할수록 마름질이 어긋나게 된다. 낱말 가운데 이름씨(명사)는 만들기도 쉽고, 다른 말로부터 들여오기도 쉽고, 고치거나 이어붙이기도 쉽지만, 풀이씨(동사, 형용사)는 새로 만들거나 고치기도 어렵고, 다른 말에서 들여오기 또한 어렵다. 마름질의 잘됨과 못됨의 관건은 말에 대한 자유도에 달렸다. 만일 누군가 자신의 '어머니-말'을 일상생활에서뿐 아니라 학문생활에서도 자유롭게 쓸 수 있다면, 그는 일상 세계뿐 아니라 학문 세계도 잘 마름질할 수 있을 것이다.

말은 세계와 경험 그리고 그것에 대한 이해와 해석을 마름질하기 위한 것이면서 동시에 그러한 마름질의 기록물이다. 보기를 들어 "낮말은 새가 듣고, 밤말은 쥐가 듣는다."라는 속담(俗談)은 삶의 교훈이 마름질되어 있는 말이다. 보통 사람들은 그 속담이 쓰일 때마다 거기에 녹아든 이해와 해석에 대한 공감이 즉시 일어난다. 우리는 우리말이 들리는 순간 우리말로 마름질된 삶의 이해 지평 속으로 곧바로 빨려 들어가 그 안에 마름질되어 있는 해석의 틀에 따라 생각하고 행동하게 마련이다. "우리말은 병신 말입니까?"라는 물음을 알아들은 사람은 그 물음의 뜻을 그 물음 속에 간직된 해석의 틀에 맞춰 풀어낼 것이다. 그 풀이가 서로 맞아떨어지는 사람들끼리는 우리말에 대한 정체성이 같다고 볼 수 있다.

가리4. 말과 세계의 연관성

나는 "말이란 무엇인가?"라는 물음에 대해 "그것은 세계를 낱말들로써 마름질하는 것이다."라고 대답했다. 말의 능력, 곧 마름질의 능력은 타고나는 것이면서 동시에 배워야만 하는 것이다. 타고남은 유전의 문제이지만, 배움은 세계(世界)의 문제이다. 야만(野蠻)이 그저 본능적으로 추구되거나 자연적으로 변화될 뿐인 영역을 일컫는다면, 세계는 사람들의 삶이 펼쳐지는 공동체의 터전으로서 끊임없이 역사적·사회적·공간적 교류가 벌어지는 문명의 공간을 말한다. 이러한 교류, 즉 공동체들 사이의 '서로 만남과 사귐'은 오직 말의 마름질을 통해서만 가능하다. 말이 없는 곳은 식물이나 동물의 서식지가 될 수는 있을지언정 사람의 세계가 될 수는 없다.[23](180쪽)

그렇다면 말의 다름이 곧 세계 또는 세계관의 다름을 불러일으키는가? 나는 그렇다고 보지는 않는다. 세계의 다름이 말의 다름

---

23 구연상, 『감각의 대화』, 세림M&B, 2004, 33~34쪽 살핌.: "우리는 말을 배움으로써 비로소 우리가 그때마다 처해 있는 문맥들을 분류할 수 있고, 그렇게 분류된 문맥들을 나름의 언어 사용법을 통해 자기 방식대로 새롭게 규정할 수 있습니다.…낱말이 없다면, 세계도 없습니다. 낱말의 형성이 바로 세계의 형성에 다름 아닙니다."

때문에 빚어진다고 보는, 흔히 말하는 사피어(Edward Sapir)와 워프 (Benjamin Lee Whorf)의 가설은 말과 세계 사이의 서로 맞물린 관계를 지나치게 인과적 틀로 본다. 말이 없으면 세계도 없고, 거꾸로 세계가 허물어지면 말도 스러지지만, 이러한 사실은 말의 다름이 세계의 다름을 낳는다는 데 대한 증거가 될 수는 없다. 인종과 민족 그리고 세계관이 달라도 같은 말을 쓸 수 있듯, 쓰는 말이 달라도 그 세계관은 비슷할 수 있다. 말과 세계 사이에는 필연적 관계가 없다.

만일 말이 세계와 필연적 관계가 없다면, 말의 체계성, 바꿔 말해, 낱말들이 사슬처럼 또는 그물처럼 서로 짜일 수 있는 전체성은 그저 우연히 구성된 것에 불과한 것인가? 아니다! 말의 체계가 짜이는 곳은 말 자체가 이해되어 쓰이는 곳이다. 이 곳은 앞서 내가 '말의 얼개'로써 늘어놓았던 것들이 한데 모이는 자리, 쉽게 말해, 우리가 말할 때 드러나는 세계, 즉 '말의 세계'이다. 말은 음악의 세계, 정치의 세계, 역사의 세계 등과 마찬가지로 그것만의 고유한 세계가 있다. 말의 세계는 낱말들이 의미론적으로 서로 이어져 있는 영역이자, 세계가 그러한 낱말들의 짜임새를 통해 드러나고 풀이되는 영역이며, 사람들이 서로의 삶을 함께 나눌 수 있는 영역이다.[24]

말의 세계는 낱말들이 서로 짜일 수 있는 '열린 매트릭스'와 같다. 낱말들은 뒤죽박죽(Chaos) 짜일 수도 있고, 그것들 나름의 순서에 따

---

24 바이스게르버, 6~7쪽. [훔볼트에 따르면] "언어는 단순히 상호 이해를 위한 교환수단이라기보다는 정신이 자신의 힘의 내적인 활동을 통해 자신과 대상 사이에 설정하지 않으면 안 될 하나의 참된 세계이다." 이를 바이스게르버는 "언어적 중간세계"로 불렀다. 이는 "한 언어의 내용의 총체", 또는 "갈무리되어 있는 모든 것", "언어공동체를 통해 세계를 언어에 의해서 동화시키는 양식"을 뜻한다.

라 엮일 수도 있으며, 아주 엄격한 논리적 흐름에 맞춰 배열될 수도 있다. 하지만 다른 낱말들로부터 완전히 고립된 "하나의 낱말은 없다."[25] "소나무"라는 낱말은 "늘 푸름"과 "바늘잎"과 이어질 수 있고, "바늘잎"은 "찔림"을 떠올리게 하고, "찔림"은 "피"와 같은 것으로 이어지는 식이다. 하나의 낱말에는 수많은 낱말들이 갖가지 방식으로 마디마디 이어질 수 있고, 그렇게 이어져 짜일 수 있는 매트릭스(펼침 자리)가 곧 말의 세계가 된다. 다만 이때 낱말은 세계와 마음 그리고 뜻 등이 한데 얽어져 있는 매듭과 같은 것으로 이해되어야 한다.

말이 다르다는 것은 무엇을 뜻하는가? 그것은 단순히 기호의 체계가 다르다는 것을 뜻하는가? 아니다! 말은 낱말들의 복합적 짜임새(체계성)로서 세계 전체를 그것의 고유한 체계로써 마름질한다. 고유성(固有性)은 하나뿐인 것을 말한다. 마름질의 짜임새가 달라진다는 것은 말이 세계를 드러내는 방식 자체가 바뀐다는 것을 뜻한다. 비록 세계가 동일할지라도 말이 바뀌면, 세계가 드러나는 방식은 변한다. 우리말 "우리는 날마다 밥을 먹는다."와 영어 "We eat rice everyday."는 그 뜻과 세계가 비슷하지만, 그 풀어내기(敍述, predication)의 틀은 완전히 다르다. 심지어 낯선 말은 그것을 모르는 사람에게는 아무런 세계도 드러낼 수 없다.

---

25 이에 대한 언어학적 증명으로 두 가지를 우선 꼽을 수 있다. 하나는 낱말의 연결은 "지수의 원리"로 이뤄진다는 것(죠지 밀러, 38~40쪽 살핌)이고, 다른 하나는 단어 연상 테스트에 따르자면 하나의 단어는 늘 광범위한 어휘 지식을 활성화시킨다는 것이다.(죠지 밀러, 194~195쪽 살핌)

마디2. '우리'에 대한 뜻매김과 '우리말'

가리1. 나은 말과 못한 말

우리말은 어떤 말을 말하는가? 말이 세계를 낱말들로써 체계화하는 것이라면, 우리말 또한 그러해야 할 것이다. 우리말이 병이 들었다면, 그것은 이러한 체계화로서의 마름질 능력이 떨어지게 되었다는 것을 뜻한다. 말들 사이에도 어떤 '나음과 못함(優劣)'이 있다. 좋은 말은 우리가 현재 살아가는 세계를 막힘없고 걸림 없이 잘 마름질할 수 있게 해 주는 것이고, 나쁜 말은 그것을 어렵게 하는 것이다. 어떤 말이 시간의 낱말들을 갖추지 못했다면, 그 말은 시간의 세계에 대한 마름질 능력이 크게 떨어질 수밖에 없다.

우리말에 현대의 학문적·과학적·기술적 세계를 마름질할 낱말들이 없었던 까닭에 오늘날 우리는 그러한 세계를 마름질하기 위해 일제강점기부터는 일본어 낱말들을, 해방 뒤부터는 영어 낱말들까지 끊임없이 들여와 써야만 했고, 요즘은 영어를 통째로 가져다 쓰기 시작했다. 앞서 우리가 하나의 낱말은 없다고 말한 게 맞는다면, 우리가 그 영어 낱말들을 우리말 체계 속으로 번역해 들이지 못하는 한, 그 영어 낱말들은 거미가 빈 집 여기저기에 거미줄을 치듯 우리말의 빈자리들을 점령해 버려, 우리말은 군데군데 피진(pidgin)이나 크리올말(creole)처럼 바뀌고 말 것이다. 우리말 세계에 이미 수많은 영어의 섬들이 생겨났고, 우리말의 짜임새는 어느덧 듬성듬성 허물어져 그 마름질은 거듭 끊기고 뒤틀리고 있다. 한마디로 말해, 우리말이 병신 말이 되어 가고 있는 것이다.

가리2. '우리'라는 낱말에 대한 뜻매김

그런데 우리말에서 '우리'란 무엇인가? 사전적으로는 보자면, 우리말은 '우리나라 사람의 말'로 풀이된다. 여기서 '우리'는 '우리나라 사람'으로 풀이된 셈이다. '우리나라'에는 고조선부터 현재의 대한민국에 이르기까지 한민족이 세운 모든 나라가 포함되고, 이러한 뜻매김에서 보자면, 우리말은 부여말, 고구려말, 백제말, 신라말, 북한말, 남한말, 제주도말 등을 모두 포괄할 뿐 아니라, 조선시대에 널리 쓰였던 한자나 일제강점기에 우리나라 사람들이 많이 썼던 일본어도 우리말이 되고, 오늘날 우리나라 사람들 많이 쓰는 영어도 '우리말'이 되어야 할 것이다.

우리말은 중국 사람이나 미국 사람도 쓸 수 있다. 말은 그것을 배우기만 하면 누구든 쓸 수 있는 것이다. 만일 우리나라 사람 모두가 영어를 쓴다면, 사전적 뜻매김에 따를 때, 먼저의 우리말은 사라져 없어지고 대신 영어라는 새 우리말이 생긴 것이다. 하지만 우리가 세계의 여러 말들 가운데 영어를 우리말로 뽑아 쓴다고 할지라도 영어가 곧바로 우리말이 되는 것은 아니다. 그것은 영어가 다른 누군가의 우리말이기 때문이다. 이때 우리는, 비유적으로 말하자면, 영어라는 전셋집에 세를 들어간 것과 같다. 영어는, 그것의 소유권이 다른 나라의 '우리'에게 있는 한, 결국 '참 우리말'이 될 수 없다. 영어가 '참 우리말'이 되려면, 영어가 '우리'의 정체성을 이루는 정신적 알맹이가 되어야 한다.

나는 "우리말"에 쓰인 '우리'의 뜻을 사용자 측면이 아닌 공동체 정체성의 관점에서 풀어야 한다고 생각한다. 나는 이를 위해 이 책에서 '우리'에 대한 좀 낯선 해석을 끌어들일 것이다. 비록 이 해석이 낯설긴 하지만, 그것은 이미 사전에도 소개되어 있다. "우리"라는 낱말은 명사(名詞, 이름씨)로는 울타리를 쳐서 가축(家畜, 집짐승)을 넣어 두는 곳을 뜻하고, 인칭 대명사(人稱 代名詞)로는 말하는 사람 자신이 포함된 여럿을 가리키거나 어떤 대상이 자기와 친밀(親密, 가깝게 사귐)하다는 것을 나타낸다. 이 두 가지 해석 가운데 "우리말"은 "우리 학교"처럼 인칭 대명사로 보는 게 일반적이다. 만일 "우리말"에서의 '우리'가 울타리의 뜻이 되려면, "우리-말"은 "돼지-우리"처럼 "말-우리"가 되어야 할 것이다.

국어학자 김정호는 여러 문헌들을 통해 "우리"라는 낱말이 고구려(高句麗) 때부터 쓰인, 그것도 "고구려"의 "구려"에도 쓰인 "구리/굴"로부터 비롯되었다고 말한다.[26] 그의 이러한 말 풀이를 상상력을 동원해 쫓아가 보자. 굴(窟)은 원시 시대 사람들이 집을 따로 만들지 못한 채 그 안으로 들어가 살았던 땅이나 바위가 안으로 깊숙이 패어 들어간 곳을 말한다. 오늘날에는 굴이 산이나 땅 밑을 뚫어 사람이 다닐 수 있게 만든 길을 뜻하기도 한다. 구리(굴)는 움푹 팬 구덩이로서 둥근 그릇처럼 무엇인가를 담을 수 있거나 어떤 것을 둥글게 감싸 안을 수 있게 만들어진 자리를 말하는 셈이다.

여기서 한 걸음의 상상력을 더하면, 굴(구리)은 그 안에 모여 사는 사람들이 적으로부터 스스로를 지킬 수 있는 성(城)과 같다. 두터운 담으로 둘러싸인 성은 하늘 위와 입구에 구멍이 둘 뚫린 굴인 셈이

---

26 김정호, 「우리·알·얼의 어원과 어의변천 연구」, 『어문연구』(48), 어문연구학회, 2005, 56쪽 살핌.

다. '우리'의 뜻이 굴(窟)에서 성(城)으로 바뀐 것은 "우리"라는 낱말이 "구리/굴"에서 'ㄱ'이 떨어져 나가 만들어진 말이라는 김정호의 설명과 어딘가 상통하는 듯 보인다.[27] 말소리가 바뀌었다는 것은 그 쓰이는 맥락과 뜻이 다양해졌다는 것을 뜻한다. 그 맥락을 상상해 보자.

"우리"라는 낱말은 그 밑말 "구리(굴)"가 갖고 있던 뜻을 축사(畜舍, 가축을 기르는 집)에 넘겨주고, 취락(聚落)이라는 새로운 뜻을 받아들였다. 짐승의 우리는 보통 나뭇가지들을 땅에 박아 둥글게 또는 네모지게 지었고, 취락은 많은 집이 둥글게 한데 모인 마을을 뜻했다. '우리'는 형태가 둥근 집을 뜻하기도 하고, 둥근 울타리가 쳐진 집을 뜻하기도 하며, 중심(中心)을 둥글게 감싼 형태로 그 규모가 커진 마을을 뜻하기도 하여, 마침내 "우리"라는 말은 성(城)과 같은 안전한 거주지에 이루어진 공동체를 뜻하게 되었다.

"우리"가 둥글게 구부려 만든 집, 또는 울타리를 치거나 담을 높이 쌓아올려 안팎을 막아놓은 성(城)을 나타내는 "굴"에서 왔다면, 이와 비슷한 낱말인 "울"은 손잡이의 뜻을 갖는 "고리"에서 'ㅣ'가 떨어져 나간, 곡(谷, 골짜기)을 뜻하는 "골"(洞, 마을)에서 왔다.[28] '우리'와 '울'은 모두 어떤 것을 구부려 둥글게 만드는 일, 또는 그런 모양과 관계된다. 이와 마찬가지로 "아리"는 방책(防柵, 말뚝 울타리)이나 높은 벽으로 둘러싸인 도성(都城)과 도시(都市, 도읍)를 뜻하고, "메아리"는 뫼에 부딪쳐 되돌아오는 소리를 말하며, "또아리"는 두 끝을

---

27 같은 곳, 살핌.
28 김정호, 56쪽 살핌.

그것이 도로 만날 수 있게 휘감아 둥글게 만든 것을 말한다.[29]

"우리"라는 낱말의 밑 뜻은 '무엇인가를 (둥글게) 둘러싸는 것'이다. "우리"는 말뚝을 박아 세운 울타리나 울짱을 뜻하는 책(柵, 말뚝 우리), 또는 흙이나 돌을 높이 쌓아올린 담으로 둘러싸인 성(城, 담 우리)을 뜻했다. 울을 친다는 것은 어떤 것을 숨기거나 보호하거나 간직하기 위한 일이다. 사람들이 자신들이 사는 곳의 둘레에 울을 친 땅이 도성(都城, 담 우리 마을)이다. "우리"라는 낱말은 '가축을 가두기 위해 울타리를 둘러친 곳', '사람이 울을 치고 사는 집', '많은 집이 한 가운데를 빙 둘러 한데 모인 마을', 나아가 '모든 사람을 지키고 보살피기 위한 나라'로 그 뜻이 넓혀졌다고 볼 수 있다.

"우리"라는 낱말의 뜻에는 둘러싸인 안쪽과 그것의 바깥쪽에 대한 가름이 놓여있다. 담을 둘러치거나 담으로 둘러싸는 일은 안쪽을 지켜 감싸기 위한 것으로 바깥을 위험지역으로 여기는 것이다. '우리'는 남을 쳐부수기 위한 진지(陣地)가 아니라 삶을 살아가기 위해 스스로를 지킬 수 있도록 설계된 마을이다. 그 안에서 사람들은 서로를 보호하고, 바깥의 적에 맞서 싸우며, 친족이나 씨족의 고리로 강하게 연결되어 똘똘 뭉쳐 삶을 더불어 살아간다. '우리 속 삶'은 서로가 서로를 속속들이 아는 겨레붙이의 삶이 된다. 사람들은 '우리 안'에서 저마다의 자리를 갖는다. 위아래, 어른아이, 남녀 등이 뚜렷하게 나뉘지만, 이러한 가름은 무시나 과시와는 아무 상관이 없고 서로의 어울림을 위한 것이다.

---

29 김정호, 57쪽 살핌. "우리"는 "울", "아리"를 거쳐 "알(卵)"이 되었고, 뒤늦게 "얼(정신, 精神)"이 되었다고 한다.

오늘날 "우리"라는 낱말은 누군가 서로 한데 어울려 가깝다고 느끼는 사람들이나 사물을 그 자신과 하나로 여겨 부르는 말이다. "우리"라는 낱말은 누군가 자신이 말하는 대상에 대해 친밀감이나 유대감을 나타내고 싶은 뜻으로 쓰는 말이다.[30] "우리"는 '나'와 '너'를 따로 가르지 않은 '큰 나'를 뜻한다. '나'나 '너'는 '낱낱'의 뜻이 강하지만, '우리'는 '모두'의 뜻이 강하다. 나와 너가 한데 어우러진 '하나'로서의 '우리'는 그것이 다시금 하나의 단위가 되기 때문에 그것과 구별되는 '너희', '저희', '그들'과 따로 구분된다.

"저"라는 낱말은 자신의 집안이나 자기 학교 등과 같이 자기 자신에 속한 전체(소유)를 나타내고, "우리"라는 낱말은 나와 너가 함께 어울려 이루어진 '하나'를 말한다. '우리'는 이루어지는 것이지 주어지는 게 아니다. '우리'는 또한 억지로 만들어지는 것도 아니다. '우리'에는 '한데 어우러짐'과 같은 조화의 이념이 밑바탕에 깔려 있다. '우리'는 너와 나가 서로 마음이 맞고, 할 일이 잘 나눠져 모든 게 잘 돌아갈 때 이루어지는 '하나'이다. 마음이 서로 안 맞고, 서로 할 일을 제대로 못해내 서로를 비난할 때 '우리'는 남남으로 쪼개진다. 우리 안에는 이쪽이나 저쪽 또는 내 편과 네 편이 따로 나뉘지 않는다. '우리'는 저마다 따로 노는 사람들이 아니라 한마음 한뜻에서 모든 것을 함께하는 사람들을 말한다.

나는 "우리"라는 낱말의 뜻을 다음 셋으로 추리고자 한다. 첫째, 울타리를 둘러쳐 안팎 가르기(둘러치기), 둘째, '우리'의 안에 사는 사

---

30 김정남, 「한국어 대명사 '우리'의 의미와 용법」, 『한국어 의미학』(13), 한국어의미학회, 2003, 270~271쪽 살핌.

람들끼리 서로 가깝게 사귐(가깝기), 셋째, 저마다 맡은 일을 다하는 가운데 모든 것을 함께하는 하나의 공동 운명체로 살아감(하나 되기). 이러한 뜻에 따를 때, '우리'는 하나의 운명 공동체로 살아가야 할 하나의 울타리에 둘러싸인 사람들을 말한다. 우리는 한 울타리 안에서 서로 더불어 살아가야 할 사람들을 나타낸다. 우리는 서로 가까울 수도 있고, 다툴 수도 있다. 우리는 사이가 좋거나 나쁠 수 있다. 서로 사이가 가깝고 좋은 우리는 한데 잘 어우러진 삶을 살아갈 것이고, 그렇지 않은 우리는 서로 틀어져 멀어질 것이다.

'우리'는 '하나'의 운명(시간, 시대, 역사)과 '하나'의 울타리(공간, 소속, 정체성)를 함께하는 사람들로서 저마다가 '우리'에 속한 다른 사람들을 '그 자신'과 같은 사람으로 여긴다. 우리 안에서 '나'는 다른 사람들과 따로 떨어져 홀로 생각될 수 없다. 그렇다고 '나'가 우리의 부품이 되지는 않는다. '우리'가 살아가는 사회는 '무리'의 그것과 달리 내부적으로 다양한 분화가 일어난 사회이다. '우리'는 저마다 할 일을 떠맡는다. 만일 우리가 서로 친구라면, 우리는 서로가 서로에게 좋은 벗이 되어야 한다. 그렇지 않을 때 '우리 사이'에는 금이 가고, 결국 '우리'는 사이가 벌어져 남남이 되고 만다. 남남은 서로 모른 척하는 사이의 사람들을 말한다. '우리'는 서로 가까운 사이의 사람들로서 서로 모른 척할 수 없을 뿐 아니라 서로를 도와야 한다.

나는 가족이 다섯이다. '우리 집'은 이 다섯이 함께 살아가는 집이다. 우리는 저마다의 할 일(생활)을 다하면서 서로의 좋은 일과 궂은일을 함께 나누면서 '우리 집'에서 '가족'으로 더불어 살아간다. '우리 집'은 나에게만 '우리 집'인 게 아니라 그 울타리 안에서 살아가는 다섯

명 모두에게 저마다의 방식으로 '우리 집'이다. "우리"라는 말은 거기에 속한 누구도 배제하지 않지만, 그렇다고 그 안에서의 가름(아버지, 어머니, 딸, 아들)까지 제거하지는 않는다. '우리 집'은 그 집에 사는 사람들이 한 울타리 안에서 서로의 운명을 공유하며 살아가는 집이다.

'우리 집'은 단순히 우리가 함께 쓰는 집을 뜻하는 게 아니라 우리가 서로 모른 척하지 않고 서로를 알뜰살뜰 보살피고 돕는 사이로 살아가는 집을 뜻한다. 이때 우리는 서로의 삶을 함께 나누어야 한다. "우리"라는 말은 서로에게 서로의 것을 함께 나눠야 한다는 '도덕적 의무'를 지운다. 저마다는 이러한 '우리'의 명령을 따라야 한다. 사람은 누구나 '우리'의 관계가 있을 수밖에 없다. 사람이 정당한 이유 없이 이 '우리 되기'를 저버린다면, 그는 '도덕적 비난'을 받게 된다. 그 누구와도 또는 그 무엇과도 '우리 사이'가 되지 못한 사람은 외톨이거나 무국적자가 되고 만다. "우리"라는 낱말은 사람이 그 자신의 정체성을 이루는 데 필수적인 관계를 나타낸다.

가리3. 우리말에 대한 뜻매김

이제 "우리"라는 낱말의 뜻에 대한 갈무리를 바탕으로 "우리말"이 무엇을 뜻하는지 살펴보자. '우리'는 한 울타리 안에 들어와 사는 모든 사람으로서 저마다의 할 일을 다하는 가운데 서로 함께 나눔이라는 도덕적 의무를 저버리지 않는 사람들을 뜻한다. '우리말'은 우리 모두가 함께 쓰는 말로서, 그 말로써 저마다의 할 일을 다할 수 있어야 하고, 서로가 삶을 함께 나눌 수 있어야 한다. 우리말은 '모두 함께 쓰는 말'이라는 점에서 일종의 도구(道具)가 되고, 그것이 저마다의 할 일을 다하는 데 이바지해야 한다는 점에서 필수품(必需品)이 되며, 서로의 삶을 함께 나눌 수 있게 해 주어야 한다는 점에서 '도덕적 의무'가 된다.

우리말의 뜻을 순서대로 다시 정리해 보자. 첫째, 우리말은 우리의 '어머니 말(모국어)'로서 우리가 언제나 어디서나 자유롭게 쓸 수 있는 말이다. '어머니 말'은 우리에게 주어진 말의 울타리이다. 울타리가 '스스로의 삶을 지키기 위해 담을 둘러친 곳'이라면, 우리말은 우리 자신의 말글살이를 지켜 주는 울타리가 된다. 울타리로서의 우리말은 '우리 집'처럼 우리 모두의 것이자 저마다의 것으로서 누구나 그 말의 임자가 되어 마음대로 쓸 수 있어야 한다. 만일 우리말이 허물어진다면, 그것은 곧 우리의 말글살이가 위험해진다는 것을 뜻한다.

둘째, 우리말은 우리가 일상생활뿐 아니라 다른 모든 할 일을 하는 데 도움이 되도록 모두에게 제공되어야 한다. 사람의 할 일은 태어나면서부터 죽을 때까지 말과 관계된다. 학생들은 공부를 하고, 어떤 이는 공장에서 일하고, 다른 이는 대기업에 다니며, 소설가는 글을 쓰고, 학자는 학문 연구를 한다. 이것은 '우리 집'에 아빠를 위한 방이 있다면, 아이들을 위한 방도 있어야 하는 것과 같다. 우리말을 함께 쓰는 사람들은 저마다 할 일이 다 다르므로, 그들은 우리말로 저마다의 할 일을 다할 수 있어야 한다. 이는 결국 우리가 모든 일을 우리말로 해낼 수 있게 된다는 것을 뜻한다.

셋째, 우리말은 우리가 서로의 삶을 가깝게 그리고 함께 나눌 수 있는 말이어야 한다. 삶을 함께 나눈다는 것은 세계에 대한 앎(지식과 정보)을 주고받고, 서로의 마음(감정과 기분)을 함께하며, 삶의 넓고 깊은 뜻(가치와 보람)을 깨달아간다는 것을 말한다. 이는 곧 우리말이 앎을 올곧게 짜나갈 수 있는 학문어야 하고, 마음으로부터 진실을 담아낼 수 있는 문학어야 하며, 보다 나은 삶의 길을 찾아낼 수 있는 슬기말(철학어)이어야 함을 뜻한다. 우리가 우리말로써 우리의 삶뿐 아니라 인류의 삶까지 두루 드러내어 풀어낼 수 있을 때 우리말의 함께 나눔의 넓이와 깊이는 끝이 없게 될 것이다.

나는 앞서 '말'은 낱말들로써 세계를 마름질하는 것으로 뜻매김했다. 우리말은 우리가 몸담고 살아가는 세계를 마름질해 왔다. 우리의 세계는 '닫힌 울타리'로부터 '터진 울타리' 또는 '열린 울타리'로 바뀌어 왔고, 그 바깥의 세계와 숨 가쁘게 소통해 왔다. 그에 발맞춰 우리말도 다른 세계의 낱말들을 거푸 받아들여 왔다. 받아들임은 한편으로 우리말을 풍요롭게 했지만, 다른 한편 우리말의 마름질을 거칠게 만들기도 했다. 만일 우리가 바깥 말들을 우리말 속에 얼렁뚱땅 끼워 넣거나, 여기서 한 걸음 더 나아가, 힘 있는 사람들이 우리말 대신 바깥 말을 학문어로 삼는다면, 우리말은 학문어의 자리로 올라가지 못하고 말 것이다. 왜냐하면 우리말에 학문을 위한 낱말들이 없다면, 우리는 우리말로는 결코 학문을 할 수 없기 때문이다.

마디3. 우리말의 층층다리

나는 앞으로의 이야기를 위해 우리말을 세 층위(層位)로 나눌 것이다. 이 세 층위를 말하기에 앞서 우리말을 말의 일반적 차원에 따라 구분해 보자. 우리말은 입말 차원에서 함께 나눌 수도 있고, 글말로 주고받을 수도 있다. 입말은 입과 귀로써 나눌 수도 있고, 소리로써 녹음이 되어 전송되거나 재생될 수도 있다. 입말로서의 우리말은 우리말을 할 줄 아는 사람이 살아있는 한 죽지 않는다. 글말로서의 우리말은 과거에는 이두나 향찰 등으로 적은 적도 있지만 오늘날에는 한글로 적히고 읽힌다.

우리말은 영어 알파벳(로마자 표기)으로 적을 수도 있다. 이는 글보다는 말이 더 근원적이고 중요하다는 것을 말해 준다. 우리말은 그것에 알맞은 글자 체계를 갖추고 있다는 점에서 더욱 뛰어난 말이 된 셈이다. 글이 비록 읽기와 쓰기를 거쳐야 그 뜻이 드러난다는 점에서 입말에 토대를 두지만, 그것이 물리적 형태로 보존되어 시간과 공간을 초월할 수 있다는 점에서 입말을 넘어서는 것이다. 오늘날 멀티미디어는 입말과 글말의 좋은 점들을 모두 살려 쓸 수 있다.

우리말의 층층다리(층위)는 그것이 쓰이는 자리에 따라 크게 셋으로 나눌 수 있다. 첫째, 우리말은 우리의 생활 세계에서 의사소통의 도구로써 쓰인다. 생활어로서의 우리말은 우리가 물건을 사거나 여행을 가거나 친구를 만나 대화를 나누거나 TV를 보거나 인터넷을 하거나 할 때 주로 쓰인다. 생활어는 "사람들-말(일상 언어)"이라고 부를 수 있다.[31] '사람들 말'의 특성은 사람들이 누군가의 말이나 미디어의 말을 뒤따라 그리고 퍼트려 말하는 데 있다. '사람들 말'은 누군가 스스로 이해한 바를 말하는 게 아니라 그저 사람들이 떠드는 말들 가운데 호기심에 끌리거나 겉보기에 그럴 듯해 보이는 말

---

[31] '사람들-말'에 대한 철학적 분석에 대해서는, 이기상·구연상 지음, 『존재와 시간 용어 해설』, 까치, 1998, "잡담" 항목 살핌.

들을 마치 자신의 견해인 양 여겨 하는 말이다.

둘째, 우리말은 삶의 의미에 대한 깊은 반성이나 삶의 가능한 세계들에 대한 상상을 펼쳐내는 문학어로 쓰인다. 문학어는 작가들의 언어로서 시, 산문, 소설, 희곡 등을 가능케 한다. 우리말의 경우, 문학어는 개화기에 창가나 신소설로 시작되었다고 볼 수 있다. 창가(唱歌)는 1890년대 후반 「독립신문」의 발간과 함께 나타났고, 그 뒤 신체시(新體詩)와 신소설이 등장하면서 일상어가 문학어로 쓰이기 시작했다. 문학어의 급속한 발전은 일제강점기에 이루어졌는데, 이는 작가들이 말이 민족의식을 지켜준다고 믿었기 때문이다.

셋째, 우리말은 학문적 탐구를 펼칠 수 있는 학문어로 쓰인다. 우리말은 조선시대는 말할 것도 없고 일제강점기를 거치는 동안에도 학문어의 자리에는 끼이지도 못했다. 학문어는 주로 대학의 교육언어이자 논문이 쓰이는 언어이다. 우리나라의 대학은 태학(太學)(고구려, 소수림왕, 372년), 국학(國學)(신라, 신문왕, 682년), 국자감(國子監)(고려, 성종, 992년 추정), 성균관(成均館)(고려~조선시대), 전문학교(일제강점기), 경성제국대학(일제, 지금의 서울대학교 전신, 1924년), 국립서울대학교(대한민국, 1946년) 등을 거쳐 왔다. 학문어는 학문 분야에 종사하는 학자들이 자신들의 연구를 진행하기 위해 쓰는 말을 뜻한다.

이 세 가지가 우리말이 쓰이는 큰 갈래라고 할 수 있다면, 그밖에 작은 갈래의 우리말들이 얼마든지 있을 수 있다. 보기를 들어, 나는 "철학(哲學)"을 "슬기 맑힘"이라는 말로 번역(뒤쳐 옮김)해 왔는데, 철학의 세계에서 쓰이는 갈말은 '슬기말'이라고 할 수 있고, 스스로의 고유한 이해에 바탕을 둔 말은 '제말'이라 할 수 있으며, 우리의 삶의 얼과 틀을 고스란히 담고 있는 말은 '겨레말' 또는 '바탕말'이라고 할 수 있다. 다른 보기들을 죽 늘어놓자면, 고운말, 바른말, 참말, 빈말, 거짓말, 바른말, 속말 등 이루 헬 수 없다.

나는 우리말을 생활어와 문학어 그리고 학문어라는 세 말자리(層位)로 나눈 뒤 우리말이 그 쓰일 자리마다에서 제 할 일을 제대로 할 수 있는지, 아니면 병들어 가고 있는지를 살펴볼 것이다. 만일 우리말이 이 세 말자리(층위) 가운데 어느 하나에서 제 '할 일'을 못한다면, 우리는 우리말이 어디에서 '병신 말' 소리를 들을 수 있는지 알게되는 셈이다. 그리고 말의 세 말자리가 서로 되먹임 되는 '맴돌이 짜임새'를 갖추고 있는 한, 우리말이 어느 한 말자리에서 '병신 말'이 된다면, 그것은 곧바로 다른 말자리에 악영향을 끼치리라 볼 수 있다.

가리1. 생활어

생활어(生活語)는 공동체에 속한 사람들이 일상의 삶을 살아가는 가운데 자유롭게 쓸 수 있는 '나날살이-말'을 뜻한다. 가족이나 친구끼리의 대화, 일상적 TV 시청, 여행이나 운동 등에서 주고받는 말들이 모두 나날말(생활어)이다. 나날살이(일상생활)에서 우리말의 초점은 주로 의사소통의 편리에로 맞춰진다. 나날말은 그것을 쓰는 사람들이 그 뜻이나 마음 또는 생각을 함께 나눌 수만 있다면 어떤 말이든 괜찮다. "스마트폰"[32]이란 말은 사람들이 그 말을 이해하는 순

---

32 최초의 스마트폰은 IBM사의 "사이먼"(1993년 11월 출시), 윈도우로 처음 나온 건 삼성 옴니아 씨리즈(2008년), 안드로이드라는 운영체제를 탑재한 최초 스마트폰은 모토롤라 모토로이(2009년도 말)이다.

간 생활어가 되어 버리고, "휴대전화"라는 말은 그 말에 밀려 역사 속으로 사라진다. 오늘날 우리말 생활어는 한자어와 일본어 그리고 영어로 복잡하게 뒤엉켜 있을 뿐 아니라 세대마다 그리고 계층마다 쓰는 말이 달라져 '의사소통'마저 어려워지고 있다. 먼저 김창식의 칼럼 "마지막 황제 마이클 잭슨"을 읽어 보자.

케이팝도 그렇거니와 노래, 춤, 의상이 어우러져 볼거리를 선사하는 요즈음의 공연예술을 감상하면서 새삼 마이클 잭슨을 떠올립니다. 팝 음악이 그에 의해 '듣는 음악(Audio)'에서 '보는 음악(Visual)'으로 혁명적인 변천을 겪게 되었으니까요. 마이클 잭슨의 뮤직 비디오를 보면 뼈마디를 자유자재로 꺾는 관절기(關節技)와 현란한 발동작(문워크)에 감탄을 금할 수가 없습니다. 뒷걸음치는데 앞으로 나아가더라고요. (2013.02.06.)

이 글은 메일을 통해 '자유 칼럼'이라는 이름으로 내게 보내지는 글들 가운데 하나이다. 이 글은 쏟아지는 생각의 물줄기를 마치 말이라는 그릇에 뭉텅뭉텅 쓸어 담아놓은 느낌을 준다. 게다가 이 글은 웬만한 영어 실력과 한자 실력을 갖춰야 그 뜻을 제대로 읽어낼 수 있다. 생활어는 그것이 일상 속 사무침(소통)을 목적으로 하는 것인 한 사람들이 그것을 아무런 막힘이나 걸림이 없이 함께 나누거나 주고받을 수만 있다면 정상(正常) 또는 건강한 말이라고 할 수 있다. 그렇다면 이 글은 제대로 된 올바른 말인가? 그 대답은 이 글을 읽는 이가 누구냐에 따라 달라질 것이다.

요즘 젊은 층에서 유행하는 노래는 그 노랫말이 잘 들리지 않을 뿐 아니라 보통은 영어가 함께 쓰이고 있다. 빅뱅이 2012년 2월에 발표했던 "FANTASTIC BABY(판타스틱 베이비)"의 노랫말을 살펴보자.

여기 붙어라 모두 모여라 WE GON' PARTY LIKE 리리리라라라
맘을 열어라 머릴 비워라 불을 지펴라 리리리라라라

정답은 묻지 말고 그대로 받아들여 느낌대로 가 ALRIGHT
하늘을 마주하고 두 손을 다 위로 저 위로 날뛰고 싶어 OH

나나나나나 나나나나나 "WOW FANTASTIC BABY"
DANCE I WANNA DAN DAN DAN DAN DANCE FANTASTIC BABY
DANCE I WANNA DAN DAN DAN DAN DANCE WOW FANTASTIC BABY"

이 난장판에 HEY 끝판 왕 차례 HEY
땅을 흔들고 3분으론 불충분한 RACE WAIT
분위기는 과열 HUH CATCH ME ON FIRE HUH
진짜가 나타났다 나나나나

이 노랫말은 해당(該當) 뮤직비디오와 함께 들을 때 그 맛이 생생하게 살아나지만 노랫말만 들을 때 그 말뜻과 말맛이 죽는다. 청소

년들이 이 노래에 열광하는 까닭은 이 노래가 그들과 아무 문제없이 소통되기 때문이다. 이때 우리말이 올바로 쓰였는지 아닌지는 크게 문제되지 않는다. 위 노랫말은 그것이 음악적 소통을 목적으로 한다는 점에서 생활어, 즉 나날살이 말이라고 볼 수 있다. 하지만 분명한 것은 우리말이 이 노래의 감수성을 충분히 담아내지 못하고 있다는 사실이다. 그렇기 때문에 노랫말에 영어가 직접 쓰인 것이다.

생활어가 나날살이(생활)에서 서로의 소통을 목적으로 한 말이라는 점에서 다음 보기글은 틀림없이 생활어라고 볼 수 있다.

어느 초등학생의 인터넷 언어[33]

학생1 : ㄴ ㅓ 집ⓔya?   (너 집이야?)

학생2 : 웅. 항궝강타왕써.   (웅. 학원 갔다 왔어.)

학생1 : 늉ㄲㅟ 깡빡깡빡ㅋ훼…┼.┬ (눈물, 깜빡했다.)

학생2 : 잉따㉠ 나왕셔봉씨닷;   (이따가 나와서 봅시다.)

학생1 : 퓌공해. 풋풋…굼양ⓞ능 봉지 망씨닷; (피곤해. 그냥 오늘 보지 맙시다.)

학생2 : 앙냐옹꾜얏?? 글엉 톨아징ㄱㅓㅑ!!--^ (안 나올거야? 그럼 토라질거야.)

학생1 : 5능 졍망 퓌공ㅎ해셔 몽ㄴㅑ㉠겡셔. (오늘 정말 피곤해서 못나가겠어.)

녜일 항교에서 봉씨ⓒㅑ--;;   (내일 학교에서 봅시다.)

학생2 : 그례?? 그럼 엉쪄 슈 엉찌. 쟝 쉬여. (그래? 그럼 어쩔 수 없지. 잘 쉬어.)

학생1 : 앙흉 앙흉 잘가쵸^ -^   (안녕 안녕 잘 가요)

---

33 이다솜 기자, 「세종대왕이 울고 갈 초등학생 언어?…누리꾼도 '알쏭달쏭」, 뉴시스, 2013.05.27.

그런데 이 글은 보통의 네티즌조차 읽어내기 힘들 것이다. 윗글은 글쓰기의 측면에서 보자면 '우리글'이라고 볼 수 없을 정도이지만, 우리말의 쓰임새라는 측면에서 우리말이 생활어 층위에서 서로의 뜻과 느낌 그리고 마음을 얼마나 막힘이나 그리고 걸림 없이 함께 나눌 수 있는지를 놀랍게 보여 준다. 우리말은 형용사와 부사 그리고 동사가 잘 발달되어 있다. 그것은 생활어로서 큰 가치를 갖는다. 다만 앞서 김창식의 글에서 보았듯 명사의 수는 크게 모자라 외래어를 많이 빌려 써야 한다. 우리말 속에 한자나 영어가 쉽게 침투해 들어올 수 있는 까닭도 이러한 필요성 때문이다. 물론 이는 우리말이 그만큼 외적 요소들을 받아들이는 데 관대하고 개방적이라는 특징 때문이기도 하다.[34]

나날살이 말(생활어)로서의 우리말은 한창 진화하는 가운데 있다. 우리말은 한자와 영어 같은 외래어 낱말들을 아무 걸림 없이 받아들이고 있을 뿐 아니라, 우리말은 그 모습까지도 바꿀 수 있다. 우리는 이러한 현상을 '말의 진화'라 부를 수 있다. 이때 우리말의 진화가 너무 빨라지면 '우리 자신'이 우리말을 뒤쫓아 갈 수 없게 되고 이와 거꾸로 너무 느려지면, 우리말은 쓸모가 없게 되어 '병신 말'이 된다. 생활어로서의 우리말은 그 말의 쓰미(사용자)로서의 '우리 자신'에 의

---

34 이에 반대되는 의견도 있다. 안인희, 「우리말─피진 중국말과 피진 영어?」, 『새국어생활』, 국립국어원, 2005년 제15권 4호 살핌. 사전의 어휘 중에 중국말이 이렇게 많다면 우리말은 글자만 한글이고, 속으로는 피진이라고 볼 수 있다. 옛날 중국의 상인들이 외국인들과의 의사소통을 위해 영어와 중국어를 섞어 쓰면서 이것을 '삐진 잉글리시(Business English)'라고 불렀다. 이 '삐진'을 외국인들이 '피진(Pidgin)'으로 들었다. 언어학사전에서는 나라말이 없는 후진국에서 영어와 같은 선진국의 말이 널리 의사소통의 수단으로 되면서 토박이 입말의 영향으로 크게 변질된 것을 피진 말이라 한다.

해 끊임없이 조절되어 어떻게든 소통에 문제가 없도록 쓰이기 때문에 그 말 자체가 불완전할지라도 제 할 일을 못한다는 의미에서의 '병신 말'이 되지는 않는 듯 보인다.

가리2. 문학어

문학어(文學語)는 소설(小說)이나 에세이 또는 시(詩)처럼 전문 작가들에 의해 창작(創作)된 언어 작품(作品) 속에 적혀 대중적으로 널리 유통되는 말을 뜻한다. 문학어는 그 수준이 천차만별이지만 작가의 창작을 통해 그 의미가 발생하고, 그것이 읽으미에 따라 다양하게 해석될 수 있다는 특징을 갖는다. 우리말은 훈민정음이 만들어진 뒤부터 본격적으로 문학어가 될 수 있었지만, 실제로는 일제강점기부터 뛰어난 문학작품들이 출판되었다. 시인 이상의 시를 문학어의 한 보기로 살펴보자.

烏瞰圖 詩第一號(오감도, 시 제1호)

十三人의兒孩가道路로疾走하오.
(길은막달은골목이適當하오.)
第一의兒孩가무섭다고그리오.
第二의兒孩도무섭다고그리오.
(건너뜀)
第十二의兒孩도무섭다고그리오.
第十三의兒孩도무섭다고그리오.

十三人의兒孩는무서운兒孩와무서워하는兒孩와그러케뿐이모혓소.
(다른事情은업는것이차라리나앗소)

이 시는 한자가 직접 노출되어 있지만 분명 우리말로 된 시이다. 우리는 이 시의 제목을 "오감도"라고 읽을 수 있고, 그것을 들은 사람은 "오감도"가 무엇을 뜻하는지를 생각할 수 있다. 또 "13인의 아해"는 서로 무서운 아이들이면서 서로를 무서워하는 아이들로 그려져 있다. 이 시가 뜻하는 바는 사람마다 달리 해석되거나 어쩌면 아예 해석이 안 될 수도 있다. 문학어는 막힘없고 걸림 없는 사무침(소통)을 목적으로 하지 않고 창작(創作)을 목적으로 한다. 창작은 이제까지 없었던 새로운 것을 만드는 일로서 작가가 말하고자 하는 세계를 누구나 접할 수 있는 꼴로 빚어내는 것이지만, 그렇다고 누구나 그 세계를 이해할 수 있는 것은 아니다. 시보다 이해가 쉬운 소설의 한 보기를 들어보자.

나는 바삐 집으로 들어갔다. 아내는 생글생글한 모습으로 생태찌개를 끓여 놓았다. 나는 TV부터 틀었다. 뉴스마다 DTI가 40퍼센트로 규제될 거라는 보도가 왕왕 쏟아져 나왔다. 국민은행을 필두로 2007년 2월이면 시중은행 전반이 개인의 부채 상환 능력에 따라 대출 규모를 제한한다는 것이었다. TV가 온통 한 목소리로 DTI 관련 뉴스를 내보내는 바람에 대출 제한이 이미 현실화된 듯한 착각이 들 정도였다. 아내의 불안했을 심정이 함씬 이해가 됐다. 나는 밥을 먹는 둥 마는 둥 숟가락을 내려놓고 소파에 호졸근히 몸을 맡겼다.

"휴--. 이 놈의 정부가 사람을 잡는구만! 눈만 뜨면 제도를 바꿔대니 도대체 어느 장단에 춤을 추라는 거야! 부동산 광풍을 잡겠다고 실수요자까지 잡으려 들면 어떡해!"[35]

이 소설에서 "DTI"라는 말은 어떤 제도의 이름을 뜻하는 것처럼 들리지만 그것이 무엇인지는 정확히 알 수 없고 다만 "부채 상환 능력"이라는 말로써 겨우 설명되고 있을 뿐이다. 어쨌든 이 소설은 문학작품으로서 오늘날 우리가 쓰는 나날살이의 말(생활어)과 그것을 빼어난 꼴로 빚어내는 말(문학어)이 한데 어우러져 있다. 우리말은 이미 거의 모든 종류의 문학어들을 갖추고 있을 뿐 아니라, 뛰어난 작품성을 갖춘 문학 작품들이 우리말로 끊임없이 생산되어 오고 있다. 아래의 도표를 보면 소설과 시를 중심으로 수필과 희곡 그리고 평론 등의 분야에서 수많은 작품들이 출판되고 있음을 확인할 수 있다.

2011년 신간 문학도서 장르별 현황

(단위: 종, %)

구분	시	희곡	소설	수필	평론	전집	기타	계
2011	804	71	5,054	500	35	-	1,720	8,148
2010	762	63	5,209	478	49	-	1,631	8,192
증감률(%)	6	13	-3	5	-29	-	5	-0.1

자료: 대한출판문화협회
(2012 한국출판연감, 2012.11.15, 대한출판문화협회)

서점에서 문학 코너에만 가 보면 우리말이 '병신 말'인지를 묻는

---

35 구연상, 『부동산 아리랑』, 채륜, 2011, 396쪽.

내 물음이 황당하게 느껴질 것이다. 우리가 아직 노벨 문학상 수상자를 배출하지는 못했지만 누구도 우리말이 문학어로서 조금도 모자람이 없다는 것을 의심하지 않을 것이다.

가리3. 학문어

학문어(學問語)는 학문의 내용을 적기 위한 언어를 말한다. "학문(學文)"이라는 낱말은 중요 연구 문헌(文獻)을 배우고 익히는 것을 말하고, "학문(學問)"이라는 낱말은 특정 분야의 문제(問題)에 대한 물음과 그 물음에 대한 대답들을 체계적으로 배워 올바른 앎을 짜나가는 것을 말한다. 오늘날 앎 짜나가기는 단행본(單行本)보다는 연구논문(論文)을 통해 많이 이루어진다. 논문은 누군가의 전문적 물음과 대답의 옳고 그름을 따지고 밝히는 글을 말한다. 그런데 학문(學問)은 말로도 할 수 있으므로 학문어(學問語)는 '학문하기 위한 입말과 글말', 달리 말해, '물음과 대답을 체계적으로 펼쳐가기 위한 말'이 된다. 학문어의 한 보기를 들어보자.

(가) 아우구스티누스의 악 개념은 세 가지로 제시될 수 있다. 첫째, 악은 자유의지 자체가 아닌 그것의 잘못된 사용에서 비롯된 행동을 말한다. 둘째, 이러한 악의 유래는 '탓할 욕망'이 된다. 셋째, 사람이 탓할 욕망을 품게 되는 까닭은 그가 오만해졌기 때문이다.[36]

---

36 구연상, 「아우구스티누스의 악 개념과 그에 대한 작은 비판」, 『철학연구』(122집), 대한철학회, 2012.

(A) Augustine's concept on evil can be presented as the following three: (1) The evil refers to the act resulted from the improper use of free will, not the free will itself. (2) The evil's origin is the people's desire to blame. (3) The reason people have such a desire is because man has grown arrogant.

윗글 (가)와 (A)의 학문어는 우리말과 영어이다. 글 (A)는 글 (가)의 번역문이다. "악(惡)의 유래(由來)"라는 말과 "The evil's origin"이라는 말은 저마다의 역사를 갖는다. 우리는 지난 100년 동안 서양의 학문과 우리 전통의 학문을 끊임없이 우리말로 뒤쳐 옮겨(번역) 왔고, 그로써 우리말은 학문어로 크게 자랄 수 있었다. 이러한 번역 노력이 없었다면, 우리는 결코 우리말로 학문을 할 수 없다. 조선시대 우리 선조들이 우리말로 학문할 수 없었던 까닭은 그들이 학문어로서의 한문을 우리말로 번역하지 않았기 때문이었다. 우리가 오늘날 우리말로써 전문적 연구 물음을 물을 수 있고, 그 물음에 대한 갖가지 대답들을 우리말로써 적을 수 있게 된 것은 오로지 번역 덕분이었다.

그러나 번역만으로 우리말이 학문어로 완성되지는 않는다. 만일 우리말 학문어 속에 쓰이는 학술어들이 모두 외래어라면, 이때 우리말은 실제로는 학문어 노릇을 하는 것이 아니라 '학문어 보조 노릇'을 하는 셈이다. 그것은, 수학의 경우처럼, 문제와 대답의 핵심들은 수학적 상징들로 표현되고, 우리말은 그러한 문제와 대답을 설명하는 보조적 수단에 그치는 것에 비추어 볼 수 있다. 우리말 학문어의 목표가 주요 학술어까지 우리말로 표현할 수 있는 데 놓인다면,

우리는 우리말을 번역의 도구를 넘어 창작과 표현의 도구가 되도록 발전시켜야 한다.

그런데 사람들은 흔히 학문어와 학술어(學術語)를 헷갈려 한다. 학술어는 학문과 기술(技術) 분야에서 쓰이는 전문적 용어, 즉 쓰임말을 뜻한다. 철학이나 과학 또는 전자공학 등에서는 제 분야마다 전문 용어들이 있는데, 우리는 이러한 날카롭게 갈고 닦인 말들을 학술어라 부른다. 학술어에는 생활이나 일상어로 된 것들도 많지만, 그 뜻은 만들어진 이론에 따라 사뭇 달라질 수 있다. 나는 "존재(存在)"라는 학술어를 "있음"이나 "임"이라는 낱말로 따로 나누어 풀이해야 한다고 주장하는데, 이 주장이 우리 학계에 받아들여진다면, 우리말 "있다"나 "이다"도, 우리말 "화병(火病)"과 "사물놀이"가 서양 의학계와 영어 사전에 '그대로' 받아들여진 것처럼 학술어의 지위를 갖게 된다.

화병(火病)- Hwabyung > (whatbyung)

사물놀이- Samul Nori(percussion quartet)

고추장- Gochujang(Korean style Hot Pepper)

비빔밥- Bibimbap(Mixed Rice Bowl)

태권도- Tae Kwon Do(Korean Martial Arts)

그런데 학술어는 학문어가 달라지면 그 적는 방식이 바뀐다. 우리말이 학문어인 경우 '화병'은 "화병"으로 적히겠지만, 영어가 학문어인 경우라면, '화병'은 "Hwabyung"으로 그 글자꼴이 바뀔 것이다.

이와 달리 영어 낱말 "conversion"는 그것이 우리말 논문에 쓰일 때 "융합(融合)"이라는 말로 번역되어 실릴 것이다. 옥스포드 영어사전에 등재된 일본어 학술어는 '히키코모리'와 같은 신종 단어를 포함하여 300개가 넘고, 중국어 단어 또한 300개에 조금 못 미치는 숫자이지만, 한국어는 2008년 기준 단 13개에 그쳤다.

우리말은 학문어인가? 이 물음에 대한 대답은 '예니오'이다. '예'의 의미는 우리가 우리말로 모든 학문의 내용을 적을 수 있다는 것이고, '아니오'의 의미는 우리의 학계가 학문어로 우리말보다 영어를 더 가치 있게 여기기 시작했다는 것이다. 우리말은 우리가 그것을 학문어로 인정하고, 그것을 더욱 갈고 닦아 나간다면 영어, 불어, 독일어, 이탈리아어, 그리스어 못지않은 학문어가 될 수 있지만, 우리가 우리말 학술어의 부족함과 갈고닦음의 불편함을 핑계로 우리말을 학문어로 쓰기를 줄여가거나 멈춘다면, 우리말은 학문어의 자리를 굳히는 데 실패하고 말 것이다. 이러한 멈춤은 학문어 말자리(층위)에서만 끝나는 게 아니라 끝내는 그 문자로서의 한글마저 소멸 위기로 몰아가게 될 것이다.

이로써 우리는 '우리말이 병신 말인지'를 물을 수 있는 새로운 자리에 들어섰다. 우리말은 생활이나 문학 그리고 학문을 하기에 충분히 건강한 말이지만, 만일 우리가 우리말의 진화와 발전을 위한 노력을 게을리하거나 포기한다면, 우리말은 영어의 세계화가 급물살을 이룬 오늘날 시대에 저만치 뒤떨어져 뒤뚱거리다 끝내 '우리들 자신'에 의해 '병신 말'로 버려지고 말 것이다. 나는 우리 사회가 이미 '우리말 병신 만들기'를 시작했다고 본다. 이는 우리가 우리말을 '병신 말'로 여기기 시작했다는 것을 뜻할 뿐 아니라, 이러한 광범위한 동조 현상이 우리 사회에 드넓게 펼쳐지기 시작했다는 것을 뜻하기도 한다. 과연 '멀쩡한 우리말'이 어떻게 '병신 말'로 둔갑되고 있는지를 살펴보자.

누가 우리말을
병신 말로 만드는가

도막1. 윗물과 아랫물

나는 이제까지 우리말의 병신 됨을 찾아봤지만 우리말 자체에서 그다지 흠(欠)이 될 만한 점을 발견하지는 못했다. 그렇다고 우리말이 완벽하거나 충분하다거나 부족한 게 전혀 없다는 것은 결코 아니다. 우리말은 생활어 측면에서 한자나 영어 또는 일본어 등의 침투로 말미암은 '흐름 막힘'이나 '구멍 뚫림'의 현상이 벌어지기도 하고, 문학어 측면에서 세계적 인정을 받은 대문호가 아직 나오지 않고 있다는 아쉬움도 있고, 학문어 측면에서 우리말로 된 자생 이론이 아직 많지 않다거나 우리말 학술어 수가 턱없이 적긴 하다. 하지만 우리말은 이 모든 말자리(층위)에서 앞으로 충분히 제 구실을 다할 수 있을 것이다. 우리말은 분명 아직까지는 '병신 말'이 아니다.

그러나 이제 물음 자체를 바꿔 보자! 만일 우리말이 '병신 말'이 아님에도 거듭 우리말이 '병신 말' 취급을 당하는 일들이 벌어진다면, 그렇다면 그 일은 누가 꾸미는 것일까? 즉 우리말을 '병신 말'로 만드는 사람들은 누구인가? 또는 무엇이 우리말을 '병신 말'로 만드는가? 우리들 자신인가? 아니면 어떤 제도인가? 아니면 특정한 사람들인가? 이러한 물음들의 무게는 학문 분야에서 일하는 사람들이 아니고는 크게 느낄 수 없을 것이다. 그것은 우리말 병신 만들기가 다름 아닌 바로 학문 영역에서 가장 먼저 그리고 가장 무섭게 시작되고 있기 때문이다. 하지만 생활어와 문학어 그리고 학문어가 서로 '꼬리 물기'를 하고 있다면, '우리말 병신 취급 경향'은 학문어로부터 시작해 생활어로 급속히 번져나갈 것이다.

학문어는 대학 강의실과 학술회의장 그리고 연구논문에서 주로 쓰인다. 학문어 생산의 주역(主役)은 전문 학자들과 학문 후속세대가 된다. 학문어는 학문 세계에 속한 사람들이 말하거나 읽거나 쓰는 '말'인 셈이므로, 만일 한국 대학에서의 모든 강의가 영어로 이루어지고, 한국 학자들의 연구 논문과 책들이 모두 영어로 쓰인다면, 우리의 학문어는 곧바로 영어가 되고, 우리말은 학문어 구실을 못하게 된다. 오늘날 한국 대학에서 영어강의 비율과 영어논문 비율이 높아진다는 것은 우리말이 학문어 자리에서 거듭 멀어지고 있다는 것, 또는 우리가 우리말로는 학문 세계에 들어갈 수 없게 된다는 것, 바꿔 말해, 학문어 진입 장벽이 생겨나고 있다는 것을 뜻한다.

우리말이 학문어가 되지 못하는 순간 학문은 영어를 잘하는 사람들의 전유물이 되고, 우리가 쓰게 될 학술어는 온통 영어투성이가 될 수밖에 없으며, 이러한 영어 학술어는 우리말의 생활어와 문학어로 곧바로 스며들게 된다. 만일 그 스민 양이 많아져 우리의 나날살이와 문학살이에서 우리말 쓰임의 '막힘과 걸림'이 말글살이 자체를 바꿔야 하는 자리(임계점/臨界點)에 다다르면, 마침내 문학어가 먼저 우리말로 쓰이지 않게 되고, 뒤이어 생활어도 아주 제한된 범위에서만 가까스로 쓰이게 될 것이다. 과거 조선시대와 일제강점기 때처럼 우리의 학문어가 우리말이 아닌 '영어'가 되어 버린다면, 달리 말해, 우리말이 '병신 말'이 된다면, 우리 국민 대다수는 '학문어 까막눈' 즉 '학문 문맹(文盲)'이 되고 말 것이다.

나는 학문어 영역에서 '영어 몰입 교육'을 밀어붙이는 무리와, 대학에서 '영어로 강의하기'와 '영어로 논문쓰기'를 강요(强要)하는 무리를 우리말이 학문어가 되지 못하도록 만드는, 그로써 우리말 전체를 '병신(病身) 말'과 '등신(等神) 말'로 만드는 '마이다스의 손'이라고 생각한다. 우리의 대학 교수들은 우리말의 학문어 곡창지대(穀倉地帶)이자 모태(母胎)이다. 그들은 우리말의 말꽃을 활짝 피워 값진 열매를 맺는 농부들과 같다. 하지만 오늘날 그들이 학문 활동을 우리말 대신 영어로 하기 시작함으로써, 그것이 제도적 강제에 의한 것이든 어떤 개인적 필요에 의한 것이든, 그들은 우리말 병신 말 만들기의 일등공신이 되고 말았다.

아울러 영어 공용화를 주장하는 무리와 그러한 주장의 필요성에 공감하면서 정책적 지원을 아끼지 않는 정부나 일부 지방자치단체장 무리도 우리말을 병신으로 만드는 '앞잡이들'이다. 이들은 대학 교수들과 달리 여론에 뒷받침한 정당화 논리를 깔고 한국 사회의 언어관과 언어 제도까지 송두리째 뒤바꾸려 한다는 점에서 우리말 병신 만들기에 더욱 악질적인 분자(分子)들이다. 하지만 정치 놀음의 뒷배가 다름 아닌 국민 여론이라는 점에서 한국 사람들 또한 '우리말 병신 만들기'의 죄에서 자유로울 수 없다.

우리말을 병신으로 만드는 사람들이 바로 '우리 모두'라는 사실은 우리가 영어를 배우려는 까닭만 살펴도 쉽게 알 수 있다. 영어 배우기는 사람됨의 길을 닦고 스스로의 마음을 맑히기 위한 게 아니라 부자가 되고 사회적 강자가 되기 위한 경쟁력을 갖추기 위한 것이다. 배움은 취직을 위한 경력 사항이거나 능력의 차별과 강자의 정당성을 치장하기 위한 장신구가 되었다. 불가에서 본디 '스스로의 마음을 닦아 진리를 깨닫는 일'을 뜻했던 공부(工夫)가 결국 '돈벌이

수단'으로 전락한 셈이다. 배우지 못한 자는 가난해야 한다.

배움의 열기가 높아질수록 우리말의 오염도 날로 심화되고 있다. 이는 우리가 배우는 내용이 우리의 말글로 이루어지지 못하고 있기 때문이다. 돈벌이 수단으로 배웠을지라도 무엇인가를 배운 사람은 그 배운 바를 자신의 정신으로부터 지워 버릴 수 없다. "배운 게 도둑질"이라는 말은 배움을 통해 몸에 배거나 정신에 깊이 박힌 것은 쉽게 떨어내기 어렵다는 것을 뜻한다. 오늘날 우리가 영어와 영어 낱말들은 끊임없이 배우려 하면서도 우리말 배우기는 멀리하는 한, 우리는 우리 자신이 몸담고 살아가는 삶의 세계를 그저 어림으로 감 잡는 수준에서만 파악할 수 있을 뿐이다.

우리에게서 '영어 모시기'의 흐름은 윗물(상류층)로부터 아랫물(하류층)로 흘러내려 왔다. 조선시대 한문의 영향력은 정치, 문화, 사회, 종교에 걸쳐 절대적이었다. 그것은 숭배에 가까운 모습을 보인다. 하지만 한자로부터 마치 격리된 삶을 살았던 일반 서민들은 한자를 모르는 고통에 시달리기는 했지만 한자를 숭배할 길조차 차단되었기 때문에 한자의 지배에서 비교적 자유로웠다고 할 수 있다. 하지만 오늘날에는 일반 서민들조차 영어에 대해 큰 압박을 받고 있다. 그것은 그들이 평등의 시대를 맞이해 자신의 자녀들도 영어만 잘하면 윗물로 거슬러 오를 수 있다고 믿기 때문이다.

우리의 윗물(상류층)들은 당대의 강대국 언어를 앞장서 받아들인 다음, 그것들을 모두와 함께 나누려 하기보다 자신들만의 계급 이익을 키우는 데 써먹으려 했다. 그들은 외국어를 우리말로 적극적으로 번역하려 하지 않는다. 윗물들이 들여온 외국 문명과 더불어 문명의 언어도 함께 밀려 들어왔고, 그렇게 들어온 낱말들은 그 뜻도 알기 어려운 상태에서 상품처럼 유통되어 그만 우리말 속에 한움큼씩 똬리를 틀고 말았다. 외국어가 윗물과 윗물이 숭배하는 강대국을 상징하는 한, 외국어 낱말의 수는 더욱 빠르게 늘어나고, 점차 대중의 말글살이 속으로까지 스며들었다.

외국어가 해당 언어 전문가에 의해 우리말로 번역되어 들이지 못한 채 마구잡이로 소통됨으로써 우리말 흐름은 군데군데 먹통이 된다. 외국어 낱말들은 그것들이 쓰이는 특정 집단이나 세대에서만 소통될 뿐 다른 집단이나 세대에게는 불통이 된다. 나는 특정한 말이 한 사회에 두루 쓰이지 못하고 칸막이 공동체 안에서만 쓰이는 소통 방식을 "끼리 소통"이라 부르고, 그것의 반대를 "두루 소통"이라 부른다. '끼리 소통'에 쓰이는 말은 은어(隱語)처럼 그 말이 쓰이는 세계에서는 권력(權力)의 상징이 된다.

영어는 '끼리 소통'의 도구로부터 '두루 소통'의 자리를 꿰차려 하고 있고, 한자는 잃어버린 '학문어의 지위'를 다시 되찾고자 한다. 영어가 '두루 소통'의 도구로 받아들여진다는 것은 그것이 우리의 공용어가 된다는 것을 뜻한다. 이때 우리말은 '두루 소통'의 자리를 빼앗긴 채 유학 못 간 사람들 또는 '선진국의 언어'를 배우지 못한 사람들끼리만 주고받는 '끼리 소통'의 도구로 전락하게 된다. 영어는 지배자의 언어가 되고, 우리말은 노예의 언어 또는 '저항의 언어'가 된다. 영어 지배에 반대하는 사람들은 '어리석은 민족주의자'로 낙인이 찍히고, 우리말은 드디어 '역사의 언어' 또는 '박물관 언어'로 신세가 바뀐다.

우리나라에서 영어 능력은 돈을 벌게 해 주고, 권력에 빌붙게 해 주며, 어디에서나 인정받는 사람이 되게 해 준다. 대치동, 목동, 노량진, 상계동 등의 학원가에는 영어를 배우려는 학생들로 발 디딜 틈이 없고, 그것도 모자라 집에서 영어 과외를 받는 학생들도 헬 수 없이 많으며, 공교육 현장에서도 영어는 언제나 윗자리에 모셔진다. 사람들은 영어를 배우기 위해서는 무엇이든 희생하려 하기 때문에 우리말글의 짜임새가 일그러지거나 깨지는 것쯤은 '작은 일'로 여긴다. 심지어 영어는 민족적 자존심과 관련되기까지 한다. 영어를 못하는 한국인은 부끄러운 한국인이 된다.

오늘날 우리 사회의 윗물과 아랫물 모두 영어에 목숨을 걸고 있다. 영어가 중요하다는 사실을 모르는 사람은 아무도 없을 것이다. 하지만 영어는 '우리'에게 얼마만큼 중요한 것인가? 과연 사람들이 영어만 할 줄 알면 개인과 국가의 부와 행복이 늘어나는가? 부(富)의 우리말은 "가멸"인데, 그것의 뜻은 필요한 어떤 것이 앞서 정해 놓은 가장자리나 테두리에 가득 차고 넘칠 만큼 넉넉하다는 것이다. 가멸참(부유함)의 문제는 돈의 많고 적음의 문제가 아니라 필요 채우기에 달린 문제이다. 영어가 과연 우리 모두가 두루 소통해야 할 만큼 중요한 것인가? 영어의 필요성은 누가 정해 주는가?

이러한 물음에 대한 대답은 '우리 자신'이 할 수밖에 없다. 영어의 필요성이 곧 사회적 필요성을 뜻하는 한, 우리는 사회의 세 주체인 가정과 기업 그리고 정부에서 영어가 얼마나 필요한지를 잼으로써 저 물음에 대답할 수 있다. 우리의 가정에서 영어는 거의 필요치 않다. 왜냐하면 우리는 우리말로 모든 것을 소통할 수 있기 때문이다.

반면 기업은 영어를 잘 하는 인재가 필요하다. 하지만 그렇다고 모든 인재가 영어를 잘 할 필요는 없다. 정부 또한 사정은 이와 마찬가지이다. 나는 우리가 이 정도의 주먹셈만으로도 영어의 필요성이 전면적인 게 아님을 인정할 수 있다고 본다. 그럼에도 우리 사회가 영어에 이토록 목을 매는 까닭은 누군가 영어의 필요성을 필요 이상으로 부풀리고 있기 때문이다. 과연 그들은 누구 또는 무엇인가?

도막2. 영어 몰입 교육

마디1. 영어 몰입 교육의 뜻과 효과

한국에서 '영어 몰입(沒入) 교육(english immersion programs)'은 영어를 문법을 넘어 내용에 기반을 두고 가르치는 것(content-based instruction), 달리 말해, 영어 과목 이외의 타 교과 과정의 내용(content course materials)까지 영어로 가르치는 통합 교과 교수 방법을 말한다.[1] 영어 몰입 교육 정책은 영어 의사소통능력의 향상을 위해 '영어 교육 활성화 5개년 계획'(교육인적자원부, 2007)에 따라 경제 자유구역과 제주 특별자치도에서 영어를 공용어로 사용하도록 하는 데서 시작됐으며, 2008년부터 해당 지역 초·중·고에서 시범적으로 수학과 과학 교과에 한해 한국인 교사와 원어민 교사가 영어몰입수업을 실

---

[1] 남경숙, 「영어 몰입 교육에 대한 인식 연구 : 교사, 학생, 학부모를 중심으로」, 부경대학교 일반대학원 영어영문학과 박사학위 논문, 2010, 12쪽 살핌.

시하기 시작했다.[2]

이미 시행된 영어 몰입 교육의 효과에 대한 교사의 인식을 조사한 결과는 매우 부정적이다. 영어 몰입 교육의 효과에 대해 긍정으로 답한 교사는 약25%(강한 긍정, 6.3%/다소 긍정, 18.8%)였던 데 비해 보통이라고 답한 교사는 약33%였고, 부정적이라고 답한 교사는 약42%(다소 부정, 35.4%/강한 부정, 6.3%)였다.[3] 영어 몰입 교육이 성공적으로 이루어지기 위해 필요한 요소로는 '교사의 우수한 영어사용능력'(37.5%), '교육당국의 확고한 의지 및 적극적 지원'(20.8%), '학생들의 기초적인 영어사용능력'(15.6%), '교사의 적극적 참여의지'(14.6%) 등이 꼽혔다.[4]

영어 몰입 교육이 한국에서 큰 성공을 거두기 위해서는 한국의 초중고 및 대학의 모든 교사가 영어 수업을 마음대로 해낼 수 있을 만큼 영어에 능통해야 할 것이고, 모든 학생이 영어 수업을 아무런 막힘과 걸림이 없이 들을 수 있을 만큼 영어를 잘해야 할 것이며, 모든 교재가 영어로 마련되어 있어야 할 것이다. 하지만 현실은 그렇지 못했다. 그래서 교과부는 영어를 모국어로 하는 사람들을 원어민 교사로 수입하게 되었고, 학생들은 유치원 때부터 영어조기교육을 받아야 했으며, 교재는 미국, 뉴질랜드, 호주 등 영어권 나라의 교과서를 직수입하거나 그대로 베껴오다시피 해야 했다. 이로 인해 우리의 영어 교육은 미국에 크게 의존하는 틀로 바뀌게 되었다.

---

2 남경숙, 29쪽.

3 남경숙, 50쪽.

4 남경숙, 62쪽.

영어 몰입 교육의 내실화를 위해 미임용된 영어교육과의 많은 예비교사들을 취업시켜야 한다는 제안도 나온 바 있지만, 그것은 다른 교과목 교사가 되기 위해 준비했던 수많은 예비교사들의 꿈을 빼앗는 것이 될 뿐 아니라, 영어교사들이 다른 교과를 가르치는 데는 전문성이 많이 떨어질 수밖에 없다는 문제도 있다. 게다가 모든 영어 교사가 영어를 잘하는 것도 아니다. 영어 몰입 교육을 위해 교육자로서의 자질을 제대로 갖춘 원어민 교사를 뽑아야 하지만, 그에 대한 예산은 턱없이 모자랄 뿐 아니라, 설사 그러한 재원이 있다손 치더라도 우리의 대졸자 아들딸들을 실업자로 만들기 위해 그들에게 그 많은 돈을 써야 한다는 것도 불합리하다.

마디2. 영어 몰입 교육의 본디 목적 되짚어보기

그런데 몰입프로그램은 1960년대 중반 프랑스어를 공용어로 쓰는 캐나다 퀘벡(Quebec) 주에서 영어를 모국어로 하는 어린 학생들에게 프랑스어를 가르치기 위하여 처음 실시되었고,[5] 그 뒤 미국, 호주, 핀란드, 헝가리, 홍콩, 아일랜드, 뉴질랜드, 싱가포르, 남아프리카공화국, 인도, 필리핀 등으로 확대되었다. 이러한 나라들은 여러 언어의 사용으로 말미암은 언어 갈등을 겪었고, 그러한 언어적 분열을 모국어 또는 국제어로서의 영어 교육을 통해 통합하려 했던 것이다. 한마디로 말해 영어 몰입 교육은 한 나라의 분열된 언어사용을

---

5 남경숙, 25~26쪽 살핌.

하나로 통합할 목적으로 시행되었던 것이다.

우리의 언어 상황은 영어 몰입 교육을 통해 통합해야 할 만큼 분열되어 있기커녕 방언마저 급격히 소멸될 정도로 강력히 통합되어 있다. 만일 남북 분단에 의한 언어 분열을 치유해야 한다면, 그 방법은 '영어교육을 통한 통합'이 아닌 '우리말 교육을 통한 통합'이어야 한다. '우리말'이 비록 한자와 일본어 그리고 영어 낱말들로 가득 차 있긴 하지만 그것 때문에 우리말 자체가 분열되는 것은 결코 아니다. 외국어 낱말 받아들이기는 우리말의 발전에 긍정적 영향을 끼치는 바가 더 많다. 또 학문어와 생활어 사이의 분리는 우리말뿐만 아니라 영어를 비롯한 모든 언어에서 똑같이 일어나는 일이므로 우리가 영어 몰입 교육을 한다고 그러한 분열이 극복될 수도 없다.

영어 몰입 교육이 언어통합과 이중언어교육을 위한 영어교육 방법의 하나라는 점에 주목해 볼 때, 우리의 학교교육 전체에 대해 영어 몰입 교육을 한다는 것은 영어 이외의 다른 교과목에 대한 올바른 교육을 포기하는 것과 같은 일이다. 만일 우리가 '우리말 교육'조차 영어로 한다면, 우리에게는 '우리말 교육'이 사라지는 것인 셈이다. 비록 영어 몰입 교육이 필요한 학생들이 있긴 하지만, 그 수는 전체 학생 수에 비하자면 매우 적다. 그들을 위해 모든 학생에게 획일적으로 영어 몰입 교육을 실시한다는 것은 '교육 학대'이자 '교육 폭력'이라 불릴 만하다. 영어 몰입 교육은 영어 능력이 모자란 선생님들과 학생들을 영어 사교육 시장으로 내몰 수밖에 없고, 사교육 부담은 더욱 늘어날 수밖에 없다. 영어 몰입 교육은 우리에게 되레 언어 분열과 사회 분열을 자초하기만 할 뿐이다.

영어 몰입 교육은 오직 영어 교육을 위한 한 가지 교수법으로 새롭게 뜻매김되어야 한다. 이를 위해서는 영어 교사의 영어 능력을 키우는 게 가장 시급한 과제이고, 아울러 거기에 알맞은 우리의 영어 교재를 만들어야 하며, 학생들이 영어 자체에 관심을 가질 수 있는 프로그램이 제공되어야 한다. 영어 능력이 뛰어난 교사를 기르기 위해서는 무엇보다 대학에서 영어 교육과 관련된 모든 과목들에 대한 몰입교육만 실시해도 충분하고, 교재는 전문가들에게 위탁하면 될 것이며, 영어 프로그램 또한 정부 차원에서 어렵지 않게 개발할 수 있다.

영어 몰입 교육은 '영어를 통한 의사소통능력을 키우기 교수법'으로서 영어만을 교육언어로 채택하는 것이다. 그렇다면 교육 일반을 위한 우리의 '교육언어'는 무엇이 되어야 하는가? 나는 이 물음에 대한 올바른 대답을 우리의 교육법 제1조를 통해 찾을 수 있다고 본다. 교육법 제1조는 우리의 모든 교육이 반드시 '홍익인간(弘益人間)', 풀어 말하자면, 모든 사람이 사람답게 살아갈 수 있는 '사람 세상'을 만들어 나간다는 이념을 좇아야 하고, 모든 국민이 사람됨(인격)을 갖추고, 자신의 삶을 스스로 살아가며(자주적 생활능력), 사회의 일원(공민으로서의 자질)이 되어 민주국가를 발전시킬 뿐 아니라 모든 인류를 번영(繁榮)시키는 데 이바지하도록 해야 한다고 못 박고 있다.

이러한 교육 이념과 목적을 달성하기 위해 우리는 사람됨 교육(철학, 문학), 경제 교육, 사회·역사(한국사/세계사)·정치·국제교류 등에 관한 교육 등을 시행해야 한다. 만일 우리가 이러한 교육들을 '모든 국민'에게 반드시 실시해야 한다면, 이때의 교육언어는 '모든 국민'

이 마음대로 쓸 수 있는 '우리말'일 수밖에 없다. 만일 우리가 영어 몰입 교육을 모든 교과목에 실시한다면, 많은 국민들이 학교 교육 으로부터 소외되거나 낙오되고 말 것이고, 이는 곧 우리의 교육 이 념을 우리 스스로 어기는 '비뚤이 교육'이 된다.

마디3. 굴러온 돌멩이 숭배하기

영어 몰입 교육은 교육의 자율성을 와장창 깨트릴 뿐 아니라 교 육격차를 줄이기커녕 오히려 영어에 의한 계급화를 더는 오르내릴 수 없게 돌굳혀 버릴 테고, 나아가 학문어로서의 한국어를 완전히 녹슬게 만드는 역효과를 낳을 수밖에 없다.[6] 우리는 네덜란드와 인 도 그리고 필리핀과 싱가포르 등이 영어를 너무 적극적으로 수용하 는 바람에 결국 제 나라말로 교육하고 학문하는 일에서 크게 뒷걸 음치거나 그런 일 자체가 불가능하게 되고 말았다는 사실을 눈여겨 살펴야 한다.

내 몸이 나와 분리될 수 없듯 내가 쓰는 말 또한 나와 떨어질 수 없다. 내가 우리말과 영어와 독일어를 할 수 있다는 것과 내가 강의 를 하거나 논문을 쓸 때 반드시 영어를 써야 한다는 것은 그것의 뜻 하는 바가 전혀 다르다. 앞말은 내게 말할 자유가 있다는 것을 뜻하 지만, 뒷말은 나의 말할 자유가 제한되어 있다는 것을 말한다. 이는 마치 조선시대의 한문몰입교육과 일제강점기의 일본어몰입교육과

---

6 구연상·김원명 지음, 『서술 원리, 논술 원리. 서술은 매듭풀이다』(I권), 한국외국어대학교 출판부, 2011년, "도막 1. 영어 몰입 교육과 글쓰기 문제" 살핌.

같은 것이다. 과거 이러한 교육 정책이 사회적 신분 고착화와 민족정신의 쇠퇴를 불러들였던 것처럼 영어 몰입 교육 또한 개인의 자유와 민족의 정체성을 좀먹어 헐어버리는 일이 될 것이다.

오늘날의 영어 몰입 교육 정책과 조선시대 한문몰입교육 그리고 일제강점기 일본어몰입교육 정책들의 공통점은 시대적 필요에 따라 위(정부 또는 기업)로부터 강제된다는 점이다. 이러한 정책은 헌법이 보장하는 국민의 교육 받을 권리와 교육의 자율권을 크게 침해(侵害)할 뿐 아니라 '학문어를 통한 계급화'를 일으켜 사회 계층화 및 언어 사대주의를 낳는다. 정부와 기업에 의해 강요된 영어 몰입 교육은 학문 역량을 갖춘 상류층 진출을 목표로 하는 한국인들에게 우리말 대신 영어를 학문어로 채택하게 만든다.

영어 몰입 교육은 미국에 대한 사대주의를 낳아 결국 우리말의 학문화 가능성을 체념하거나 포기하거나 불가능한 것으로 여기게 만든다. 이는 과거 한문몰입교육이 조선의 학자들에게 중국에 대한 사대주의 사상을 낳았던 것에 비길 수 있다. '사대(事大)'가 비록 당시의 외교 정책 가운데 하나였을지라도, 한문몰입교육의 수혜자들이 앞장서 사대를 부추겼다는 사실은 언어가 사상의 밑거름이 된다는 사실을 되새겨 보게 만든다. 아래의 인물들은 우리가 존경하는 분들이지만, 그들은 우리의 주체성과 우리말의 학문어 가능성을 부정했다는 점에서 부끄럽다.

최치원은 『삼국사기』 「상대사시중장(上大師侍中狀)」에 따를 때 고구려와 백제를 오나라와 월나라 그리고 유주와 연나라와 제나라와 노나라를 침범한 "중국의 큰 좀벌레"로 비하했고, 최만리는 "중국과 동문동궤(同文同軌)[7]를 이룬 이 마당에 새로운 언문(諺文)을 만 듦이 사대모화에 부끄럽다."라고 항변했으며, 퇴계 이황도 일본 좌무위 장군 미나모토에게 보낸 편지에서 "하늘에 두 개의 해가 없고 인류에 두 임금이 없다.…우리 조선은 아득히 먼 데 떨어져 있으면서 중국을 종주국으로 모시고 있다.… 단군에 대한 기록은 허황하여 믿을 수가 없고, (중국인) 기자(箕子)가 와서 조선을 통치하게 되어 비로소 문자를 알게 되었다."라고 말하고 있으며, 율곡 이이 또한 명나라 가정제(嘉靖帝, 명 세종)를 위한 제문에서 스스로를 "명나라를 모시는 하복"이라 칭하면서 명나라에 대해 "옛날 황제(黃帝)가 용을 타고 승천할 때 용의 수염에 붙었다가 떨어진 자처럼 지성을 다할" 것을 맹세하고 있다.[8]

영어 몰입 교육 정책은 그것이 비록 우리의 현실적 필요를 충족시키는 부분이 있긴 하지만 실제로는 소수 권력 계층의 세계관에 기초한 빗나간 언어 정책일 뿐 아니라,[9] 세종대왕의 훈민정음 창제와 반포에 적극 반대했던 양반층의 어리석음을 답습하는 꼴이라고 할 수 있다. 로마인들은 문화적으로 열등했던 자신들의 모국어인 라틴어의 수준을 높이기 위해 그리스어 저술들을 끊임없이 라틴어로

---

7 글과 길(수레)의 같음, 곧 우리와 중국이 하나의 표준으로 통일된 것과 같다는 뜻.

8 김삼웅(독립기념관장), 「선비들의 사대 곡필과 주체적 글쓰기」, 『인물과 사상』(2007.10) 살핌. 물론 박지원이나 허균 그리고 정약용처럼 주체적 글쓰기와 학문을 시도한 학자들이 없었던 것은 아니지만 조선의 학자들은 대개 중국의 사상과 글쓰기 법도(法度)를 추종했다고 할 수 있다.

9 과거 중시되었던 제2외국어로서의 독일어나 러시아어의 운명을 돌이켜 볼 때 영어 몰입교육의 운명 또한 그리 밝지 않다. 시대적 필요에 따른 언어교육정책의 유효성은 한시적일 뿐이다.

번역해 들였고, 나중에는 그리스어 원전 없이도 자신들의 모국어로써 모든 언어 행위가 가능해질 만큼 라틴어를 풍요롭게 만들었다. 그로써 로마 세계는 가장 강력한 수사학 전통을 창조했을 뿐 아니라 다양한 학문의 기초어가 되었다. 오늘날의 영어와 일본어 또한 마찬가지의 길(번역 중시, 모국어로 학문하기의 장려)을 걸어왔다.

영어 몰입 교육은 근본적으로 학문어로서의 우리말을 깔아뭉개는 짓일 뿐 아니라 우리 사회의 주체성과 공동체성 그리고 문화적 자긍심을 짓밟는 정책이다. 우리말이 학문어가 된다는 것은 우리 스스로 '지식의 거대한 체계'를 짜나갈 수 있다는 것, 말하자면, 우리 스스로 새로운 학문 창조의 길라잡이(주역)가 될 수 있다는 것을 뜻할 뿐 아니라, 나아가 민족 공동체의 자기 동일성을 주체적으로 형성할 수 있다는 것을 뜻하기도 한다. 우리는 영어 몰입 교육을 맹목적으로 받아들여 무제한으로 확장하려 해서는 결코 안 되고, 그것의 필요성을 '영어 교육'의 테두리에 한정해야 하며, 나아가 교육의 목적과 교육언어에 대한 사회적 합의를 새롭게 일구어내야 할 것이다.

도막3. 영어로 강의하기

마디1. 우리말을 병신으로 만드는 전염병(傳染病)

"우리말은 병신 말인가?"라는 물음은 듣는 이의 눈살을 찌푸리게 만든다. 이 물음이 나도 모르게 입 밖으로 터져 나온 것은 얼마

멀지 않은 앞날에 우리가 우리말로 학문할 수 없을지도 모른다는 두려움으로 말미암은 것이다. 아마도 이러한 두려움은 나만 느끼는 것은 아닐 것이다. 이 두려움은 전염병에 대한 것과 비슷하다. 우리말을 병신 말로 만드는 일등공신인 '영어로 강의하기'와 '영어로 논문쓰기'는 그 제도가 뿌리 내린 지 10년도 안 되는 사이에 우리의 주요 대학들을 싹쓸이하듯 점령(占領)해 버렸다.

가리1. 영어의 번식 방법

이 두 제도의 번식 방법은 띠나 갈대 또는 대나무의 그것과 같다. 그것들은 한 가닥 뿌리만 내릴지라도 그곳 모두를 자기 밭으로 만들어 버린다. 하나의 갈대가 피어난 곳은 이미 갈대밭이 된 것과 같다. 갈대의 뿌리 뻗기는 무한 경쟁과 승자독식이라는 신자유주의의 실존 틀을 닮았다. 이 두 제도의 틀은 자본주의 시장원리로 돌아가는 '대학평가'로부터 마련된 것이다. 이 두 제도는 영어라는 차축(車軸)으로 돌아가기 때문에 그 틀에 맞지 않는 모든 언어는 그것이 모국어일지라도 쑥대밭으로 만든다.

'영어로 논문쓰기' 제도는 우리 대학들의 사치품이나 액세서리가 아니라 기본이 되어 버렸다. 아니, 이 제도는 눈에 보이지 않게 땅속 줄기로 퍼져 온 들판을 뒤덮는 갈대처럼 눈 깜짝할 사이에 우리의 대학들로 번지는 가 싶더니 어느새 명문대임을 알리는 빨간 휘장(徽章)처럼 늠름(凜凜)하게 휘날리고 있다. 현재 많은 대학들이 교수 임용과 재임용 조건으로 국제 학술지 논문 업적을 요구하고 있다. 국제 학술지에 논문을 싣는다는 것은 영어로 논문을 써야 한다는 것과 같으므로, 이러한 임용과 재임용 조건에 놓인 젊은 교수들은 적어도 2년에 한 편 정도의 영어논문을 써야 한다.

영어로 쓰인 논문의 수는 인문학 영역을 뺀 나머지 모든 학문 분과에서 2002년에 갑자기 늘어났고, 그 오름세는 '영어로 강의하기'와 맞물려 더욱 가팔라지고 있다. 대학이 '영어로 논문쓰기'의 깃발을 내리지 않는 한, 우리의 유능한 젊은 학자들 모두가 자신의 논문을 오직 영어로 쓸 수밖에 없게 될 것이다. 만일 그 가운데 어느 학자라도 영어로 세계적인 논문을 써 앞으로 10년쯤 뒤에 노벨상이라도 받게 된다면, '영어로 논문쓰기'는 애국하는 것으로 드높여질 뿐 아니라 모든 학생들에게 기려질 것이며, 우리나라의 사람들은 앞으로 모든 논문을 영어로 써 우리가 노벨상을 싹쓸이하자는 즐거운 농담을 주고받을지도 모르겠다. 이때 '우리말로 논문쓰기'는 망국(亡國)의 지름길로 지탄을 받게 되리라.

설령 노벨상 얘기가 아니더라도, 우리 대학들에 영어논문이 쌓이고 쌓이면 영어로 논문을 쓰는 일은 당연지사가 되고, 나아가 네덜란드 지식인들처럼 우리의 지식인들도 국내라는 우물 같은 도서 시장을 넘어 바다와 같은 전 세계적 도서 판매를 위해 우리 학생들이 읽을 책마저 영어로 쓸 것이다. 그때는 인문학 관련 논문들도 많은 경우 영어로 쓰일 테고, 우리말은 모든 학문 영역에서 논문쓰기에 아주 불편하거나 어쩌면 부적합한 말로 불도장이 찍히고 말 것이다. 하지만 교수나 지식인들은 그런 우리말을 딱하게 여겨 돌보려 하기 커녕 '우리말로 학문하는 사람들'을 비웃으며 "요즘 누가 그런 병신 말로 학문을 하느냐"고 핀잔을 먹일 것이다.

가리2. 병든 줄 모르는 까닭

그런데 참으로 놀랍게도 많은 사람들이 우리말을 병신으로 만드는 전염병(傳染病)이 창궐하기 시작했다는 말을 절대 곧이들으려 하지 않는다. 그 까닭은 모든 사람이 저마다의 할 일 때문에 눈코 뜰 새 없이 바쁘기 때문일 것이다. 아직 교수가 안 되었거나 앞으로 재임용 계약을 맺어야 할 사람들은 그 조건으로 내걸린 '영어로 강의하기'와 '영어논문 업적'을 채우랴 우리말을 쳐다볼 틈조차 없다. 그들에게 '우리말 이야기'는 학문의 사치(奢侈)거나 겉치레일 뿐이다. 이와 달리, 이미 저러한 조건에서 풀려난 정교수들은 국제화의 거대한 흐름에 맞서 '우리말로 학문하기'의 푸른 깃발을 들고 나서기에는 너무 지쳐 있다. 그렇게 모두들 우리말 위기설(危機說)을 가슴 깊이 되새길 한 뼘의 여유조차 없는 것이다.

'영어로 논문쓰기'는 순환버스에서 고속열차로 탈바꿈하고 있다. 그 열차는 우리말의 세계를 이리저리 찢으며 달리고 있다. 우리말의 그물은 끊기고 터지고 성기어 바다에 던져도 한 마리 물고기조차 잡을 수 없을 지경이다. 우리의 가수들이 부르는 노랫말들은 영어로 땜질된 외마디 소리 같고, 우리의 아이들이 쓰는 글들은 덜 익은 땡감처럼 딱딱하며, 우리의 학자들이 쓰는 논문들은 마치 퍼즐처럼 낱말들을 요리조리 짜 맞추어 가듯 읽어야 비로소 그 뜻이 풀리는 암호문서 같고, 우리의 귀에 들리는 말들과 눈에 보이는 글자들에는 '알 수 없는 말들'이 검은 구멍들처럼 빼곡 숭숭 나 있다.

'영어로 말글하기'라는 열차의 기관사들은 그들이 우리말을 병신 말로 만드는 공신(功臣)들임에도 우리의 대학과 학문 세계를 그들 나름의 올바름 쪽으로 이끌려는 '난세(亂世)의 영웅들'로 추켜지고 있다. 그들은 전쟁에 승리한 영웅(英雄)들처럼 가슴마다 빛나는 '영어 훈장(勳章)'을 달고 다닌다. 그들은 우리의 대학들이 세계 대학들과 벌여야 하는 순위 싸움에서 '영어논문'이라는 비장의 무기로써 마치 마지막 승부수를 던지는 지장(智將)들 같다. 그들의 머리는 대학 경영 전략들로 가득 차 있고, 그들의 다리는 전 세계를 다니느라 부르트며, 그들의 입술은 틈만 나면 대학평가의 지표들을 되뇌느라 다물어질 새가 없다.

마디2. 영어로 강의하기의 창궐(猖獗)

가리1. 서울대의 영어강의 선포

2007년 11월 우리의 대학을 대표하는 서울대 16개 단과대학 가운데 8개(공과대와 사회대, 경영대, 농생대, 사범대 등)가 2008학년도 신임 교수 채용부터 영어강의를 의무화했다는 기사가 터져 나왔다. 나는 우리의 대통령이 앞으로 국내외 모든 기자회견을 영향력이 낮은 우리말 대신 국제어인 영어로 하겠다고 발표했더라도 충격이 이보다는 덜했을 것이다. 우리의 수도 서울뿐 아니라 대한민국의 학문 전체를 대표하는 서울대마저 '우리말로 강의하기'를 병신 취급한 것이다. 이로써 마침내 '우리말 병신 말 만들기'의 공식적 서막(序幕)이 아무렇지 않게 올랐다. 김완진 서울대 교무처장은 이러한 '역사적 변

곡점'에 대해 다음과 같이 설명했다.[10]

> 단과대가 자발적으로 영어강의 의무화를 계획하고 있다.
> [영어강의 가능자라는 조건은] 올해부터 도입한 외국어강좌 인센티
> 브제 시행 때문인 것으로 보인다.

그의 말에 따르자면, 서울대 단과대가 '영어강의 비율'을 높이기 위해 '영어로 강의하기'가 가능한 사람만을 교수로 뽑겠다고 결의한 것은 교수들의 자발적 결단에 의한 것이다. 거기에 어떤 외압도 없었다고 한다. 하지만 서울대는 2007년 1학기부터 외국어 강의 교수에게 강좌개발비로 200만 원을 지급하고 외국어 강의 시수도 일반 강의의 1.3배로 인정하는 인센티브제를 시행했고, 2007년 입학생부터 영어강좌 3개 이상, 2008학년도 신입생부터는 5개 이상을 들어야 졸업이 가능하도록 하는 영어강의 확대 제도를 도입한 바 있다. 하기야 고매(高邁)한 서울대 교수들이 이 정도의 제도 도입에 굴복해 '영어강의 의무화'를 채택했을 리는 없다. 그들의 결정은 분명 자율적이었을 것이다.[11]

---

10 한용수, 「서울대 교수 채용 "영어 못하면 탈락"」, 한국대학신문, 2007.11.20.
11 1년 뒤 공주대는 공개 채용에 지원한 모든 학과(예·체능학과는 물론 국어교육과 포함)의 지원자에 대해 영어강의 능력을 테스트(타 대학 외국인 교수에 의한 평가)하여 영어강의 점수가 80점 미만이면 탈락시켰다고 한다.(이은중, 연합뉴스, 2009.02.09) 그에 대한 명분은 "국제화 시대에 부응하는 일"이었다.

가리2. 다른 대학들의 영어강의

그런데 '영어로 강의하기'의 광풍(狂風)이 한국대학을 강타한 때는 2007년보다 훨씬 앞선다. 경북대는 2000년 1학기부터 외국어로 강의하는 교수들에게 연구 덤삯(手當)도 높여 줄 뿐 아니라 여러 북돋기(인센티브)도 마련해 줄 것이라고 밝혔고, 아주대 경영학부는 2003년까지 경영학부 전공과목 전체를 영어로 강의하겠다는 계획을 발표했다. 경북대와 아주대는 영어강의를 그것이 가능한 학과와 교수들부터 시작하여 점차 모든 학과와 모든 교수에게로 확대하려 하고 있다. 아주대 경영대 독고윤 학장은 '영어강의'의 명분과 목적을 다음과 같이 밝혔다.[12]

전공 교수 대부분이 미국 유학출신의 젊은 인텔리 교수들이라 별 문제는 없을 겁니다.

장기적으로는 미국 대학들의 MBA[13]과정과 비교해도 손색없는 학부로 키워나가는 게 목표입니다.

이 두 대학이 '영어로 강의하기'가 필요한 까닭으로 든 것은 "재학생들의 국제경쟁력 제고(提高)"[14]나 "국가 경쟁력 강화" 또는 "국제화 교육 강화" 등인데, 이러한 말들이 뜻하는 바는 우리 대학의 교수들을 모두 미국 유학 출신의 인텔리들로만 뽑겠다는 것이고, 우리의 대

---

12 홍기삼, 「대학가 원어 강의 확산」, 한국대학신문, 1999.11.08.

13 "MBA"는 "Master of Business Administration"의 줄임말로 '경영학 석사'를 말한다.

14 "제고(提高)"란 '높이 끌어 올린다'는 뜻이다.

학 제도를 미국의 그것과 동일하게 바꾸겠다는 것이며, 우리의 대학생들의 영어 실력을 미국 대학생 수준으로 높이겠다는 것이 된다.

그런데 비슷한 때 '영어강의'의 문제점을 꼬집는 목소리도 만만찮았다. 서강대 화학과 이덕환 교수는 대학의 국제화 노력은 당연한 것으로 인정하지만, "전공 강의를 국제어인 영어로 한다거나, 언어나 지역학 또는 국제관계학 전공을 가르치는 국제대학원을 설립한다거나, 단기 또는 장기의 인력 교류를 활성화"하는 등의 정책은 오히려 "우리말의 중요성을 완전히 무시한 발상에서 나온 것이며, 궁극적으로는 우리 문화의 발전을 가로막아서 오히려 국제화의 걸림돌이 될 것"이라고 비판했다.[15]

그의 비판은 우리가 미국 대학을 부러워하며 그들의 제도를 그대로 베껴올지라도 우리 대학이 국제화에 성공한다는 보장은 없다는 것이다. 대학이 한 사회가 필요로 하는 학식과 능력을 갖춘 인재(人材)를 기르는 곳이라면, 대학은 그 사회와 인류가 그동안 일궈온 온갖 지식의 체계를 이어 가르치고, 새로운 연구들을 통해 보다 나은 앎의 짜임새를 일구어 가야 한다. 만일 대학의 국제화가 지식의 확장과 교육의 성장을 위한 것이 아니라 한 사회의 문화와 전통을 의도치 않게 황무지로 만들거나 교육 제도를 대학 성장의 도구로 변질시킨다면, 그것은 수단과 목적을 뒤바꾸는 것과 같다.

오늘날 수단과 목적이 뒤바뀐 '대학 국제화'가 거듭 찬미(讚美)되는 까닭은 우리의 대학들이 대학평가나 대학 서열화에서 앞자리를

---

15 이덕환, 「〈대학시론〉 진정한 대학의 국제화」, 한국대학신문, 1999.06.02.

차지하고자 하는 숨은 목적 때문이다. 하지만 대학이 이러한 목적을 속마음 그대로 내보이는 것은 시민사회를 슬프게도 하고 성나게도 하는 것이므로 대학은 자신들의 속내를 적절히 은폐 또는 위장하여, 그러나 우리 사회에서 자신들의 낯을 드높이 세우기에 적절한 방식으로 표현하고자 한다. 그것이 곧 '대학의 국제화'요 '대학의 세계화'인 것이다.

2003년 2월 취임한 어윤대 고려대 총장은 '민족 고대'를 '캠퍼스 영어 공용화'의 전당으로 바꾸고, '영어(또는 기타 외국어)로 강의가 가능한 사람(외국인도 가능)'만을 교수로 뽑으며(국문학과와 법학과 제외), '외국어 전용 강의'를 확대하며, 학생들에게는 영어 및 외국어 구사 능력을 졸업 조건으로 부과(賦課)하겠다는 포부(抱負)를 밝혔다. 인터뷰 기사에 따르면 어 총장의 꿈은 영어강의 비율을 30% 이상으로 높여 고려대가 "세계 1백 대 대학"이 되는 데 있는 것 같다.[16] 이 말은 고려대가 서울대를 앞서겠다는 말에 다름 아니다.

몇몇 대학에서 '영어로 강의하기'가 떳떳한 대접을 받자마자 곧바로 많은 대학들이 "중·장기 대학 발전계획"이라는 것을 짜서 발표하게 되는데 거기에는 한결같이 '국제화'와 '세계화'라는 비전이 담겨 있다. 가톨릭대는 영어 전용 생활공간인 국제문화연수원을 설립할 계획을 세웠고,[17] 한양대는 2006년 처음 수업을 모두 영어로 진행하는 선택교양 5개 강좌를 개설했으며, 모든 전공수업을 영어로 진

---

16 조양희, 「[고려대] 영어강의 가능해야 교수 임용」, 한국대학신문, 2003.03.15.

17 정성민, 「올 대학가에는 어떤 일이? 4·15 총선 참여, 중·장기 발전계획, 50주년 기념행사」, 한국대학신문, 2004.03.06.

행하는 국제학부의 18개 전공수업을 다른 학부생에게도 공개하기로 했고, 나아가 영어강의를 조만간 1백 개 이상으로 늘릴 계획이다.[18]

서울의 주요 대학들은 2007년 말까지 10~38% 사이의 영어강의 비율을 보였다. 서울대는 학부의 영어강의 비율이 2005년 4%, 2007년에는 8.34%에 그쳤지만 2010년에는 15%로 늘어났다. 연세대학교는 2005년 6%에서 2010년 29%, 고려대학교는 29%에서 40%로 확대했다. 그리고 서울에 있는 대학들은 2010년 기준으로 20%에서 40%의 비율로 영어강의를 시행하고 있다(머니투데이, 2011).[19]

교육부는 2006년 마련한 '고등교육 국제화전략'에 따라 2007년부터 5년 동안 총 690여억 원을 지원하는데, 그 지원의 평가 지표는 영어강의 비율, 해외 유학생 비율, 해외 우수학자 유치·외국인 교수 비율 등이다.[20] 이로 미루어볼 때 우리 대학들이 저마다의 처지와 특성 그리고 목표에 따른 창의적 국제화 방향을 찾지 못한 채 '영어강의 비율 높이기'와 같은 천편일률적 방법을 따른 까닭은 그들이 정부의 국제화 지표와 대학평가 항목에 발맞춘 결과임을 짐작할 수 있다. 우리 대학들이 '영어로 강의하기'의 대의명분으로 내세우는 국제화는 대학의 자율에 따른 것이 아닌 정부의 평가지표와 그

---

18 뉴스 대학경영, 「한양대 '영어로 수업' 교양강의 첫 개설」, 한국대학신문, 2006.02.10.

19 이정연·최원준·손나비·강병덕, 「대학교 전공영어강의의 전공학습 효과 및 효과적인 학습 전략과 교수법」, 『교과교육학연구』(Vol.17 No.3), 이화여자대학교 교과교육연구소, 2013, 730쪽.

20 김기중, 「서울시내 주요 대학 영어강의 '상승곡선' 학부 3.45%·대학원 7.83%↑…'질적 기준 마련' 지적도」, 한국대학신문, 2008.02.15.

에 따른 차등 지원 정책에서 우위를 차지하려는 기회주의적 계산법의 결과인 셈이다.

마디3. 강의의 본질과 양심 속이기

가리1. 강의의 본질

그런데 강의란 무엇인가? '영어로 강의하기'는 실제로 강의를 위한 것인가? 정운찬 전 서울대 총장(경제학부 교수)은 이러한 문제에 대해 다음과 같은 견해를 밝힌 바 있다.[21]

> 영어가 국제화에 중요한 요건이긴 하지만 대학에서 모든 강의를 영어로 할 경우에는 오히려 강의의 질이 떨어질 수 있다.
> 강의와 교육의 질을 어떻게 높일 수 있는지 고민하는 것이 중요하다.

그가 말하는 강의의 질(質)은 지식을 그대로 넘겨주는 데 그치지 않고 새로운 지식을 창출하는 데서 찾아질 수 있다. 지식(知識)은 앎을 말한다. 새로운 앎은 '이미 알고 있던 바'와는 다른 것이다. 새로운 앎을 일궈내는 일은 옛 앎의 바탕 위에서만 가능하다. 옛 앎은 강의를 통해 가르쳐질 수 있지만, 새로운 앎은 절대 그럴 수 없다. 새로운 앎은 스스로 일궈내야 하기 때문이다. 새로운 앎을 얻기 위해서는 무엇보다 먼저 자신이 모르는 바가 무엇인지를 깨달아 그것에 대

---

21 뉴스 대학경영, 「정운찬 "영어강의만 능사 아니다"」, 한국대학신문, 2006.10.24.

해 올바로 물어야 하고, 나아가 그 물음에 대한 올바른 대답을 찾아야 한다.

물음은 사람이 자신에게 주어진 문제에 달라붙은 채 그 문제로부터 올바른 대답을 뜯어내려는 일이다.[22] 그렇게 뜯어낸 것이 곧 앎이다. 앎은 '주어진 물음에 대한 올바른 대답'이다. 앎은 누군가 몸소 보거나 듣거나 배워서 얻기도 하지만 스스로 물어서 캐내기도 한다. 앎은 우리가 서로 주고받을 수 있는 어떤 '보편적 성격'을 갖기도 한다. 이러한 성격을 갖지 못한 앎은 가르치거나 배울 수 없다. 물음만 주어져 있을 뿐 그에 대한 올바른 대답이 아직 찾아지지 못했을 때 우리에게는 모름이 일어난다. 우리가 이러한 모름을 넘어서기 위해 스스로 물음을 묻고 그에 대한 올바른 대답을 찾아 나설 때에만 우리는 비로소 앎을 얻을 수 있다.

강의는 '이미 주어진 앎들'을 가르치는 일일 뿐 아니라 무엇이 문제이고, 또 무엇을 어떻게 물어야 하며, 나아가 무엇이 올바른 대답이고, 대답의 올바름에 대한 증명은 어떻게 해야 하는지 등을 가르치는 일이다. 정운찬의 말을 따르자면, 강의의 본질은 학생들로 하여금 스스로 새로운 물음을 묻고, 그 물음에 대한 올바른 대답을 찾도록 이끄는 데 있다. 이러한 물음과 대답은 근본적으로 보자면 '말하기'이자 '생각하기'이다. 물음이 다르면 대답이 달라진다. 새로운 대답을 얻고 싶은 사람은 먼저 물음을 새롭게 물어야 한다. 이와 마찬가지로 말과 생각이 달라지면 물음과 대답 또한 달라질 수

---

22 물음의 뜻과 구조 그리고 종류에 대해서는 구연상, 『후회와 시간』, 세림M&B, 2004, 353~372쪽 살핌.

있다.

가리2. '영어로 강의하기'가 강제되는 이유

그런데 만일 강의에서 사람들이 말이 막히거나 걸려 서로의 말하고자 하는 바가 사무치지(자유롭게 통하지) 않는다면,[23] 사람들은 강의 시간 내내 서로의 말이 뜻하는 바를 알아내는 데 온 힘을 쏟느라고 스스로 물음을 묻거나 그에 대한 올바른 대답을 찾아나서는 일조차 할 수 없을 것이다. 그때 이 강의는 이미 실패한 것이다. 게다가 말의 소통을 위해서는 감정 교환이나 몸짓의 교환 또는 경험의 공유와 같은 '비언어적 의사소통'도 반드시 곁들여져야 하는데, 말문이 막히고 말귀가 어두워지면 몸도 자연히 뻣뻣하게 굳어지고 마는 법이다.

그런데도 요즘 대학에서는 자연과학이나 사회과학 그리고 인문학은 말할 것도 없고, 심지어 우리말로 강의하는 게 마땅한 과목들인 한국문학, 한국역사, 한국철학, 나아가 스페인어나 프랑스어 같은 제2외국어 과목까지 '영어로 강의하기'가 강제되고 있다. 이러한 강제 자체가 교수의 강의 자율권과 아울러 학생들의 강의 선택권을 크게 침해하는 것임은 두말할 나위도 없고, 교육 효과도 우리말로 강의하기에 비해 크게 뒤떨어질 수밖에 없음에도 이에 대한 대학 내 반성의 목소리는 그리 높지 않다.

---

23 소통(疏通)의 본질을 우리말 "사무침"으로 풀이하는 것에 대해서는 구연상·김원명 지음, 『서술 원리, 논술 원리. 서술은 매듭풀이다』(I권), 한국외국어대학교출판부, 2011년, 68~74쪽 살핌.

왜 그런가? 첫째는 이러한 강제의 주체가 주로 총장이기 때문이다. 사람들은 대학 내 최고 상관인 총장에 맞서서 좋을 건 아무것도 없다고 믿을 뿐 아니라, 또 총장 임기가 보통 4년이므로 4년만 참으면 그만이라는 생각들을 하기도 한다. 둘째는 교수들 가운데 대학의 영어강의 비율을 높이는 게 곧 대학평가 점수를 높이는 길이고, 그로써 정부의 지원금과 대외적 평판을 높이는 길이라는 것을 모르는 이가 아무도 없기 때문이다. 대학평가가 올라가면 그것은 곧 총장의 업적으로 인정되고, 총장은 재임도 가능해진다. 그것은 다시금 '영어로 강의하기'에 대한 내부적 정당화 근거가 된다. 셋째는 영어강의를 담당하는 대학 내 계급이 주로 영어강의 의무화 조건을 달고 들어온 신임 교수들인데, 이들은 재임용의 차꼬에 옥죄어 어쩔 수 없이 영어강의를 하지 않을 수 없는 입장이고, 나머지 선배 교수들은 이러한 의무가 없기 때문에 '영어로 강의하기'를 소 닭 보듯 하기 때문이다.

앞으로 대학 강단은 자칫 영어 능력자들의 독무대가 될 수도 있다. 세계화와 국제화라는 그럴듯한 이름(美名) 아래 강제되는 '영어로 강의하기'는 수많은 교수들과 학생들의 삶을 불행의 구렁텅이로 몰아넣고 있다. 나는 슬기(지혜)의 향연장에서 일어나는 비판(批判)의 무용지물 현상에 절망하고 있다. 정책 결정권자들은 아래로부터의 비판에 대해서는 밀랍으로 꽉 틀어막은 오디세우스 부하들의 귀처럼 아무것도 들리지 않는 듯 행동하고 오직 그들 자신의 내부에서 걸러진 목소리만 들으려 한다. 등 떠밀려 '영어로 강의하기'에 투입된 교수들과 학생들은 서로 눈감고 '무늬만 영어강의'인 우리말

강의를 영어강의인 양 시늉을 떨면서 스스로의 양심을 속여 제 뱃속을 채우려 한다.

마디4. 카이스트와 포스텍

'영어로 강의하기'의 미친바람(狂風)이 우리의 대학 마당(大學街)을 고삐 풀린 망아지처럼 거침없이 몰아치다가 사회적 문제가 되어 잠시 물 위로 떠올랐던 때는 2011년 초 카이스트(KAIST)의 꽃다운 청년들이 시든 꽃잎 지듯 힘없이 떨어져 버렸을 때였다. 그들의 스러짐의 원인들로 서남표 총장이 번개 치듯 도입했던 '전면적 영어강의'와 '징벌적 등록금제'가 꼽혔다. 카이스트는 전공과목들은 말할 것도 없고 일반교양과 일본어 과목조차 영어로 강의하는 '100% 영어강의'를 목표로 해왔다.

카이스트 수리과학과 한상근 교수는 이러한 '영어강의'를 거부하며 앞으로 모든 강의를 우리말로 하겠다는 뜻을 밝혔다. 한 교수가 '우리말로 강의하기'를 내세운 까닭은 교육적 목적, 구체적으로 말하자면, 교수와 학생 사이의 인격적 교류를 되살리고 싶었기 때문이다. 그의 말을 직접 빌자면 영어강의는 "교수와 학생의 인간적 접촉을 단절"할 뿐 아니라 "학생들 정서를 더 삭막하게 만들 뿐"이다.[24] 삭막(素莫)은 인정(人情)이 메말라 외롭도록 쓸쓸하면서 끝이 보이지 않을 만큼 아득함, 빗대어 말하자면, 황무지(荒蕪地)처럼 버려진 땅

---

24 송아영, 「한상근 KAIST 교수, '우리 말 강의하겠다' 선언」, 한국대학신문, 2011.04.11.

에 외따로 떨어진 먹통 상태를 뜻한다.

그동안의 삭막했던 마음은 카이스트 교수협의회가 당시 교수와 학생을 대상으로 실지한 "현행 전면 영어강의 제도 유지" 여부에 대한 여론 조사 결과를 통해서도 그대로 드러났다. 제도 유지에 찬성한 교수는 전체 응답자의 10%, 학생은 13%에 불과했다고 한다.[25] 이러한 결과는 서 총장에 의해 도입되어 '대학 혁신'이라는 이름 아래 시행된 '전면적 영어강의 제도'가 구성원들에게는 혁신(革新)이기보다는 혁편(革鞭/가죽 채찍)이었음을 짐작케 한다. 구성원들의 자발적 사랑과 공감을 받지 못하는 제도, 바꿔 말해, 그들을 행복하게 해 줄 수 없는 제도는 독재자의 최후와 마찬가지로 비극을 부를 수밖에 없다.

만일 서울대 조국 교수가 알려 주는 바처럼 카이스트 학생의 많은 수가 의전(의학전문대학원)이나 치전(치의학 전문대학원) 준비를 하고 있다면,[26] 그것은 그들이 과학영재들로서 과학에 더 이상 관심이나 흥미를 갖지 못했기 때문이거나 아니면 과학자로서의 미래에 대한 희망을 품지 못했기 때문일 것이다. 여기에 그들이 영어 책을 읽고, 영어강의를 듣고, 영어로 글을 써야 하는 '삭막한 짐'까지 짊어져야 했다면, 그들이 과학에 몰입하기란 어지간히 고달픈 일이 아닐 수 없었을 것이다. '영어로 강의하기'가 그들에게는 '과학의 걸림돌'이 되었을 것이다.

---

25 송아영, 「한상근 KAIST 교수, '우리 말 강의하겠다' 선언」, 한국대학신문, 2011.04.11.
26 헤럴드 생생뉴스, 「조국 교수 "서남표 카이스트 총장 물러나야"」, 헤럴드경제, 2011.04.08.

하지만 포스텍은 2010년 '캠퍼스 영어 공용화'를 뿌리내려 '영어로 강의하기'를 넘어 '영어로 생활하고 회의하기'까지 실천할 수 있다는 것을 보여 주었다. 이러한 포스텍(POSTECH) 국제화의 주역 가운데 한 명인 서의호 국제화위원장(산업경영공학과 교수)은 카이스트 한상근 교수의 영어강의 거부 선언이 보도된 뒤 한 교수에게 다음과 같은 이메일을 보냈다고 한다.[27]

포스텍에서는 영어구사력이 뛰어난 교수들의 강의에 학생들이 몰리고 아무런 불평이 없다.

영어는 국제 공용어이며, 한국을 대표하는 학생들은 국제 공용어로 세계와 소통할 수 있어야 한다.

동의하진 않지만, 영어 때문에 정서가 부족해진다면 교수가 더욱 영어를 유창하게 구사할 수 있게 노력해야 할 것이다.

카이스트와 포스텍은 이공계에서 한국을 대표하는 대학임에 틀림없다. 서의호 교수는 대한민국의 미래를 위한 충정(忠情)에서 포스텍과 카이스트의 경쟁 상대가 한국 대학이 아닌 세계의 대학임을 잊지 말아야 한다는 사실과 대학들 사이의 무한 경쟁 시대에서 세계 최고의 대학, 또는 노벨상 수상의 영광을 안게 될 대학이 되려면 대학 구성원 모두가 영어로 정서를 함께 나눌 만큼의 영어 실력을 갖춰야 한다는 사실을 되새겨 준 것이다. 그는 저 메일을 통해 카

---

27 CBS사회부 이희진 기자, 「[Why뉴스]왜 영어강의가 문제인가?」, 노컷뉴스, 2011.04.20.

이스트 교수들에게 '국제화를 위한 투쟁에서 뒤로 물러서서는 결코 안 된다.'라는 결연한 충언(忠言)을 전한 셈이다.

서 교수의 참마음은 그가 속한 포스텍의 혁신 방향이 '대학 국제화'로 뚜렷이 맞춰져 있다는 점을 잘 드러난다. 포스텍 백성기 총장이 말하는 대학 국제화는 "대학을 글로벌 스탠더드에 맞춰 바꿔 나가는 것"이다. 그는 이러한 국제화의 기틀을 마련하기 위해서 무엇보다 '캠퍼스 영어 공용화'가 반드시 필요하다고 보았다. 이는 강의뿐 아니라 행정과 회의까지 영어로 하는 제도로 어떤 외국인이든 포스텍에서 마음껏 생활하고 연구할 수 있는 환경을 만들어 주기 위한 일이다. 이러한 국제화는 전 세계의 우수한 외국인 교수와 연구원 그리고 학생을 포스텍으로 유치하고, 그로써 연구 분야와 성과를 국제화하여 마침내 포스텍을 노벨상 수상자를 배출하는 세계 최고 대학으로 만들어 가는 것을 뜻한다.[28]

만일 카이스트가 이러한 국제화에서 한 걸음 물러선다면, 그것은 일종의 실패를 뜻한다. 그때 카이스트는 경쟁에서 뒤쳐져 세계 2~3류 대학에 머문 채 세계 최고 대학들에 의존할 수밖에 없다. 거꾸로 카이스트가 대학의 국제화를 넘어 세계의 우수 대학들과 인적 교류 및 연구 협력을 이끌어내는 세계화 혁신을 이루어 낸다면, 카이스트 또한 포스텍과 나란히 세계 최고의 이공계 대학의 반열에 오를 것이다. 이러한 과정의 최종 목표는 한국의 공대들이 미국의 칼텍(Caltech, 캘리포니아 공과대학)이나 스위스의 연방공대

---

28 안석배 기자, 「글로벌 명문 포스텍] 내년부터 학생 입학사정관제 도입」, 2010.09.07.

(ETH)와 경쟁하는 가운데 '우리 대학들' 안에서 세계 최고 수준의 연구 논문이 쓰이고, 그것이 거꾸로 세계에서 인정받게 되는 데 놓이는 셈이다.

마디5. '영어로 강의하기'의 질병과 그 치료제

가리1. '영어로 강의하기'의 효과 없음

그러나 이러한 카이스트와 포스텍의 혁신 목표는, 한마디로 말해, 발전의 신화에 사로잡힌 전체주의적 발상에 근거한 것이다. 그들은 우리의 대학들로서 우리말을 모국어로 하는 교수와 학생들에게 강의와 연구를 '오직 영어로만 하도록' 강제함으로써 학문의 자유에 벌림쐐기(족쇄)를 박았으면서도 혁신과 발전 그리고 최고 되기라는 자신들의 장밋빛 계획에 거나하게 홀려 그 사실을 깨닫지 못하고 있다. 총장이 비록 대학 내 정당한 최고 권력자일지라도 그가 구성원의 다양한 권리를 빼앗을 권한(權限)까지 가진 것은 아니다. 그 권리가 침해된 사람들 수가 적든 많든 그것은 '다수의 폭력'과 다르지 않은 '제도적 폭력'인 것이다.

그들이 이러한 폭력을 폭력으로 깨닫지 못하고 있다는 증거는 그들이 '영어로 강의하기'에 대한 수많은 반대 목소리를 들으려 하지 않는다는 사실에서 찾을 수 있다. 그 목소리들을 잠시 들어 보자.

이번 카이스트 사태는 (…) 학문이나 학과의 구별이 전혀 없이 영어

몰입 교육을 하는 영어 식민주의 교육정책이 주된 원인이다.[29]

영어강의는 한국어 강의에 비해 정보 전달력이 30%밖에 안 된다.(어느 교수)

일률적으로 영어강의를 하는 것은 바람직하지 않다. 법대도 국제조세·국제투자법은 영어로 하는 게 나을 수 있지만 민법·헌법·형법은 영어로 해봐야 우리말로 하는 것처럼 심도 있는 논의가 어렵다.(정종섭 서울대 법대 학장)

신임교원 선발 때 영어강의 능력을 주요 평가요소로 삼으면서 학문 분야에 관계없이 미국 출신 박사들이 교수직을 독점적으로 차지하고 있다. [그 때문에 학문의 미국 종속성이 강화된다.](이진한 고려대 한국사학과 교수)[30]

이러한 반대 목소리는 감정적이면서 분노에 차 있고, 이 때문에

---

29 민주화를위한전국교수협의회·전국교수노동조합·학술단체협의회 공동성명, 「서남표 카이스트 총장은 즉각 사퇴하고, 모든 대학 당국은 "서남표"식 경쟁교육을 협력적 엘리트교육으로 전환하라!」, 2011년 04월 11일 13시.

30 임아영·김형규·정희완·백승목 기자, 「영어에 갇혀 학문·연구 뒷전 "사제 간의 소통 생각도 못해"」, 경향신문, 2011.04.11. 학생들 반응은 대체로 다음과 같다. "실제 대학원 수업은 세미나 수업이기 때문에 영어로는 토론조차 이뤄지지 않는다."(고려대 대학원생) "강의는 영어로 진행하되 학생들의 질문은 우리말로 한다."(경북대 학부생) "일단 어렵다. 내용이 전달되려면 학생도 어학능력이 있어야 하고 교수도 그래야 하는데, 어느 한쪽이라도 부족하면 그게 힘들다."(경희대 학부생)

감정에 치우친 일방적 비난이라는 반격을 받아왔다. 하지만 다음의 통계 조사 결과는 어떠한가? 이 조사는 2012년 1학기 5월 7일부터 18일까지 H대학교에서 개설된 전공 영어강의 수강생 중 434명을 대상으로 실시된 것이다. 아래의 표는 전공영어강의가 전공학습에 얼마만큼 효과가 있는지를 전공학습 효과의 범주에 속한 6개 항목들로 나눠 측정한 것이다.[31]

전공영어강의의 전공학습 효과

n(%)

항목	n	평균	표준편차	전공학습 효과 정도에 대한 응답*				
				1	2	3	4	5
전공학습 효과 합	432	2.2	0.94	107 (24.7)	173 (40.0)	114 (26.4)	32 (7.4)	6 (1.4)
세부항목								
개념이해	433	2.2	1.01	132 (30.5)	156 (36.0)	104 (24.0)	31 (7.2)	10 (2.3)
학문분야관심	434	2.0	0.94	149 (34.3)	184 (42.4)	71 (16.4)	22 (5.1)	8 (1.8)
지적호기심	434	2.0	1.00	158 (36.4)	168 (38.7)	65 (15.0)	36 (8.3)	7 (1.6)
학업노력자극	434	3.0	1.20	60 (13.8)	90 (20.7)	96 (22.1)	153 (35.3)	35 (8.1)
수업집중력	434	2.3	1.07	108 (24.9)	170 (39.2)	87 (20.0)	56 (12.9)	13 (3.0)
학업성취감	433	2.4	1.07	103 (23.8)	146 (33.7)	109 (25.2)	65 (15.0)	10 (2.3)

* 1. 전혀 그렇지 않다   2. 그렇지 않다   3. 보통이다   4. 그렇다   5. 정말 그렇다

전공영어강의 수강생들이 영어강의로 인해 받는 전반적 전공학

---

31 이정연·최원준·손나비·강병덕, 「대학교 전공영어강의의 전공학습 효과 및 효과적인 학습 전략과 교수법」, 『교과교육학연구』(Vol.17 No.3), 이화여자대학교 교과교육연구소, 2013, 733쪽.

습 효과는 2.2로 '보통'(3을 기준으로 함) 미만의 수준을 보였다. 이는 대부분의 수강생들이 전공영어강의로 인한 전공학습 효과를 받지 못하고 있는 것임을 뜻한다. 전공영어강의가 전문적인 개념이해를 증진시키는가에 대한 학생들의 응답에 10% 학생이 긍정적인 대답을 하였고, 학분 분야에서의 관심을 증진 및 유발시키는가에 대해서는 단지 7% 학생들만이 긍정적인 응답을 하였다. 또한 학생들의 지적 호기심을 증진 및 자각하는가에 대해서는 9%의 학생이 긍정적으로 응답하였다.[32]

특히 전공영어강의의 효과는 인문계 수강생들의 경우가 이공계 수강생들의 그것보다 눈에 띄게 적었다.($p < 0.05$) 이는 인문·사회과학 분야 지식이 사회적 맥락에 근거한 것이고, 언어는 그러한 맥락의 핵을 이루기 때문이다. 이를 고려할 때, 한국 사회에서 인문·사회과학 분야 지식을 영어로 전달하는 것은 큰 무리가 따르는 것임을 쉽게 알 수 있다. 다만 이공·자연과학 지식은 그것이 상대적으로 보편성이 있고 수식적인 표현이 가능한 까닭에 영어강의의 효과가 상대적으로 높게 나왔다. 이 표에서 가장 높은 점수(3.0)는 '학업노력자극' 항목에서 나타났는데, 이는 학생들이 영어에 대한 열등감을 갖고 있음을 뜻하고, '학문분야관심'과 '지적호기심'(2.0) 항목은 가장 낮은 점수를 보였는데, 이는 영어강의가 강의의 본질에 반한다는 결정적 증거가 된다.[33]

비록 이 표가 포스텍이나 카이스트를 대상으로 조사된 결과를 담

---

32 이정연 외, 737쪽.
33 이정연 외, 736쪽 살핌.

고 있지는 않지만, 우리 대학의 영어 선봉장들이 대학 구성원들의 다양한 목소리를 듣지 못하는 까닭은 그들이 '영어강의 제도'가 정당한 절차를 거쳐 마련된 것일 뿐 아니라 그것이 대학 공동체와 한국의 미래를 위한 것이라고 믿기 때문이다. 게다가 그들은 '영어로 강의하기'가 싫은 사람은 자기네 대학 공채에 지원하지 않으면 된다거나, '영어로 강의'를 듣기 싫은 학생은 자기네 대학이 아닌 다른 학교에 입학하면 된다는 투로 말한다. 그들에게는 대학의 혁신 방향이 전적으로 그들 자신에 의해 결정되어야 한다는 믿음이 깔려 있다.

분명 우리에게 다른 대학을 선택할 자유가 주어져 있긴 하다. 하지만 그 사실이 그들의 독단(獨斷)을 정당화해 주지는 않는다. 우리가 다른 대학을 선택한다면 그들의 독재는 우리와는 무관한 문제가 될 뿐이지 그것이 민주적 절차로 바뀌지는 않는다. 총장이 그 구성원들을 불행케 하고, 그들을 대학의 노예처럼 부리거나 상품처럼 값을 매기려 할 때, 떠나야 할 사람은 오히려 총장 자신이어야 할 것이다. 그에게도 다른 학교로 옮겨갈 선택권이 충분히 주어져 있으니 말이다. 한국 사회의 많은 지성인들이 서남표 총장의 사퇴를 요구했던 것도 그와 같은 논리이다.

대학의 발전은 흔히 국가의 번영으로 이어진다. 총장은 이러한 상식에 근거해 구성원들에게 충성(忠誠)을 요구한다. 이는 곧 구성원들에게 커다란 희생을 강요하는 것이기 쉽다. 이때 우리는 그 발전이 정말로 국가 공동체를 위한 것인지 거듭 묻고 잘 따져서 올바른 결론을 내려야 한다. 만일 포스텍과 카이스트가 그들의 계획대로 성공했다 치자, 나아가 우리의 다른 대학들도 그들을 본받아 똑같은 길을 가게 된다고 치자, 그러면 우리 대학의 모습은 어떻게 바뀔 것인가?

그들의 성공은 곧 우리말이 병신 말이 된다는 것을 뜻한다. 대학에서는 온통 국제어인 영어로만 말이 오가고, 논문 또한 영어로만 쓰이며, 심지어 문학 작품마저 영어로 출판되어 나오고, 일반인은 생활 속 학술어들조차 아무것도 알아들을 수 없을 것이며, 우리말은 마치 조선 후기처럼 또는 현재의 필리핀에서 일어나는 모국어 소멸 현상처럼 학교에서도 쫓겨나고 행정 기관에서마저 천대를 받으며 겨우 통속 연예소설에나 쓰이는 얄팍한(淺薄) 말이 될 것이다. 좋은 대학을 나온 사람들은 자랑삼아 영어를 생활어로 삼을 것이고, 영어로 문학 작품이나 신문 기사를 읽을 것이며, 영어로 학문을 할 것이다. 만일 우리의 대학들의 성공이 우리말을 병신 말로 만드는 결과를 낳는다면, 그 대학들은 도대체 '누구'를 위한 대학이 되는가?

가리2. 영어사대주의의 치료제로서의 슬기 되찾기

나는 털끝만치도 그들을 나무랄 생각이 없다. 그들은 자신들에게 주어진 기회를 그들 나름의 가치관과 신념을 펼치는 데 활용한 것이다. 내가 이 책을 쓰는 까닭은 '그들'이 아닌 '우리'에게 말하기 위함이다. 그들이 좋은 대학을 만들었을 때 그곳에서 쓰이는 말이 우리말이고 그곳에 쓰이는 글이 우리글이라면 더 바랄 나위 없지 않을까? 그들은 모든 것을 과학과 성공에로 집중시키고 있다. 사람과 제도 그리고 전통과 역사, 나아가 다양한 세계가 있어야 한다는 당위(當爲)마저도 국제화라는 한마디 이름 아래 무릎을 꿇고 있다.

그러나 말과 글의 다양성이 사라지고, 철학과 문학과 온갖 예술의 자유로움이 사라진 자리에 과학의 우상(偶像)만 우뚝 들어서고 나면 우리는 얼마나 어리석어지고 말 것인가? 만일 우리가 스스로의 삶의 의미를 새롭게 깨달아가고, 이웃과 더불어 사랑하는 법을 배우며, 서로의 삶을 깊이 받아들여 공감할 줄 알고, 손으로 만져볼 수는 없지만 서로 교감할 수 있는 정신적 세계들에 매료되며, 몸과 마음을 함께 나누면서 저마다의 본래적 삶을 일구어 갈 줄 아는 슬기로움을 잃는다면, 과학적 발견이 무슨 값이 있을 것이고, 세계적 성공은 또 누구에게 써먹을 수 있단 말인가?

우리는 슬기(지혜)를 저버리지 말아야 한다.[34] '영어로 강의하기'가 필요하다면 우리는 먼저 그것의 필요성이 어디에 있고, 그 범위는 어디까지이며, 그로 말미암은 부작용은 무엇인지를 꼼꼼히 살펴야 할 뿐 아니라, 그에 대한 반대 입장들도 충분히 고려해야 한다. 무엇보다 '영어로 강의하기'가 단순히 강의 수단을 바꾸는 게 아니라 '사람의 본질'에 속하는 말을 바꿔치기 하는 것임을 놓쳐서는 안 된다. '말'은 사람됨의 핵심이다. 말을 못하는 사람은 곧바로 '말 병신' 취급을 받게 되어 수많은 고통에 시달리는 삶을 살게 마련이다. 이는 곧 영어로 강의할 수 없거나 영어로 강의를 들을 수 없는 거의 모든 한국 사람들을 바보와 병신으로 만드는 일이 될 수 있다는 것을 가볍게 여기지 말아야 한다.

나는 그들에게 묻고 싶다. 우리의 대학들은 '우리말로 강의하기'와 '우리글로 논문쓰기', 즉 '우리말로 학문하기'를 대학의 사명으로

---

34 "슬기"의 뜻에 대해서는 구연상, 『철학은 슬기 맑힘이다』, 채륜, 2009 살핌.

여겨서는 안 되는가? 그러한 사명은 오늘날 한글날이 외국인들에게 한국어 글짓기 대회나 열어 주는 날쯤으로 내던져지는 것처럼 한류에 목말라하는 제3세계 외국 대학에게 넘겨주면 그만인 것인가? '우리말로 학문하기'와 같은 것은 포스텍이나 카이스트처럼 세계 최고의 대학을 꿈꾸는 대학에게는 부끄러운 일인가? 그래서 '우리말로 학문하기'는 세계적 수준에 들 수 없는 한국의 2~3류 대학들이나 해야 하는 일인가?

당신들은 세계 최고의 대학이 되기 위해서 지금 '영어로 학문하기'를 해도 이미 늦은 판이라고 변명할 줄 모르겠지만, 그 결과가 곧 우리에게서 '우리말로 학문하기'의 모든 가능성을 짓밟고 모욕하고 그 싹마저 잘라 버리는 몹쓸 짓에 다름 아니라면, 당신들은 그 책임을 어떻게 짊어지고자 하는가? 당신들의 선한 행동이 공동체 구성원들에게 불행해질 것을 강요하는 것이라면, 그래도 그대들은 그 일을 강행할 권리를 갖는다고 보는가? 포스텍이 왜 '영어로 학문하기'를 통해 10년 뒤에 세계 최고의 대학이 되어야만 하고, 대신 100년 뒤에 '우리말로 학문하기'를 통해 세계 최고의 대학이 되어서는 안 되는 이유는 무엇인가? 그런 영광을 다음 세대의 우리 후손에게 만들어 줄 수는 없는가?

슬기는 지난 삶을 되돌아보고, 현재의 삶을 바로 마주하며, 앞으로의 삶을 미리 내다보는 큰 기다림에 그 바탕이 놓인다. 나찌의 총동원령처럼 자신이 믿는 바를 모든 국민에게 함부로 강제하는 일은 결코 슬기로운 자의 선택일 수 없다. 우리는 모두가 함께 그러나 저마다 달리 살아갈 수 있는 조건에서만 '우리'가 된다. 융합과 통섭의 생태계도 철저히 다양성에 기초한 것이다. 삶은 결코 직선적이거나 인과적인 구조로만 만들어지지 않는다. 삶의 짜임새는 오히려 유기적이다. 삶의 유기체성은 단순히 한 사람의 몸에서 끝나는 게 아니라 우주 전체에로 확장되어 있다.

'우리말로 학문하기'는 영어를 비롯한 외국어로 학문하기를 배척하거나 소외시키는 게 아니다. 우리말 속에 한자와 일본어 그리고 영어와 같은 수많은 외래어와 외국어들이 손쉽게 들어올 수 있듯 '우리말로 학문하기' 또한 세계의 모든 학문을 포괄할 수 있다. 그 포괄의 정도는 학문하는 학자의 능력이나 관심에 따라 달라질 뿐이다. 이는 '영어로 학문하기'에게도 그대로 적용될 수 있다. 당신들이 '영어로 학문하기'를 발전시키고 싶다면 스스로 그렇게 하면 그만이다. 하지만 만일 당신들이 '영어로 학문하기'를 우리에게 강제하려 한다면, 당신들은 먼저 그 필요성을 우리에게 납득시켜야 할 뿐 아니라 우리말을 병신 말로 만들게 될 책임을 어떻게 질 것인지도 밝혀야 한다.

우리에게 뛰어난 영어 능력이 필요하다면, 그것은 우리 사회의 교육과 관련된 문제이고, 이는 우리가 좀 더 시간을 갖고 올바른 영어교육법을 찾아나가야 할 문제이다. 그리고 우리는 다음과 같은 목소리에 더욱 참을성 있게 귀를 기울여야 할 것이다.

자국어에 대한 긍지와 사랑이 없이 학문과 예술이 꽃핀 예를 저는 기억하지 못합니다. [우리가] 이탈리아의 시에나 대학에서는 이탈리아 말로, 독일의 하이델베크르 대학에서는 독일어로, 프랑스의 소르본 대학에서는 프랑스어로 심도 있는 연구와 사변의 세계에 몰입하는 것을 당연한 사실로 받아들이면서도, 우리만큼은 영어라는 한 외국어에 의존하여야만 학문의 국제화며 세계화가 성취될 것이라고 믿는 천박하고 부박한 생각은 단연코 척결돼야 합니다.[35]

저마다 제 나라를 대표하는 세계적 대학들은 하루아침에 그 명예를 얻은 것도, 그들만의 혁신을 통해 성공한 것도 아니다. 그들은 자신들이 속한 사회에 함께 또는 그 사회를 올바로 이끄는 가운데 먼저 제 나라 대학의 으뜸이 되었고, 그것을 딛고 우뚝 서 거침없이 세계의 모든 대학들을 벗으로 사귈 수 있게 된 것이다. 그들에게도 '영어로 과학하기'는 어쩔 수 없는 일이지만, 그렇다고 그들이 자신들의 '우리말'로 학문하기를 던져 버리는 일은 없다. 그들은 영어와 모국어의 이중 언어 능력을 기르거나 번역을 통해 대안을 찾고 있다.

우리의 대학 총장들은 번역을 가볍게 여기고 있다. 번역 없는 국제화는 결국 '우리 것 버리기'가 된다. 번역(飜譯)은 '뒤쳐 옮김'으로서[36] 다른 말글뿐 아니라 다른 세계와 역사까지도 '우리' 속으로 받아들이는 일일 뿐 아니라 거꾸로 '우리 것'을 다른 세계로 알리는 일이기도 하다. 번역은 분명 창작(創作)에 가깝다. 신경숙 작가의 『엄마를 부탁해』(창비, 2008)가 미국에서 *Please Look After Mom*(2011)이란 제목으로 번역되어 영어권 독자들에게도 널리 읽히기 시작했다. 좋

---

35 이것은 이성일 연세대 영문학과 교수님의 정년퇴임 고별사(2009년 2월 19일) 한 자락이다. 여기서는 CBS사회부 이희진 기자, 「[Why뉴스] 왜 영어강의가 문제인가?」, 노컷뉴스, 2011.04.20.에서 다시 따옴. 따옴글 속 "[]" 표시는 글쓴이가 넣은 것임.

36 '뒤쳐 옮김'으로서의 번역 이론에 대해서는 구연상, 「번역, 옮김인가 뒤침인가」, 『존재론연구』(15집), 한국하이데거학회, 2007 살핌.

은 번역서 한 권의 가치는 끝이 없다. 좋은 논문의 번역 또한 마찬가지이다. 번역 자체가 이미 학문하기인 것이다. 번역은 우리말을 살찌우지만 '영어로 강의하기'와 '영어로 논문쓰기'는 결국 우리말을 '병신 말'로 만드는 일이다.

마디6. 영어로 강의하기의 부끄러움에 대한 고백

'영어로 강의하기'는 우리말이 가져다주는 소통의 즐거움을 가로막을 뿐 아니라 우리의 우리다움에 상처(傷處)를 입힌다. 나는 당신들이 다음과 같은 비판을 귀담아 듣는 게 좋다고 생각한다.[37] 왜냐하면 이 말은 바로 당신들의 동료들로부터 나온 말이기 때문이다.

영어를 잘한다는 것이 분명 많은 득을 가져다 줄 수 있지만, 한국의 대표 대학인 KAIST에서 자기나라 말이 아닌 영어로 100% 학문을 해야만 한다는 것은 그 국가의 수치이다.

영어강의를 들으면 영어실력을 빨리 키울 수 있는 가능성은 더 클지 모르지만 일정 수준 이상의 준비가 되지 않은 사람들에게 그것이 과연 가능이나 하며 또한 의미가 있겠느냐?

이 글은 고백(告白)의 한 가지다. 이 글이 털어놓는 바는 누구에게

---

37 CBS사회부 이희진 기자, 「[Why뉴스] 왜 영어강의가 문제인가?」, 노컷뉴스, 2011.04.20. 이러한 비판의 소리조차 "익명(匿名/이름 숨김)"을 빌어 가까스로 올려나올 수밖에 없다는 것이 오늘날 우리 대학들이 처한 '총동원령 상황'을 잘 말해 주는 것 같다.

도 말할 수 없었던 부끄럽고 괴로운 자기 체험이다. 고백의 목적은 단순한 까발림에 놓이는 게 아니라 일차적으로 자신이 포함된 "어떤 죄악이나 결함이나 잘못이 복잡하게 뒤엉킨 고통의 덩어리"로부터 해방되려는 데 있고, 그를 통해 자신이 처한 상황과 자신의 정체성을 새롭게 발견하는 데 있다. 고백하미[38]는 앞으로 "자신이 어떻게 살아야 하는지"를 이미 깨닫고 있다. 그는 과거에서 벗어나 "새로운 삶을 살기를 꿈꾼다."[39]

여기서 고백거리는 두 가지이다. 하나는 '전면적 영어강의'를 했다는 게 부끄러웠다는 것이고, 다른 하나는 그것이 무의미했다는 것이다. 만일 누군가 이러한 부끄러움을 개인적 감정일 뿐이라고 여긴다면, 그는 고백의 무게를 전혀 느낄 줄 모르는 사람일 것이다. 여기서의 부끄러움은 개인 차원이 아닌 공동체의 정체성에 관한 것이다. 일제강점기 때 일본이 조선말을 말살하려는 정책을 썼다는 것은 일본인에게는 부끄러운 일이어야 한다. 이 지난 일은 누구도 현재 책임질 수 없다. 부끄러움은 바로 그런 때 가져야 하는 감정인 것이다.

부끄러운 일은 '이미 저질러진 일'로서 돌이킬 수는 없지만 앞으로 바로잡아나갈 수는 있다. '영어로 강의하기'가 왜 부끄러운가? 그

---

38 "고백하미"는 '고백하는 사람'을 가리키기 위해 내가 만들어 쓴 말이다. 이 말은 먼저 동사 "고백하다"의 명사형 '고백함'과 사람을 뜻하는 접미사 "-이"를 더해 "고백함+이"로 만든 뒤 '고백함이'를 소리 나는 대로 다시 적은 것이다. 이러한 꼴로 말을 만드는 법에 대해서는 구연상, 『공포와 두려움 그리고 불안』, 청계, 2002, '들어가기에 앞선 말', 빼꼼 13 쪽 살핌.

39 고백의 구조와 의미에 대해서는 구연상, 「『사씨남정기』의 악 개념에 대한 철학적 분석」, 『존재론 연구』(29집), 한국하이데거학회, 2012, 303~307쪽과 폴 리쾨르 지음, 양명수 옮김, 『악의 상징(1960년)』, 문학과지성사, 1994, 21~22쪽 살핌.

것은 제 어버이와 저 자신과 제 아들딸이 써 왔고 쓰고 쓰게 될 '제 나라 말'을 '병신 말'로 만드는 데 스스로 동참했기 때문이다. 조선 시대와 일제강점기를 거쳐 온 우리는 말의 억압과 강제가 의미하는 바를 몸으로 깨닫고 있다. 그것은 사람에 대한 차별이자 사람됨에 대한 깔봄, 한마디로 말해, 사람의 자유롭게 말할 권리를 짓밟는 짓 이다. 비록 좋은 뜻으로 시작된 일일지라도 제 나라 사람들에게서 학문어를 빼앗는 일은 제 피붙이에게 행하는 악행에 가깝다. 이러 한 일을 저지르고도 부끄러움을 모르는 사람은 뻔뻔하다.

두 번째 고백거리는 강의의 본질에 걸린 문제이다. 강의(講義)는 올바른 앎을 짜임새를 갖춰 알아듣게 풀이해 주는 일을 말한다. 강 의는 단순한 전달(傳達)이 아니다. 강의의 목적은 들으미(듣는 사람)로 하여금 올바른 것(진리, 책의 참뜻, 이치)을 깨닫게 해주는 데 있다. 강의 가 깨달음을 위한 것인 한, 강의의 수단이나 방법은 거기(올바른 것을 깨닫도록 해 주는 데)에 알맞춰져야 한다. '영어로 강의하기'는, 그것이 영어 교육을 위한 몰입교육일 때에는 그에 딱 알맞은 교육 방법이지 만, 그것이 다른 과목, 보기를 들어, 한국 사람들에게 베풀어지는 한 국 문학 강의를 위한 것일 때는 얼치기 강의 방법에 그칠 뿐이다.

나도 한번 독일 철학자 마르틴 하이데거의 철학을 학부에서 영어 로 강의한 적이 있었다. 그런데 이것은 매우 이상한 일이었다. 하이 데거(1889~1976)는 독일 현대 철학자로서 독일어로 강의했고, 독일어 로 책을 썼다. 나는 20년 가까이 그의 독일어 책을 연구해 왔고, 그 의 책을 우리말로 번역해 출판하기도 했으며, 그의 철학에 관해 많 은 연구 논문을 우리글로 써 왔다. 나는 그 과목이 영어로 강의해야 하는 과목인 줄 나중에야 알고는 눈앞이 캄캄해졌다. 나는 영어강의 준비에만 방학 한 달을 꼬박 쏟아 부어야 했다. 나는 하이데거 원전 대신 영어 번역본과 영어논문들을 따로 읽어야 했고, 영어 발음을 익히기 위해 아침마다 영어 학원까지 다녀야 했다. 내 딴에는 최선을 다한 영어강의였지만, 학생들 반응은 정말 별로였다.

그나마 내가 영어강의를 해낼 수 있었던 건 하이데거 철학에 관한 많은 영어 문헌들이 있었기 때문이었다. 만일 내가 한국 철학을 영어로 강의해야 했다면, 그것은 너무도 힘겨운 일이었을 것이다. 아마도 나는 내 생각과 이론을 강의하려 하기보다는 내가 찾을 수 있는 영어 자료에 근거한 강의를 하려 했을 것이다. 우리의 모든 학자들이 이렇게 영어강의를 준비해 간다면, 영어 자료는 얼마 지나지 않아 산더미처럼 쌓여나가는 대신 우리말 자료는 텅텅 비게 될 것이다. 그때 우리는 현재와는 반대로 우리말로 하고 싶어도 영어로 강의할 수밖에 없게 된다.

이는 아일랜드공화국이 1949년 영국으로부터 완전독립하면서 아일랜드어(Irish language)와 영어를 공용어로 사용했지만 아일랜드의 모든 지식인이 영어를 자신들의 문학어와 학문어로 선택하는 바람에 결국 아일랜드어는 거의 소멸되고 영어가 교육언어를 비롯한 모든 분야의 언어로 자리매김한 현상과 그 맥을 같이한다.[40] 필리핀

---

40 1923년에 노벨문학상을 수상했던 아일랜드 시인 예이츠(William Butler Yeats: 1865~1939)는 자신의 시를 영어로 썼고, 1995년 노벨문학상을 수상하였으며 『더블린 사람들 (Dubliners)』(1914)로 유명한 아일랜드 작가 제임스 조이스(James Augustine Aloysius Joyce: 1882~1941)는 아일랜드와 더블린 사람들의 삶에 관한 이야기를 영어로 썼으며, 희곡 『고도를 기다리며(En attendant Godot)』(1952)의 작가이자 1969년 노벨문학상을 수상했

또한 자신들의 모국어로 교육할 문법과 교육 자료가 없었던 탓에 결국 영어로 교육할 수밖에 없었고, 현재는 자신들의 모국어로 된 교육 자체가 어렵게 되고 말았다.

말과 글은 한번 병이 들면 고치기가 결코 쉽지 않다. 그것은 말글이 예술 작품처럼 '그 자체로 존립'하는 성격을 갖고 있기 때문이기도 하지만, 그것이 우리 마음대로 좌지우지할 수 있는 게 아니기 때문이기도 하다. 말은 공동체(共同體)의 기억(記憶)이고, 글은 공동체의 기록(記錄)이다. 우리가 스스로의 기억을 마음대로 바꿀 수 없듯 '우리'의 기억이자 기록인 말과 글 또한 결코 뜻대로 바꿀 수 있는 게 아니다. 사실은 정반대이다. 기억으로서의 말이 우리를 지배하는 것이다.

우리말로 학문하지 않는다는 것은 우리말에서 학문의 기억이 사라진다는 것을 뜻하고, 우리글로 학문하지 않는다는 것은 우리글에더는 학문의 기록이 생겨나지 않는다는 것을 뜻한다. 기억을 잃은 말은 말할 수 없고, 기록이 사라진 글은 물 위에 쓴 손 글씨와 같다. 기억을 쌓아가지 못하는 말과 기록이 쌓이지 않는 글은 돌처럼 굴러다니거나 유물처럼 박물관에 보존될 수는 있어도 우리가 서로의 생각과 뜻을 마음껏 함께 나눌 수 있는 참 말과 참 글이 될 수는 없다. 우리의 '말과 글'은 바로 우리의 삶 모든 곳에서 저절로 함께 나누어지는 것이어야 한다.

던 아일랜드 출신 사뮈엘 베케트(Samuel Barclay Beckett: 1906~1989)는 불어로 작품 활동을 했다.

도막4. 영어로 논문쓰기

마디1. 영어논문 한 편에 5~10억

우리가 공부를 시작해서 전문 학술지에 자기 논문을 실을 수 있게 될 때까지 걸리는 시간은 얼마나 걸릴까? 나는 초중등학교 12년, 대학교 4년, 대학원 석·박사 과정 9년, 모두 25년의 공부 기간을 보냈고, 그 사이에 휴학과 군대 기간 4년을 더 흘려보냈으니, 학교에 들어온 지 29년이 지난 뒤에야 학술지에 처음 학술 논문을 실은 셈이다. 아마 인문학 전공자라면 해외 박사이든 국내 박사이든 나와 비슷한 기간을 공부했을 것이고, 비슷한 과정을 거쳐 첫 학술 논문을 실었을 것이다.

내가 실제로 학문 세계에 발을 들여놓은 것은 석사 과정 때라고 해야 할 테니, 논문 쓰기까지 실제로 걸리는 시간은 9년 남짓이라고 볼 수 있다. 9년 가운데 처음 4년은 외국어(독일어, 영어, 고대 그리스어, 한자)를 배우고 익히는 가운데 하이데거 독일어 원전을 읽고 그것을 '우리말'로 번역하는 데 들어갔고, 그 다음 3년은 서양과 동양의 주요 철학 개념들을 '우리말'로 만들어 '이 땅에서 철학하기의 방법론'으로 삼기 위한 작업에 바쳤고, 마지막 2년은 전적으로 학위 논문을 쓰는 데만 투자했다. 9년의 세월은 해외에서 박사 학위를 받을 수 있는 시간과 맞먹는다.

그렇다면 돈은 얼마나 들어갈까? 박사 학위를 받을 때까지 걸리는 시간이 나라마다 조금씩 다르듯 들어가는 돈 또한 나라나 사람마다 다르긴 하지만 내 경우는 생활비 포함해서 9년 동안 1년에 평균 1천 5백만 원씩 들어갔다. 그런 뒤 내가 첫 강의에서 받은 월급은 1주일 4시간 강의를 기준으로 36만 8천 원이었다. 이것은 내가 4개월의 방학 휴직 기간을 고려하여 1주일에 24시간 이상씩 9년을 강의했을 때 내가 공부에 투자했던 원금을 되찾을 수 있다는 것을 뜻한다. 그것도 겨우 원금만을.

그런데 2007년 말 경원대가 세계 3대 과학저널(사이언스, 네이처, 셀)에 주저자로 논문을 게재하는 교수에게 최대 5억 원의 성과급을 지급하고 해당 교수를 특별 승진시키며, 아울러 SCI(이공·자연분야), SSCI(사회과학분야), A&HCI(인문학분야) 등급의 국제 학술지에 실린 논문에 대해서는 한 편당 500~1000만 원의 장려금을 지급한다는 놀라운 기사가 나왔다.[41] 그것이 놀라운 까닭은 그 액수 때문이었다. 경북대(사이언스, 네이처 논문 1억 원), 부산대(3대 과학저널 1천만 원), 고려대(SCI논문 1천만 원), 제주대(사이언스, 네이처 논문 1천 5백만 원) 등도 이미 국제 학술지 논문에 대한 장려금을 지급하고 있었다. 그 뒤 2009년 부산대는 네이처·사이언스 등 국제 톱 저널에 논문을 싣는 교수에게 1인당 최고 10억 원의 '얼씨구 돈(인센티브)'을 준다고 공개했다.[42]

하지만 교수들로 하여금 국제 학술지에 논문을 싣도록 하는 장려금(獎勵金) 정책은 실질적 효력을 발휘하기는 어렵다. 왜냐하면 많은

---

41 김기태, 「경원대, 3대 과학저널 논문에 5억 성과급」, 한국대학신문, 2007.10.15.

42 대학평가팀, 「[2009 아시아 대학평가] 충남대 '교원당 논문수(數)' 연·고대 앞서… 지방국립대 약진」, 조선일보, 2009.05.12. http://news.chosun.com/site/data/html_dir/2009/05/12/2009051200129.html?related_all

교수들이 그 정도의 장려금을 얻기 위해 자신에게 낯선 연구 언어를 선택해야 하는, 달리 말해, 학문의 자유를 포기할 리도 없을 뿐더러, 나아가 아주 힘겹게 교수라는 안정된 지위에 오른 사람이 자신의 영광이 아닌 학교 평가에 필요한 연구 성과를 내기 위해 다시금 언어 장벽을 극복하기 위한 수년의 고된 세월을 보내야 하는 학술 논문을 쓸 생각도 없을 것이기 때문이다. 일반 교수들은 대학 집행부의 취지에는 공감하면서도 자신들이 그 취지에 따를 생각은 없다.

대학 본부는 교수들에게 '영어논문'을 의무화하기 위해 재빨리 교수의 임용 및 재임용 제도를 고쳤다. 교수가 되고자 하는 사람은 이제 '국제 학술 논문'을 써야만 했고, 이미 교수가 된 사람도 재임용이 되려면 3년 이내에 '국제 학술 논문'을 실어야 했다. 그렇지 않은 사람은 교수가 될 수도, 이미 교수가 됐을지라도 해임이 될 수밖에 없게 되었다. 한국외대는 국제전문저널에 논문을 게재한 교수에 한해 '고속 승진 및 조기 정년보장 제도'를 시행하기 시작했다. 국제전문저널은 인문·어문 분야의 경우 A&HCI, 사회과학분야의 경우 SSCI, 자연과학 및 공학분야의 경우 SCI(E)를 말한다. 이 제도에 따르면 정교수가 되는 데 걸리는 시간은 최소 5년 6개월이다.[43]

우리의 대학들은 임용 제도를 고치기에 훨씬 앞서 이미 '영어논문'을 쓴 사람을 우대해 왔고, 영어논문의 업적을 가진 외국 교수들을 영입해 들였을 뿐 아니라, 아예 스스로 국제 학술지 등재를 신청해 '영어논문'을 양산해 내기도 했다. 계명대가 발간하는 학술

---

43 정성민, 「한국외대, 고속 승진·조기 정년보장제 시행」, 한국대학신문, 2009.01.19.

지 '악타 코리아나(Acta Koreana)'는 '예술과 인간 인용 색인(A&HCI/ Arts&Humanities Citation Index)'과 '스코푸스(SCOPUS)' 목록에 포함되었다.[44] 이는 좋게는 계명대가 한국학의 세계화를 이끌어가려 한다는 것을 뜻하지만, 다르게는 계명대가 한국학 분야의 학문 권력을 쥐려 한다는 것을 뜻하기도 한다.

영어논문 한 편은 교수로 임용될 수 있는 백지 수표이거나 교수 재임용을 통과할 수 있는 패스 카드이거나 현금 1천만 원으로부터 5억 원에 달하는 장려금(獎勵金) 교환권이거나 고속 승진과 정년 보장의 혜택이 주어지는 보너스 카드이다. 그런데 영어논문은 주로 정부나 대학의 지원이 쏠리는 자연과학, 공학, 의약학과 같은 분야에서 쏟아져 나오고, 저술 형태도 2명 이상의 공저로 쓰이므로, 영어논문의 혜택은 한쪽으로 치우칠 수밖에 없다. 우리 사회에서 인문학 재발견이 일어나는 듯한 착각이 일기도 하지만, 그것은 학문 세계와는 거리가 먼 기업과 언론의 입술발림(립 서비스)에 불과할 뿐이다.

마디2. 영어로 논문쓰기의 실태

가리1. 영어논문의 수가 갑자기 늘었다

나는 영어논문의 수가 급증하고 있다는 것을 알고는 있었지만 이에 관한 적합한 연구 자료를 찾지는 못했다. 김경한·이수영은 2002년 창간호부터 2010년에 발행된 학술지 『영어교과교육』 9권 3호까

---

44 백수현, 「세계 양대 국제인용색인 'A&HCI'·'SCOPUS' 등재」, 한국대학신문, 2012.08.20.

지에 실린 전체 논문 152편의 학문어 종류를 조사했다. 그들이 학문
어 종류를 조사한 까닭은 학문어의 종류가 "학술지의 국제성이나
전문성에 중요한 기준"이 된다고 보았기 때문이었다. 그 결과는 다
음의 표에 실린 바와 같다.

국·영문 논문 비교 분석[45]

연구방법	게재 편수	비율(%)
국문	122	80.3
영문	30	19.7
총 게재 편수	152	100

이 표에서 '연구방법'이라는 갈래는 '학문어의 종류'를 나타낸다.
이 표에 따를 때 '우리말로 쓰인 논문의 수'와 '영어로 쓰인 논문의
수'는 8:2 정도의 차이가 난다. 국제화 흐름 속에서 영어교육을 주
제로 한 학술지에 실린 논문의 학문어가 주로 한국어라는 사실은
논문을 쓴 많은 사람들이 "초·중등 교사"이기 때문이거나 그 "연
구 대상 및 주제"가 초·중등 학생과 관련된 내용이기 때문이거나,
아니면 논문쓰미가 국내의 한국어 독자들을 고려했기 때문인 듯
보인다.[46]

그런데 내 눈에 『영어교과교육』의 2010년 1~3호의 전체 논문 39
편과 『영어교육연구』의 2010년 1~4호의 전체 논문 47편을 그 학문

---

45 김경한·이수영, 「영어교과교육 게재 논문의 학술적 가치와 성과」(Vol.11 No.1), 『영어교
과교육』, 한국영어교과교육학회, 2012, 31쪽.
46 같은 곳 살핌.

어 종류에서 비교한 결과가 눈에 띄었다. 먼저 두 학술지의 학문어
종류에 따른 논문 편수에 대한 결과를 보이면 다음과 같다.

국·영문 논문 비교 분석[47]

연구방법	『영어교과교육』	『영어교육연구』
국문	27(69%)	22(43%)
영문	12(31%)	25(57%)
총 게재 편수	39편(100%)	47(100%)

　　가장 먼저 주목해 볼 점은 2010년 『영어교육연구』에서 학문어로
영어가 쓰인 경우가 57%나 되었다는 점뿐 아니라 『영어교과교육』의
경우도 2002~2010년 전체 평균(19.7%)을 크게 넘었다는 점이다. 이
러한 현상은 논문 쓰미들이 '영어로 논문'을 썼을 때 얻게 되는 이득
이 매우 커졌거나 아니면 어떤 의무나 강제에 의해 '영어논문'을 쓰지
않을 수 없게 되었기 때문에 발생한 것으로 생각해 볼 수 있다. 나는
한 연구자가 '영어논문'을 쓰는 까닭으로 어떤 금전적 이득보다는 차
라리 그 자신의 자율적 선택, 즉 그가 영어로 논문 쓰는 게 더 편리하
거나 쉽거나 효과적이라고 믿기 때문인 경우가 더 많을 것이라고 본
다. 그렇지 않다면 나머지는 어떤 강제에 의한 것이 분명하다.

　　영어로 논문쓰기 오름세는 2002년부터 갑자기 가팔라졌다. 그
원인은 김대중 정부가 1999년 세계적 경쟁력을 갖춘 대학원을 집
중 육성하겠다며 매년 2천억 원씩 지원한 '두뇌한국(BK, Brain Korea)

---

47 같은 글, 36쪽.

21' 사업의 결과로 파악된다. 이 사업은 정부가 특정 학문 분야에 대한 '선택과 집중' 방식의 지원책을 통해 고급인력을 기르고, 그로써 국가의 미래 경제력을 높이겠다는 '신자유주의 교육안'을 표방하고 나선 것이었다. 두뇌한국 21사업 이후 네이처나 사이언스뿐 아니라 SCI에 실리는 논문 수가 크게 늘었고, 아울러 국제 특허 수와 세계적인 수준의 신기술 수도 빠르게 늘어났다. 다음 표의 '발행연도별 논문 수' 항목에서 가장 눈에 띄는 게 바로 2002년의 논문 편수임을 금세 알 수 있다.

영어로 쓰인 논문 수와 우리말로 쓰인 논문 수에 대한 비교[48]

나눔	해외 등재 논문 (SCI, SCIE, SSCI, A&HCI, SCOPUS)		국내 등재 논문 (한국연구재단)	
총합	121,686 건		704,620 건	
	학문 갈래	논문의 수	학문 갈래	논문의 수
분야별 논문 수	인문학	122	인문학	114,305
	사회과학	2,164	사회과학	148,896
	자연과학	31,902	자연과학	81,535
	공학	40,010	공학	170,888
	의약학	36,160	의약학	96,830
	농수해양	11,080	농수해양	40,962
			예술체육	34,417
	복합학	248	복합학	16,744

---

48 논문 검색은 '한국연구재단' 홈페이지(http://www.nrf.re.kr/nrf_tot_cms/index.jsp?pmi-sso-return2=none) > '국내학술지 인용색인'(https://www.kci.go.kr/kciportal/) > '논문 검색' > 순으로 찾아감. 검색일자는 2014년 2월 7일임. 이 자료는 그 내용은 바뀌지 않았지만 형식과 도표 자체는 글쓴이에 의해 보기 쉽도록 손질된 것이다.

나눔	해외 등재 논문 (SCI, SCIE, SSCI, A&HCI, SCOPUS)		국내 등재 논문 (한국연구재단)	
	년도	논문의 수	년도	논문의 수
발행연도별 논문수	2014	1,127	2014	3,300
	2013	12,521	2013	88,736
	2012	12,695	2012	87,082
	2011	12,476	2011	**83,439**
	2010	11,983	2010	79,352
	2009	**11,074**	2009	72,709
	2008	9,755	2008	65,643
	2007	9,084	2007	58,678
	2006	8,630	2006	51,298
	2005	8,493	2005	42,208
	2004	8,234	2004	33,527
	2003	7,288	2003	23,102
	2002	**7,371**	**2002**	**15,062**
	2001	684	2001	484

나눔	해외 등재 논문 (SCI, SCIE, SSCI, A&HCI, SCOPUS)	국내 등재 논문 (한국연구재단)
학술지 목록별 논문 수	· Bulletin of the Korean Chemical Society (7,067) · Journal of Mechanical Science and Technology (3,747) · Journal of Korean Medical Science (2,915) · Journal of Microbiology and Biotechnology (2,823) · Current Applied Physics (2,790) · 대한기계학회논문집 A (2,659) · Korean Journal of Pediatrics (2,525) · Korean Journal of Urology (2,451) · Archives of Pharmacal Research (2,168) · Journal of Industrial and Engineering Chemistry (2,152) · 대한기계학회논문집 B (2,139) · 한국식품과학회지 (1,714) · Molecules and Cells (1,671) · Korean Circulation Journal (1,646) · Clinical Endoscopy (1,629) · Macromolecular Research (1,598) · 대한금속·재료학회지 (1,592) · Kidney Research and Clinical Practice (1,547) · 한국세라믹학회지 (1,547) · Structural Engineering and Mechanics, An Int'l Journal (1,514) · 공업화학 (1,445) · International Journal of Precision Engineering and Manufacturing (1,354) · Biotechnology and Bioprocess Engineering (1,347) · Journal of Korean Academy of Nursing (1,330) · 한국임상수의학회지 (1,300) · International Journal of Control, Automation, and Systems (1,268) · Metals and Materials International (1,263) · The Journal of Microbiology (1,258) · 대한수학회보 (1,177) · 폴리머 (1,156) · 원예과학기술지 (1,143) · Horticulture, Environment, and Biotechnology (1,134)	· 대한건축학회논문집 계획계 (4,492) · Journal of Mechanical Science and Technology (3,747) · 대한건축학회논문집 구조계 (2,824) · Journal of Microbiology and Biotechnology (2,823) · 한국정밀공학회지 (2,585) · Archives of Pharmacal Research (2,168) · 제어로봇시스템학회 논문지 (2,023) · Journal of Industrial and Engineering Chemistry (1,942) · 한국전자파학회 논문지 (1,670) · 대한금속·재료학회지 (1,592) · 한국재료학회지 (1,575) · Family and Environment Research (1,524) · Journal of Applied Mathematics and Informatics (1,515) · Annals of Rehabilitation Medicine (1,470) · 국제지역연구 (1,354) · 대한신경외과학회지 (1,338) · Journal of Korean Academy of Nursing (1,204) · Journal of Medicinal Food (1,180) · Metals and Materials International (1,173) · 콘크리트학회 논문집 (1,019) · 유아교육연구 (986) · 한국자원공학회지 (851) · 한국정치학회보 (827) · 한국철도학회논문집 (803) · 목재공학 (802) · 대한소아치과학회지 (799) · 한국식생활문화학회지 (781) · 한국프랑스학논집 (708) · 한국환경보건학회지 (708) · Nuclear Medicine and Molecular Imaging (705) · 일어일문학 (701) · 사회과학연구 (697) · 예방의학회지 (649) · 한국환경복원기술학회지 (617) · 대한지리학회지 (581) · Annals of Dermatology (565)

나눔	해외 등재 논문 (SCI, SCIE, SSCI, A&HCI, SCOPUS)	국내 등재 논문 (한국연구재단)
학 술 지 목 록 별 논 문 수	· KSCE Journal of Civil Engineering (1,107) · Journal of the Korean Society for Applied Biological Chemistry (1,087) · Journal of Ceramic Processing Research (1,067) · The Korean Journal of Pathology (1,058) · Experimental and Molecular Medicine (1,012) · International Journal of Automotive Technology (1,008) · 전기학회논문지 (989) · 대한수학회지 (986) · Annals of Laboratory Medicine (984) · Journal of Nutrition and Health (935) · Korean Journal of Radiology (930) · 대한조선학회 논문집 (854) · Annals of Dermatology (780) · 대한수의학회지 (767) · Genes & Genomics (765) · 전력전자학회 영문논문지 (745) · Journal of Asia-Pacific Entomology (727) · Journal of Periodontal & Implant Science (725) · 한국미생물·생명공학회지 (711) · Nuclear Medicine and Molecular Imaging (705) · 미생물학회지 (678) · 응용약물학회지 (670) · Journal of Communications and Networks (668) · 예방의학회지 (649) · Journal of Pharmaceutical Investigation (643) · 펄프종이기술 (635) · Journal of Plant Biology(한국식물학회지) (614) · The Korean Journal of Parasitology (613) · Mycobiology (598) · 한국기상학회지 (597) · Journal of the Optical Society of Korea (589) · Journal of Magnetics (566) · Ocean and Polar Research (550) · Journal of Astronomy and Space Sciences (541) · Animal Cells and Systems (537)	· 한국심리학회지: 상담 및 심리치료 (543) · Animal Cells and Systems (537) · 한국교원교육연구 (532) · 현대문법연구 (517) · 대한치과보철학회지 (476) · 한국기계가공학회지 (467) · 현대영미어문학 (452) · 국토연구 (449) · 동양철학연구 (449) · 초등과학교육 (433) · 韓國史學報 (403) · 사회보장연구 (396) · Wind and Structures, An International Journal (354) · ALGAE (344) · 세무와회계저널 (326) · 마케팅연구 (324) · 산업식품공학 (317) · 번역학연구 (309) · 간호행정학회지 (301) · 한국어업기술학회지 (299) · 시민교육연구 (297) · 한민족어문학(구 영남어문학) (294) · 음성음운형태론연구 (253) · 구비문학연구 (251) · 지방자치법연구 (247) · 법철학연구 (241) · 가족과 문화 (239) · Clinical and Experimental Reproductive Medicine (239) · 한국부패학회보 (237) · 브레히트와 현대연극 (232) · 근대영미소설 (230) · 회계연구 (230) · 현대영어교육 (229) · 바다 (224) · 미술사학연구 (219) · 한국지역사회복지학 (214) · 한국발육발달학회지 (210) · 배달말 (209)

나눔	해외 등재 논문 (SCI, SCIE, SSCI, A&HCI, SCOPUS)	국내 등재 논문 (한국연구재단)
학 술 지 목 록 별 논 문 수	· 한국독성학회지 (528) · Electronic Materials Letters (525) · Geosciences Journal (478) · Steel and Composite Structures, An International Journal (475) · BMB Reports (469) · Nutrition Research and Practice (457) · Journal of Cardiovascular Ultrasound (457) · Journal of Bacteriology and Virology (449) · Journal of Economic Integration (431) · Imaging Science in Dentistry (429) · Journal of Breast Cancer (422) · NANO (409) · Environmental Engineering Research (407) · Smart Structures and Systems, An International Journal (405) · Advanced Studies in Contemporary Mathematics (402) · Wind and Structures, An International Journal (387) · KSII Transactions on Internet and Information Systems (376) · International Journal of STEEL STRUCTURES (375) · Asian Perspective (363) · The Korea-Australia Rheology Journal (336) · Clinical and Experimental Reproductive Medicine (336) · Ocean Science Journal (329) · 한국양봉학회지 (329) · International Area Studies Review (291) · Journal of Clinical Neurology (285) · 보건사회연구 (277) · Asian Women (248) · JIPS(Journal of Information Processing Systems) (232) · 지구물리와 물리탐사 (205) · Asian Nursing Research (173) · Plant Biotechnology Reports (172) · Clinical Psychopharmacology and Neuroscience (158) · Acta Koreana (108)	· 신약논단 (206) · 보건사회연구 (197) · 고전문학과 교육 (184) · 한국문화인류학 (159) · 사이버커뮤니케이션학보 (158) · 신앙과 학문 (156) · Asian Nursing Research (154) · 동북아역사논총 (146) · 동남아연구 (144) · 영상영어교육(STEM Journal) (138) · 서양고대사연구 (136) · 선사와 고대 (124) · 대한물리치료학회지 (123) · 중국고중세사연구 (117) · 무용예술학연구 (114) · 한국항공경영학회지 (112) · 한국공공관리학보 (112) · Electronic Materials Letters (107) · 한국심리학회지:학교 (89) · Journal of Universal Language (67) · 교육사학연구 (57) · 동아인문학 (54) · Advanced Studies in Contemporary Mathematics (29) · Smart Structures and Systems, An International Journal (27) · Steel and Composite Structures, An International Journal (25) · 한문학논집(漢文學論集) (22)

영어로 쓰인 논문 수와 우리말로 쓰인 논문 수를 비교한 이 '학문어 비교 표'(앞으로 "비교 표"로 줄임)는 한국연구재단 논문검색 시스템을 이용하여 2001년부터 2014년 2월 7일까지 검색된 논문들을 크게 '영어로 쓰인 논문', 즉 해외 등재 논문(SCI, SCIE, SSCI, A&HCI, SCOPUS)과 '우리말로 쓰인 논문(한국연구재단 등재 논문)'이라는 두 갈래로 나눈 뒤, 그 갈래를 다시 '논문의 총합'과 '분야별 논문 수', '발행년도별 논문 수' 그리고 '학술지 목록별 논문 수'의 칸으로 나누어 그 값을 적어놓은 것이다.

이 '비교 표'에서 몇 가지 이상한 점이 눈에 띈다. 첫째는 2001년에 쓰인 영어논문과 우리말 논문의 수가 생각보다 너무 적고, 영어논문 수가 우리말 논문 수보다 많다는 것이고, 둘째는 내가 속한 학회의 학술지들, 보기를 들자면, 『존재론 연구』나 『철학과 현상학연구』 등이 이 '비교 표'의 우리말 논문 갈래에서 빠져 있다는 것이며, 셋째는 해외 등재 논문으로 표기된 학술지 목록에 '우리말 이름의 학술지들'이 너무 많다는 것 등이다. 넷째는 등재 학술지 치고는 그 실린 논문의 수가 너무 적은 것들이 많다는 것이다.

가리2. 영어논문 수가 늘어난 까닭

그럼에도 이 '비교 표'는 뜻 깊은 다음 몇 가지를 말해 준다. 첫째, '영어로 쓰인 논문의 수'와 '우리말로 쓰인 논문의 수'가 일반인들의 예상을 크게 웃돌았다. 영어논문의 수는 121,686건이었다. 이는 2005~2009년 사이에 약리학·독성학 분야에서 하버드대가 국제 학술지에 580편을 발표한 반면 서울대가 786편을 발표했다는 사실[49]을 통해 볼 때 결코 과장된 게 아닌 듯 보인다. 아울러 우리말 논문의 수 또한 704,620건이나 되었고, 무엇보다 인문학 분야의 논문은 114,305편으로 놀라운 기록을 보였다.

둘째, 인문학과 사회과학 그리고 복합학 분야에서 '영어로 쓰인 논문의 수'는 122편과 2,164편 그리고 248편이었다. 이러한 결과는 인문학과 사회과학이 정부의 지원에서 완전히 소외되어 왔다는 것을 뜻하기도 하지만, 이 두 분야가 '학문과 말' 그리고 '학문과 공동체'의 깊은 상관성에 기초해 있다는 사실을 반증해 주기도 한다. 그리고 복합학의 경우에 영어논문이 아주 적었던 까닭은 정부 지원이 적어서였기보다는 이 분야의 연구자 수 자체가 적었기 때문이고, 나아가 그 분야가 여러 학문 분과들을 특정한 주제 아래 한데 아울러야 하는 '창조의 영역'으로서 연구자가 자신의 창조성을 잘 발휘할 수 있는 학문어는 국제어로서의 영어보다 그 자신의 '우리말(모국어)'일 수밖에 없기 때문인 듯하다.

셋째, 2002년에 '영어로 쓰인 논문'뿐 아니라 '우리말로 쓰인 논문'도 그 수가 놀라우리만치 늘었다. 이는 김영삼 문민정부 때(1994년부터 1997년까지) 계획되고 김대중 국민의 정부 때(1998년 3월) 시행되기 시작한 '5·31 교육개혁안'의 결과인 듯 보인다. 이 개혁안은 세계화, 정보화, 신자유주의 등의 시대정신을 교육 부분에 담고자 했던 것이었는데, 이해찬 교육부 장관은 이를 수행평가, 학교생활기록부, 무시험 전형 등을 골자로 한 〈교육비전 2002: 새학교문화창조〉와

---

49 이에 대해서는 중앙일본 2010년 대학평가 자료 살핌.

BK21 사업으로 유명한 〈교육발전5개년계획〉으로 나누었다. 앞엣 것은 창의성을, 뒤엣것은 수월성(秀越性), 바꿔 말해, 뛰어나기를 목표로 하는 것이다. 바로 '두뇌한국 21(BK21)' 사업이 논문의 수를 키운 원동력인 셈이다.

넷째, 2011년부터 2013년까지 '영어로 쓰인 논문'과 '우리말로 쓰인 논문'의 수의 오름세는 거의 제자리걸음을 하고 있다. 그 까닭은 추측이 쉽지 않지만, 우리 학자들이 논문을 써낼 수 있는 데 이미 턱걸이를 하고 있는 듯 보인다. 사실 학자들도 나이가 들면 논문 생산량이 크게 줄어든다. 게다가 정교수 신분으로 올라선 교수들은 논문 쓰기보다는 제자 기르기나 학교 운영에 더 많은 신경을 쏟지 않을 수 없다. 이러한 대학 사정에 비추어 봤을 때 논문 오름세 멈춤은 논문 생산의 고비를 이루었던 세대가 서서히 논문 불임기로 접어든 것이라고 볼 수 있다.

하지만 위 '비교 표'에는 전혀 나타나 있지 않지만 또 하나의 중요한 현상은 우리의 대학원에서 영어로 학위논문을 쓰는 사례들이 늘어나고 있다는 점이다. 이러한 현상은 우리 대학들이 그동안 노골적인 외국박사 선호현상을 보인 것과 일맥상통하는 것이다. 우리 대학에서 영어로 논문을 쓰는 까닭은 국내파 박사일지라도 논문을 영어로 씀으로써 학문어로 말미암은 무시나 피해는 겪지 않을 수 있기 때문이고, 그들의 지도 교수들은 그들 나름의 자신감에서 '영어로 학위논문 쓰기'를 당연시하기 때문이다. 나아가 이러한 현상은 학부

생들이 국제 전문 학술지에 연구 논문을 싣는 일까지 낳고 있다.[50]

우리의 대학들과 정부는 그동안 앞다투어 '영어로 논문쓰기'를 정책적으로 지원해 왔다. 그것의 열매는 폭설처럼 쏟아져 내린 '영어논문'의 양적 증가와 우리 대학원에서조차 '영어로 논문쓰기'가 당연시되는 현실로 나타났다. 영어논문이 일반화되는 순간 우리는 우리말로 더는 학문을 할 수 없게 된다. 그것은 대형마트가 들어선 곳의 골목 가게들이 차례로 문을 닫게 되는 것과 비슷한 까닭이다. 영어가 비록 전 세계 학자들이 자신들의 학문적 결과를 담아내는 학문어이지만 그것에 담긴 내용이 모두 훌륭한 것은 결코 아니다. 이것은 대형마트 상품이 모두 좋은 것이 아님과 같다.

영어를 학문어로 채택한 네덜란드나 인도는, 그들의 위대한 전통에도 불구하고 아마도 더는 '제 나라말로 학문하기'가 어려울 것이다. 우리 학자들이 조선시대 선비들처럼 국가와 민족을 사랑하면서도 우리말이 아닌 우리 시대의 국제어인 영어로 학문을 한다면, 그것은 우리말의 학문적 생산성을 빼앗는 것과 같고, 우리말을 학문어로 자라나지 못하게 하여 우리말은 '병신 말'로 만드는 것과 같다. 거꾸로 우리가 우리말로 학문하기의 올바른 길을 찾고 우리말을 훌륭한 학문어로 자라게 할 수만 있다면, 그것은 우리 모두가 우리말과 영어 모두로써 막힘과 걸림 없이 학문할 수 있게 된다는 것을 뜻한다. 왜냐하면 우리말이 학문어로 자라기 위해서는 반드시 '뒤쳐

---

50 이러한 보기들로는 다음의 두 기사를 살필 것. 최성욱 기자, 「충남대 학부생 'SCI'에 논문 게재 '화제'」, 한국대학신문, 2013.12.04., 손현경 기자, 「제주대 학부생이 SCI급 논문 10편 발표 '화제'」, 한국대학신문, 2014.01.23.

옮김(번역)의 길'을 거쳐야 하기 때문이다.

나는 사람들이 '우리말로 학문하기 운동'에 대해 "국수주의(國粹主義) 운동"이니 "자폐증(自閉症) 환자 같다"느니 "우물 안 개구리"니 등의 비웃음 말들을 자주 들어왔다. 하지만 그들은 학문에는 국경이 없지만 학문어에는 국경이 있다는 사실을 깨닫지 못한다. 학문은 '앎의 올바른 체계를 짜나가는 일'로서 학자나 시대나 상황을 넘어서 보편적 진리까지 나아가려 하지만, 학문어는 그 말을 쓰는 사람들에게만 머문다. 영어로 쓰인 논문은 '우리말'로 뒤쳐 옮겨질 수 있지만, 영어 자체가 '우리말'이 될 수는 없다. 우리가 학문적 성취들을 우리말로 옮기지도 못하고, 뛰어난 학술 논문들을 우리말로 쓰지도 못한다면, 우리말은 성장이 멈춘 것과 같다.

마디3. 논문의 본질과 우리말로 논문쓰기

그런데 논문이란 무엇이고, 논문의 언어는 어떤 것이어야 하는가? 우리의 대학들은 왜 '영어로 논문쓰기'를 강조하는가? 여러 대학 평가에서 높은 점수를 받기 위함인가? 아니면 그러한 평가를 수단으로 하여 대학의 궁극 목적인 큰 학문을 일으켜 조국과 세계의 번영에 이바지하려는 것인가? 그런데 가끔은 고대 그리스의 유명한 희생극(비극) 가운데 하나인 『오이디푸스 왕』에서 보이는 바처럼 좋은 의도가 처참한 결과를 낳기도 하지 않는가? '영어로 논문쓰기'도 그것의 목적은 나쁘지 않지만 그것이 결국 우리말과 우리 자신을 망치는 것은 아닌가?

교육의 실패는 사람의 실패가 된다. 교육의 영역에서 '빨리빨리'의 성공 신화는 사람을 도구화하는 위험을 낳고, 획일화의 굴레는 사람을 노예화하고 만다. 우리말로 삶을 살아가는 사람들에게 영어로 생각하고 영어로 말하고 영어로 논문을 써야 하는 제도를 강제하는 것은 '제도적 학대', 즉 제도 폭력인 것이다. 이때 우리의 대학 총장들은 '엘리트 학대자'의 얼굴로 나타나는 셈이다. 그들의 생각은 너무 짧고 좁다. 나는 그들에게 묻는다. 논문이란 무엇인가? 논문을 영어로 쓴다는 것이 논문의 본질에 속하는가? 왜 모두가 피아노로만 음악을 연주해야 하는가? 그것이 정말 음악을 위한 것인가? 또 가야금은 누가 탈 것인가?

가리1. 논문의 본질은 따져 밝히기

논문(論文)은 가장 넓게는 '논하는 글'로 여길 수 있다. "논(論)"은 흔히 논술(論述)과 논증(論證), 논설(論說)을 가리키는 말로 쓰인다. "논(論)"의 오래된 뜻은 주어진 경전의 의미를 밝혀 그 안에 담긴 이치를 풀어내는 일이다.[51] 이때 의미를 밝힌다는 것은 경전이 말하고자 하는 바를 '말이나 글로써' 알기 쉽게 드러내는 것을 말하고, 그 안에 담긴 이치를 풀어낸다는 것은 경전의 말하는 바의 올바른 근거나 까닭(논리, 사리, 증거 등)을 짜임새를 갖춰 내보이는 일을 말한다. '술(述)'이 글을 짓는다는 것을 뜻하고, '증(證)'이 알려 주거나 내보여 주는 것을 뜻

---

51 유협 지음, 최동호 역편, 『문심조룡』, 민음사, 1994(초판), 2005(6쇄). "논(論)"은 술경서리(述經敍理), 즉 경의 내용을 상세히 밝혀서 그 도리를 설명하는 것을 말한다.(233쪽) 여기서는 구연상·김원명, 59쪽에서 다시 따옴.

하며, '설(說)'이 누군가에게 깨우침을 주는 말을 뜻한다면, 이 셋은 이미 논(論)의 '뜻-무리'에 함께 딸린 것이라고 볼 수 있다.

누군가 논문을 쓴다는 것은, 바로 위에서 말해진 논(論)의 얼개('뜻-밝히기'와 '까닭-내보이기')에 따를 때, 그가 '아직 밝혀지지 않은 어떤 것'을 드러낸다는 것이다. 드러냄의 수단(手段)은 말, 글, 도표, 자료, 사진, 동영상 등 다양할 수 있다. 우리가 "발견(發見)"이란 말을 '아직 밝혀지지 않은 어떤 것을 찾아내 보임'으로 새길 수 있다면, 논문은 '발견에 대한 보고서(報告書)', 바꿔 말해, '밝혀진 바에 대한 알림 글'인 셈이다. 도덕 원리의 발견, 물리 법칙들의 발견, 진화 원리의 발견이 없었다면, 인류는 다른 짐승들처럼 자연성의 테두리에 갇힌 채 문명의 빛을 맞이하지 못했을 것이다. 논문은 인류의 등불이 되어 왔다.

하지만 모든 논문이 다 무엇인가를 실제로 발견하는 것은 아니다. '발견의 영광'은 언제나 한두 논문의 몫일 뿐이다. 그 밖의 나머지 논문들은 '이미 밝혀진 바들'이 뜻하는 바를 풀이하거나(이론, 설명), 그것들을 이리저리 살펴 달리 써먹을 데를 찾거나(실용), 아니면 그 논문의 참 거짓을 따진다(논증, 검증). '뜻풀이 논문'은 우리가 새로운 발견을 이해하는 데 도움을 주고, '써먹기 논문'은 우리의 살림살이에 도움을 줄 수 있으며, '따지기 논문'은 우리의 앎과 믿음이 올바를 수 있도록 바로잡아 준다.

나는 논문을 '견해를 따져 밝히는 글'로 뜻매김한다.[52] 따지기는 누군가의 내세운 바(말, 글, 이론, 견해)가 무엇이고, 그리고 그것이 정

---

52 견해(見解)를 '따져 밝히는 일'과 그것의 짜임새에 대해서는 구연상, 「견해 논술의 원리에 대한 철학적 분석」, 『철학논총』(제66집), 새한철학회, 2011 살핌.

확히 무엇을 뜻하는지, 나아가 만일 그 내세움 말이 사실이라면, 그 것이 왜 사실인지를 파고 들어가거나 캐묻는 것을 말하고, 밝히기 는 자신의 따지는 바가 옳은 까닭을 믿을 만한 근거로써 내보이는 것을 말한다.[53] 논문에 대한 뜻매김에서 따지기가 밝히기에 앞서야 하는 이유는 오늘날의 모든 발견이 언제나 어떤 견해에 밑바탕을 둔 것일 수밖에 없기 때문이다. 입자가속기 없이 입자의 발견이 있 을 수 없듯, 이론 없는 발견 또한 생기기 어려운 법이다. 우리는 자신 의 견해이든 다른 사람의 견해이든 '앞서 주어진 견해들'의 옳고 그 름을 올바로 따질 수 있어야 하고, 그 바탕 위에서 발견의 모험, 즉 밝힘의 길을 걸어야 한다.

'따져 밝히는 글'로서의 논문은 무엇보다 짜임새를 갖춰야 한다. 짜임새는 글의 형식으로서 일관성과 통일성 그리고 체계성으로써 갖춰진다. 일관성(一貫性)은 따져야 할 문제가 한결같이 같아야 함을 말하고, 통일성(統一性)은 주어진 물음들에 대해 대답이 한결같아야 함을 말하며, 체계성(體系性)은 물음과 대답이 올바로 맞물려 돌아 감을 말한다. 문제에 대한 견해에 따라 물음과 대답의 짜임새는 사 뭇 달라질 수 있다. 논문 쓰미(쓰는 사람)는 여러 견해들을 서로 맞춰 보는 가운데 '보다 올바른 견해'를 마련해 갈 수 있다. 이로써 글쓰미 는 자기만의 입장을 떠나 너나의 입장을 모두 아우를 수 있는 '올바 른 입장', 즉 '우리 입장'에 서게 된다.[54]

---

53 '따지기'에 대해서는 구연상·김원명, 153~170쪽, '밝히기'에 대해서는 171~182쪽, 그리 고 '따져-밝히기'에 대해서는 183~236쪽을 살핌.

54 '흐름잡기'와 '맞춰 나가기'에 대해서는 구연상·김원명, 251~257쪽 살핌.

가리2. 갈말이 바뀐다는 것

논문은 '따져 묻고 드러내 밝히는 글'로서 특정한 입장이나 견해, 달리 말해, 특정한 학문 분야를 전제로 한다. 학문의 갈래마다 그 쓰이는 갈말(학술어, 學術語)이 바뀌거나, 같은 갈말조차 그 뜻이 달라질 수 있다. 갈말은 우리가 흔히 "전문용어(專門用語)"라고 말하는 것과 같다. 갈말은 갈래에 따라 잘게 나뉜, 말하자면, 그 뜻매김이 애매하지 않고 뚜렷한 말이다. 갈말은 그 말의 뜻이 알기 쉽고 올바르게 매겨질수록, 그리고 그 말이 적용될 수 있는 범위가 넓을수록, 나아가 그 말이 다른 말로 바꿔 쓰일 수 없을수록 좋다. 하지만 하나의 갈말이 다른 갈말들과 서로 얽힐 수밖에 없는 까닭에 결국 갈말의 좋고 나쁨은 그것이 쓰이는 이론 체계에 의존하는 경우가 많다.

가) 날씨와 기온 그리고 셀시우스

논문에는 갈말만 쓰이는 게 아니라 '나날-말(일상어, 日常語)'도 함께 쓰인다. 다음 보기를 살펴보자. 우리는 날씨에 대해 "오늘 날씨가 매섭게 춥다."라고 말하곤 한다. 이 말은 나날말로서 사람마다 그 뜻이 달라질 수 있다. 만일 누군가 이 말을 "오늘 기온이 섭씨 영하 10도이다."라는 말로 바꿔 쓴다면, 우리말을 할 줄 아는 사람에게는 그 뜻이 달라지기 어렵다. 그 까닭은 여기에 쓰인 "기온", "섭씨", "10도" 등의 말이 본디 갈말이었기 때문이다. 보기컨대 "섭씨(攝氏)"라는 말은 오늘날 우리에게는 나날말이 되었지만, 이 말은 본디 '셀시우스(celsius)'의 옮김말로서 1기압에서 물의 어는점을 0℃로, 끓는점을 100℃로 하여 그 사이를 100등분한 온도 체계를 뜻하는 갈말이었다.

하나의 갈말은, 그것의 기초가 되는 이론이 뒤바뀌면, 그보다 나은, 또는 새로운 갈말로 갈음된다. 우리는 이러한 갈아타기를 "학문의 발전"이라 부르기도 한다. 1742년 스웨덴의 과학자 A. 셀시우스가 만든 '셀시우스'라는 갈말은 1848년 영국의 물리학자 켈빈(본명은 William Thomson)이 만든 '켈빈'이라는 갈말로 갈음되었다. 켈빈은 물의 성질에 기반을 둔 셀시우스 온도계가 온도 변화를 정밀하게 읽어낼 수 없다는 문제점을 발견했고, 그것을 해결하기 위해 새로운 온도계를 발견하게 된 것이다. 이때 물의 어는점은 273.15K, 끓는점은 373.15K로 보다 정밀하게 나타내진다. 문제의 발견과 대답의 발견은 우연한 착상들로 이뤄지는 게 아니라 옛 갈말들에 대한 끈질긴 따짐과 새로운 갈말에 대한 올바른 밝힘을 거칠 때만 가까스로 얻어질 수 있는 것이다.

갈말의 바뀜은 그것에 앞선 것들을 몽땅 버리는 것도 아니지만 그렇다고 그것들을 그대로 내버려 두는 것도 아니다. 하나의 갈말이 생겨나거나 그것이 옛것을 갈음한다는 것은 세상이 그만큼 달라진다는 것을 나타낸다. 하나의 갈말이 전문가 집단에 의해 받아들여지면 그것은 점차 그 쓰임이 잦아지고, 그 뜻이 사람들에게 두루 받아들여져 우리의 삶을 이끌게 된다. 우리의 삶의 본질에 직접 관련이 없는 갈말들("셀시우스")은 쉽게 받아들여지지만 삶의 본질에 가까운 핵심 갈말들("철학", "물리", "경제" 등)은, 그것들이 마치 그물의 벼리처럼 다른 모든 갈말들의 뜻을 함께 결정짓기 때문에 받아들여지기에 앞서 많은 사회적 갈등과 저항 또는 수용 지체 현상을 보이기도 한다.

나) 새 시대는 새로운 갈말에

새 술을 새 부대에 넣는 일, 즉 새로운 삶의 방식을 새로운 갈말 속에 갈무리하는 일은 단순히 낱말 바꾸기에 그치는 게 아니다. '갈말 바꾸기'는 학문의 패러다임(분석 틀) 자체를 뒤바꾸는 일, 나아가 사람들의 삶의 틀을 송두리째 무너뜨리거나 아주 낯선 틀 위에서 새롭게 다시 짜게 만드는 일과 같다. 학술어 하나, 즉 하나의 갈말이 세상을 바꾼다. "지도", "증기 기관", "전기", "인터넷" 등의 갈말은 문명의 흐름까지 바꿔 놓을 만큼 그 말의 힘이 거세찼다. 오늘날 우리는 대놓고 혁신(革新), 변혁(變革), 창조(創造) 등의 낱말을 통해 '바꾸기', '달라지기', 즉 '새로워지기'를 외치고 있다. 이는 곧 새로운 갈말을 만들자는 것과 같은 것이다.

새로운 갈말을 안다는 것은 시대를 따라잡는다는 것, 아니 시대에 동참한다는 것을 뜻한다. 우리 사회를 들끓게 했던 미국 산 수입 쇠고기의 안전성 문제는 사람들이 광우병(狂牛病, bovine spongiform encephalopathy)"이란 말을 이해하면서 폭발했고, 우리가 "환경호르몬"이니 "방사능" 등의 갈말을 깨닫기 시작하면서 환경문제의 새로운 차원이 열리게 되었다. 학문의 모든 영역이, 우리가 알든 모르든, 우리의 삶의 바탕이 된 만큼, 우리가 삶을 올바로 이해할 수 있으려면, 우리는 무엇보다 주요 갈말들을 알아야 한다.

갈말을 안다는 것은 무엇을 뜻하는가? 하나의 보기로써 말해 보자. 만일 우리가 1941년에 만들어진 "틴에이저(teenager)"라는 말을 "십대(十代)"라는 우리말로 옮기지도 못했고, 또 "틴에이저"라는 말로도 쓰지 못했다면, 우리는 아직도 '10살부터 19살까지의 청소년

무리'를 따로 분류하지 못했을 것이다. 우리가 "십대" 또는 "틴에이저"라는 말을 우리말 속으로 받아들여 우리의 나날말로 쓸 수 있게 됨으로써 우리는 십대를 어른들과 다른, 즉 아직 노동자가 되어서는 안 되는, 그러나 노동 시장에 들어가기에 앞서 학교를 다녀야 하는 무리로 정의할 수 있다.

갈말은 학술지뿐 아니라 학교 교육, 언론, 인터넷 등 다양한 통로를 거쳐 사람들에게 알려진다. 1990년 대 중반, 지식의 신자유화 외침이 휩쓸고 간 뒤부터 우리의 나날말로 들어오는 갈말들은 컴퓨터, 유비쿼터스, 바이오닉스, 시스템, 스마트 등의 낱말처럼 본딧말을 그것이 소리 나는 대로 적은 말들이었다. 갈말들이 '소리적기'의 꼴로 퍼진 까닭은 우리가 이러한 갈말들을 '우리말답게' 뒤쳐 옮길 마음을 품지 않았기 때문이다. 이러한 갈말들은 말이라기보다는 '어떤 낯선 낱말들'을 가리키는 기호에 가깝다. 우리는 그것들이 쓰일 때마다 어떤 낯섦이나 새로움을 느낀다.

우리가 낯설거나 새로운 갈말들에 익숙해지면, 그것들은 '기호'가 아닌 우리의 '나날말'로 자리 잡는다. 앞서 들었던 보기말 "기온은 셀시우스로 영하 10도이다."에 쓰인 "셀시우스"라는 갈말은, 그것이 비록 "섭씨(攝氏)"라는 말로 알려지긴 했지만, 어떤 '낯선 낱말'을 가리키는 기호가 아니라 기온을 재는 단위를 나타내는 나날말이다. 만일 우리에게 그 말이 없었더라면 우리는 기온의 단위를 알지도, 따라서 말하지도 못할 것이다. "셀시우스"라는 낱말은 우리말의 모자람을 채워 주는 고마운 말이다.

그런데 "Temperature is minus 10 degrees Celsius."라는 것은 영어

를 모르는 사람에게는 그저 '낱말 기호의 연결'에 그칠 뿐이다. 우리가 그 뜻을 알아내려면 우리는 영어를 할 줄 알아야 한다. 이와 달리 우리가 그것을 "기온은 셀시우스로 영하 10도이다."라는 우리말로 옮긴다면, 우리가 "셀시우스"라는 낱말의 뜻을 전혀 모를지라도, 우리는 그 낱말의 뜻을 어림짐작할 수 있다. '셀시우스'와 같은 낯선 갈말이 우리의 갈말과 나날말이 되게 하려면, 우리는 그 말을 반드시 '우리말 가운데' 써야 한다. 비록 우리가 우리말 가운데 섞어 쓰는 낯선 갈말들이 마치 말의 흐름을 자꾸만 검은 구멍들 속으로 빠지게 할지라도, 그러한 문제는, 그 갈말들이 '우리말 가운데' 쓰이기만 한다면, 결국에는 거듭된 쓰임을 통해 충분히 극복될 수 있다.

가리3. 학문어 문제와 우리말로 논문쓰기

'우리말로 논문쓰기'는 모든 갈말들을, 그것들이 어떤 말로부터 비롯된 것이든 상관없이, 우리말 가운데 쓰는 일을 말한다. '우리말 가운데 쓰이는 갈말'은 한글로 쓰일 수도 있고, 외국어로 쓰일 수도 있다. '외국어 갈말'이 비전공자에게는 비록 '검은 구멍 노릇'을 할지도 모르지만, 그것을 갈음할 마땅한 우리말이 없다면, 그것은 어쩔 수 없는 노릇이다. '우리말 논문'에 쓰이는 외국어의 비율은 그 논문을 쓰는 사람 자신이 정할 수밖에 없다. 다만 논문을 쓰는 목적이 읽히기 위하는 데 있는 한, 그 비율은 읽는 데 걸림이 되지 않을 만큼이 되는 게 바람직하다.

논문에는 갈말뿐 아니라 나날말도 쓰인다. 나날말 없이 논문을 쓴다는 것은 거의 불가능할 것이다. 갈말도 그것이 사람들에 의해 날마다 쓰이면 나날말이 되고, 나날말도 그것이 누군가의 논문에서 엄밀한 뜻매김을 통해 쓰이면 갈말로 새로 태어나므로, 논문에 쓰이는 나날말들은 문제를 따지고 밝히는 데 갈말들만큼이나 중요하다. 그렇기 때문에 '우리말 논문'에서는 갈말과 나날말 사이의 통일성 또한 문제가 될 수밖에 없고, 그것은 결국 우리말 자체의 논리성과 체계성에 대한 검토이기도 하다. '우리말로 논문쓰기'는 따짐과 밝힘의 모든 거침(過程)을 '우리말의 틀'로써 짜나가는 것을 뜻한다.

'우리말로 논문쓰기'는 논문에서 다뤄지고 이뤄지는 모든 일을 우리말로써 해나가는 것을 말한다. 우리가 우리말로써 문제점들을 끝까지 따지고, 모르는 바에 대해 제한 없이 물으며, 내세움의 까닭들을 가없이 밝혀 나간다면, 우리말은 그만큼 더 빼어나고 뛰어난 학문어가 될 것이다. 우리가 '학문어'와 '학술어(갈말)'가 다르다는 것을 깨닫기만 한다면, 우리말은 이미 '뛰어난 학문어'임에 틀림없다. 앞서 '비교 표'에서 보았던 바처럼 그동안 우리의 학자들이 우리말로 거침없이 논문을 써왔던 것만으로도 그것이 사실임은 분명하다.

우리말로 된 갈말들은 턱없이 모자란다. 이 문제는 우리가 우리말로 갈말 만드는 법을 찾아내면 얼마든지 풀어갈 수 있다. 거친 도구들로써 빼어난 작품을 만들어 내기 어렵듯 뒤떨어진 말로는 앞서가는 논문을 쓸 수 없다. 나는 그동안 '갈말 만드는 법'을 찾아왔다. 한두 가지만 말해 보자면, 붓으로 글을 쓰는 사람을 뜻하는 "필자(筆者)"라는 말과 글을 지어 책을 만드는 사람을 뜻하는 "저자(著者)"라는 말은 볼펜이나 컴퓨터로써 글을 쓰고 출판사에서 대신 책을 만들어 주는 오늘날에는 알맞지 않으므로 나는 그것을 갈음할

말로 "글쓰미"라는 말을 만들게 되었다. 그것은 '글+씀+이'의 꼴에서 'ㅁ이'를 '미'로 바꿔 쓰는 법칙으로써 만들어진 것이다.[55] 이 법칙이 우리말 동사와 형용사 모두에 적용될 수 있으므로, 그 법칙으로 만들어질 수 있는 우리말 수는 끝이 없는 셈이다.

논문을 쓴다는 것은 읽기와 분석하기(따지기, 밝히기) 그리고 내세우기(주장)와 밝히기 등에 걸린 모든 일을 글로써 갈무리하는 것이다. 그러므로 우리말로 논문쓰기는 우리말 자체의 일관성과 통일성 그리고 체계성, 한마디로 말해, 우리말이 말이 되는지(논리성)에 대한 검토를 거쳐야만 한다. '우리말로 논문쓰기'는 우리말의 논리성을 위해 반드시 필요하다. 우리말이 학문어 수준에서 병신 말이 되는 대신 '뛰어난 학문어'가 될 수 있는 유일한 길은 우리가 온 마음을 다해 '우리말로 학문하기'에 힘쓰는 길뿐이다. '우리'가 아니면 누가 우리말로 논문을 써 주겠고, 또 '우리'가 아니면 누가 우리말로 된 갈말을 만들어 내겠는가?

나는 여기서 논문을 쓰는 목적이 우리말을 잘 지키거나 훌륭히 키우는 데 있다고 말하려 하는 게 결코 아니다. 논문쓰기의 목적은 분명 '따지고 밝힘'에 있지 '우리말 살리기'와 같은 데 있지 않다. 그럼에도 논문은 우리말의 생존과 발전에 지대한 영향을 끼치고, 그 영향은 우리의 삶과 살이(삶의 방식)의 틀 자체를 바꿔 놓을 수 있을

---

[55] (이러한 말 만드는 법에 대한 제안과 쓰임의 실제에 대해서는 구연상, 『공포와 두려움 그리고 불안』(청계, 2002) 및 『후회와 시간』(세림M&B, 2004) 등을 살핌.) "공포의 대상(對象)"은, '대상'이 우리말 "거리"로 가름될 수 있으므로, "공포-거리"로 바꿔 쓸 수 있고, "공포"를 "무서움"으로 갈음할 수 있는 한, 그것은 다시금 "무섬-거리"로 바뀔 수 있다.

만큼 강력하다. 만일 누군가 우리말로 새 갈말이나 새 학문을 짓는 다면, 그 순간 우리말은 그 짜임새도 크게 새로워질 뿐 아니라 그 올 바름도 더욱 빼어나게 될 것이고, 그로 말미암아 우리의 삶도 분명 더욱 새롭고 올바르게 바뀌어갈 것이며, 나아가 세계인의 삶에까지 그 영향을 끼칠 것이다.

가리4. 영어로 논문쓰기와 학문어의 공공성

우리말로 논문쓰기가 우리의 대학들에서 막힘없고 걸림 없이 펼 쳐질 때 우리에게 언어 장벽 때문에 논문쓰기에 애를 먹는 일은 없 어질 것이다. 하지만 이와 마찬가지로 '영어로 논문쓰기'에 이미 익 숙해진 사람들도 우리의 대학들에서 자유롭게 영어로 논문을 쓸 수 있어야 한다. '영어로 논문쓰기'가 비록 영어를 할 줄 아는 사람 들에게 일차적으로 보탬과 도움이 될 뿐이고, 영어를 못하는 우리 나라 사람들에게는 큰 불편만 초래할 뿐일지라도, 그것은 '학문의 자유'를 위해 반드시 보호되어야 할 것이다. 학문어 선택은 글쓰미 스스로 결정할 문제이고, 만일 우리 모두가 그 연구 성과물을 함께 나누고자 한다면, 우리는 그것을 우리말로 옮겨 놓으면 된다.

학문어 선택의 자유도 반드시 주어져야 하지만, 그와 더불어 학 문의 공공성도 반드시 지켜져야 한다. 이 둘은 서로 맞부딪치는 게 아니라 함께 갈 수 있는 것이다. 그것은 "공공성(公共性)"이 그 둘을 모두 뜻하기 때문이다. 공공성은 '모두 함께해야 하는 것'으로 풀이 될 수 있다. 학문어를 선택할 자유는 학문하는 모두가 함께 누려야 하는 것이고, 학문적 성과는, 그것이 현대적 삶에 필수적인 한, 모든 사람이 제 삶에 보탬이 되도록 마음껏 쓸 수 있어야 한다. 학문어 선택의 자유는 그것이 모든 사람에게 고루 주어져 있어야 한다는 점에서 공공성을 띠고, 학문적 결과는 그것이 모두에게 두루 알려져야 한다는 점에서 공공성이 있다.

공공성은 어떤 것(권리)이 자격을 갖춘 모든 사람에게 빠짐없이 주어져 있거나, 어떤 것(의무)이 모두에게 어김없이 해당되어 모두가 그것(권리, 의무)을 함께해야 하는 것을 말한다. 보기컨대 '우리'의 하늘과 땅은 우리 모두에게 고루 주어진 것으로서 우리 모두가 함께할 수 있어야 하는 것이고, 법률은 우리 모두에게 두루 쓰이는 것으로서 우리 모두가 함께 지켜야만 하는 것이다. 모든 사람이 학문어를 제 마음대로 고를 수 있는 까닭이 그 권리가 바로 공공성에 들어맞기 때문이듯, 공개된 학문적 성과가 모든 사람이 읽을 수 있도록 제공되어야 하는 까닭 또한 그러한 알 권리가 바로 공공성에 들어맞는 것이기 때문이다.

만일 우리의 대학들이 '영어로 논문쓰기'를 제도적으로 강요하거나, 한 걸음 더 나아가 그렇게 생산된 영어논문들을 '우리'가 읽을 수 있도록 '우리말'로 옮기려 하지 않는다면, 그것은 학문어 선택의 자유를 가로막았다는 점에서뿐만 아니라 학문적 성과에 대한 알 권리를 돌보지 않았다는 점에서 공공성을 크게 허물어뜨리는 짓이다. 공공의 것, 즉 모두 함께해야 하는 것은 특정 개인이나 집단에 의해 사유화되거나 배타적으로 점유 내지 소유돼서는 안 된다. 공공의 영역에서 마치 기업이 사적 이익을 추구하는 것과 같은 일이 일어난다

면 그것은 곧 공공성이 깨졌다는 것을 말한다.[56]

우리의 대학들이 '영어로 논문쓰기'를 우대하는 정책을 펼치면서 국제 학술지에 영어논문을 실은 사람들에게 임용과 재임용 그리고 승진 등의 측면에서 압도적 이익을 베푸는 일은 '우리말로 논문쓰기'를 제도적으로 가로막고, 우리말로 논문을 쓰는 학자들에게 정책적 불이익을 주는 것이다. 이러한 일은 모든 학자에게 마땅히 주어져야 할 학문어 선택의 자유권이라는 공공성을 저버리는 일이고, 나아가 우리 모두가 그 영어논문들을 우리말 옮김을 통해 마땅히 읽을 수 있어야 한다는 공공성도 깨뜨려 버리는 일이다.

우리 대학들이 대학평가에 유리하기 위해 학문어 선택의 자유와 우리말로 번역해 주어야 할 의무의 공공성을 해치는 일, 즉 '우리말로 논문쓰기'를 제도적으로 '낮추-매김'할 뿐 아니라 깔보고 얕보기까지 하는 일은 언어적 인종 차별이자 우리의 '국어기본법'에 명시된 우리 공용어의 생존과 발전을 침해하는 위법 행위이기도 하다. 학문이라는 공공성의 영역이 그것의 제도적 주체인 대학 당국이 펼치는 '시장성', '경쟁', '효율성' 등의 논리에 밀려 지속적 침해를 받는다는 것은 결국 학문의 사유화가 진행된다는 것을 말한다.

학문의 공공성 문제는 대학을 넘어 우리 사회의 공동체까지 그 영향을 미친다. 왜냐하면 학문어 문제는 곧바로 말과 글의 문제이고, 말글은 문화적으로 유전되는 것으로서 공동체적 삶의 가장 기본적인 토대이자 공동체 정체성의 핵심을 이루는 것이기 때문이다.

---

56 조태린, 「공공언어 문제에 대한 정책적 개입 방식」, 『한말연구』(제27회), 한말연구학회, 2010, 381~383쪽 살핌.

공동체 구성원은 저마다 모두가 합의한 말과 글로써 소통할 수 있어야 하고, 그것이 어려운 공동체는 보통 한두 개의 공용어(公用語)를 법으로 정해 국민들의 소통을 돕게 마련이다. 학문어는 개인이 아닌 공동체를 위한 것이다. 이때 공동체의 범위는 단순히 '학자의 범위'에 제한되지 않고 '우리말 쓰미 모두'에게로 확장된다.

말이 공동체 정체성의 뿌리이자 상호 소통의 요체가 된다면, 우리의 대학들이 영어 헤게모니에 못 이겨 '영어논문'을 양산하고, 우리의 많은 국민들이 그 논문들을 읽을 수 없게 된다면, 우리 사회는 결국 영어로 논문을 쓰고 읽을 줄 아는 사람들과 그렇지 못한 사람들로 나뉘고 '두 개의 언어 정체성'으로 말미암은 분열과 갈등을 심하게 겪게 될 것이다. 만일 영어할 줄 아는 사람들이 영어논문을 우리말로 번역해 주려 하지도 않고, 그 때문에 우리말이 학문어로 쓰이지도 못하고, 우리말 속의 갈말들이 점점 낡아빠져 우리의 나날의 삶에 쓰일 수조차 없게 된다면, 그때 '우리'는 우리말로 학문할 길이 없어 차라리 영어를 우리의 학문어와 공용어로 삼자고 주장하게 될 것이다.

그러니 영어 공용화 주장은 결국 학자들의 게으름과 무책임 탓에서 비롯된 것이다. 학문 세계에 속한 사람들에게는 분명 우리말을 돌보고 키워야 할 사명이 함께 맡겨져 있다. 왜냐하면 학문어로서의 우리말은 바로 학문에 종사하는 사람들에 의해 이어지고 키워질 수밖에 없기 때문이다. 학문을 위해 가장 중요한 일은 어쨌든 뛰어난 논문을 쓰는 일임에 틀림없지만, 만일 우리가 세계의 좋은 논문들을 '우리말'로 쓰거나 읽을 수 있다면, 그것은 '우리 자신'뿐 아

니라 '우리말'을 위해서도 매우 바람직하고 세계 학계의 학문어 다
양성 증진에도 큰 보탬이 되는 일임에 틀림없다.

나누기4

대학평가와 학문어로서의
우리말 문제

도막1. 대학평가와 우리말로 학문하기의 문제

많은 사람들이 다음과 같이 생각한다. 우리의 대학사회는 세계의 앞선 대학들에 비해 스스로 크게 뒤떨어져 있다. 우리의 대학들이 세계 일류 대학들과 어깨를 나란히 또는 그들을 앞질러 나아가고자 한다면 무엇보다 학문성에서 크게 뒤떨어진 우리말을 버리고 국제어이자 '일등 언어'인 영어를 써야 한다. 학문의 진보나 발전은 전문 연구자에 의해서만 가능하고, 학문의 전문화는 학문의 과학화와 기술화와 동일하며, 이것은 '진리에 대한 방법적 증명력'과 '경쟁하는 다른 이론들에 앞선 설명력'을 갖추는 것을 뜻한다. 대학은 증명력을 높이기 위해서는 비싸고 최첨단인 실험 장비들을 사들여야 하고, 설명력을 높이기 위해서는 비싸고 뛰어난 석학들을 모셔 와야 한다.

대학은 이러한 의미의 발전을 위해 천문학적인 돈을 필요로 하고, 이러한 돈을 마련하기 위해서 어쩔 수 없이 기업의 경영 방식을 끌어들이지 않을 수 없으며, 그에 따라 모든 것은 '투입과 산출'이라는 경제 논리에 따라 결정된다. 이때 가장 먼저 일어나는 일은 생산수단으로서의 대학이 노동자로서의 교수들과 분리되는 일이다. 대학의 총장이나 본부는 대학을 '자신의 대학'으로 삼고, 대학의 모든 일을 자신의 경영 전략에 종속시킨다. 대학 사회는 진보와 경영의 이념으로 말미암아 권력화의 길을 걷게 된다.

그런데 학문이 대학 권력에 빌붙어 살 수밖에 없는 처지에 놓이자마자 학자들은 '권력자의 시녀(侍女)'가 되어 대학 정책에 충실히 따르지 않을 수 없게 된다. 오늘날 세계의 모든 대학은 전문화의 굽

이를 돌아 신자유주의 거센 물결에 휩쓸려 세계화의 망망대해(茫茫大海)를 떠돌기 시작했지만, 누구도 이러한 방황을 비판하거나 그러한 방황의 종말이 어떠할지를 예언할 수 없게 되었다. 왜냐하면 그런 사람은 모두 대학에서 추방당했기 때문이다. 대학은 이제 학문에 대한 사명을 돌볼 새도 없이 '살아남느냐 내쫓기느냐'의 문제 앞에서 앞뒤 가릴 것 없이 '살아남기 전략'을 구사하거나, 아니면 '앞서느냐 뒤쳐지느냐'의 자리다툼에 정력(精力)을 낭비하고 있다.

살아남기는 돈이 걸린 문제이고, 앞서기는 대학을 평가하는 여러 지표(指標)에 딸린 문제이지만, 그 둘은 서로 맞물려 있다. 대학이 돈을 많이 끌어 모으려면 평가 지표가 높아야 하고, 그 지표를 높이려면 돈이 많아야 한다. 대학이 돈이 많아지거나, 평가 점수가 높아질 때 우리는 그러한 현상을 "발전(發展)"이라는 이름으로 부른다. 대학의 나아짐과 학문의 앞섬은 세계화 시대 우리 대학들이 쫓아야 할 '지상 명령'처럼 되었고, 대학평가라는 시스템을 통해 증명되어야 할 과제가 되었다.

대학평가의 지표들은 대학 정책의 방향을 근본적으로 바꿔 놓는다. 강의 방법과 논문 언어는 말할 것도 없고, 교수 업적 평가나 기숙사 제도 그리고 대학에 대한 의식까지 거의 모든 것을 바꿔 놓고 있다. 대학평가의 흐름은 되돌릴 수 없어 보인다. 경쟁은 치열하고, 대학 소비자들은 세계 대학에 대한 정확한 비교 자료들을 원한다. 대학의 공공성을 생각해 볼 때 대중의 알 권리를 위해서도 대학에 대한 정보 공개는 반드시 필요하다고 할 수 있다.

하지만 평가제도는 잘못 쓰이면 독이 되고 잘 쓰이면 약이 되는 맥락 의존적 제도이다. 어떤 평가제도가 그 평가 대상의 발전과 행복을 위한 것이고자 한다면, 그것은 그 대상에 대한 정확한 지식을 갖추고 있어야 할 뿐 아니라, 그 대상이 그러한 평가의 목적과 의의에 동의할 수 있어야 한다. 그럴 때에만 평가가 약이 된다. 만일 그렇지 않다면 평가는 그 대상을 외부에서 억압하는 독재(獨裁)가 되고 만다. 그 대상은 평가의 응달에서는 신음하면서도 그 양달에서는 높은 값 매김을 얻고자 죽기 살기로 내달릴 수밖에 없다. 이때 평가는 독이 되기 십상이다.

'영어로 강의하기'와 '영어로 논문쓰기'가 최근 10년 이내에 급격히 늘어난 까닭은 대학평가의 지표로 '영어논문'과 '영어강의'가 들어갔기 때문이다. 우리 대학들은 대학 순위가 매겨지는 대학평가에서 뒤쳐지지 않기 위해 앞뒤 가릴 것 없이 덮어놓고 '영어논문'과 '영어강의'의 비중을 높여왔다. 이제까지 우리가 따져본 바처럼 대학의 영어화 바람이 우리말을 병들게 하는 주범임이 틀림없음에도 우리말 문제가 사회적으로 크게 부각되지 못한 까닭은 영어문제가 대학평가 문제로 굳어져 진행되어 왔기 때문이다.

우리의 대학들은 대학의 목숨과 명예와 돈이 달린 대학평가라는 전투적 상황 앞에서 우리말 키우기와 같은 '역사적 과제'에로 눈을 돌릴 겨를이 없었다. 아마 우리의 총장들은 그들의 결단이 우리말을 병신 말로 만드는 '삐뚤이 결정'이었다는 것을 아직도 인정하지 않을 것이다. 대학 자체는 그러한 결정들로 대학순위가 높아지거나 정부의 재정지원을 받게 되거나 사회적 평판이 좋아지는 등의 엄청난 이득들을 챙겼고, 정부 또한 대학의 선진화와 국제화 정책을 성공적으로 수행했다는 평가를 받게 된다는 점에서 굳이 손해 볼 것이 없다.

대학평가는 분명 대학의 발전에 기여하는 바가 크다. 대학의 소비자들은 공개된 대학평가 지표들에 따라 자신이 원하는 대학을 선택할 수 있고, 정부는 대학의 지원 방향과 필요한 액수를 결정하는 데 도움을 받을 수 있다. 대학들은 소비자의 선택을 더 많이 받기 위해 그리고 정부의 지원금을 보다 많이 받기 위해 평가 점수를 높이려 노력할 테고, 그것은 결국 대학의 발전을 가져올 것이다. 대학은 그동안 다양한 평가들을 통해 외형적으로뿐 아니라 내적으로도 큰 발전을 이루어왔다. 앞으로도 대학평가는 대학 발전의 고삐가 될 것이다.

그러나 다른 한편, 대학평가는 대학 줄 세우기(서열화)를 부채질해왔을 뿐 아니라, 대학들끼리의 날뛰는(과도한) 경쟁을 불러들였고, 대학이 '사회적 평판'과 같은 교육 외적인 요소들 때문에 몸살을 앓게 만들었으며, 잘못된 평가 지표들로 말미암아 대학의 개혁 방향이 엉뚱한 길로 접어들어 헤매게 만들기도 했고, 아울러 정부의 행정·재정적 지원이 차별적으로 이뤄져 비수도권 대학이나 인문·예술 중심의 대학들이 큰 불이익을 받게도 했다. 대학사회에서 대학평가는 암행어사의 마패처럼 모두를 꼼짝 못하게 몰아붙이는 채찍이 되고 말았다.

게다가 대학의 총장들마저 대학평가가 나빠질 경우 이사회의 견제나 문책뿐 아니라 대학 구성원 전체로부터 책임 추궁을 당하기까지 하니, 오늘날 대학평가는 '도덕적 당위'의 자리에까지 오른 셈이 되었다. 만일 누군가 대학 안에서 발전의 잣대인 대학평가에서 불이익을 달게 받으면서까지 우리말 키우기에 힘을 쏟고자 한다면, 그는 현실 감각이 아예 없는 사람 취급을 받거나, 대학에 해를 입히는 몹

쓸 놈으로 지탄을 받을 것이다. 다만 이러한 손가락질은 아직은 대학 안에서나 할 수 있을 뿐 공적인 자리에서는 금기시된다.

어쩌면 우리말 문제와 관련한 대학평가의 문제점을 꼬집는 이러한 글을 쓴다는 것 자체도 대학이 놓인 현실에서는 부질없어 보이긴 한다. 과연 한 권의 책이 이미 자리를 잡은 '영어 제도들'을 바꿀 수 있을까? 하지만 대학평가가 대학의 정체성을 뒤흔들고, 한 민족의 정체성을 가름하는 우리말을 병신 말로 만들며, 교육과 연구의 본질을 실용적 성공의 잣대로 획일화한다면, 그 평가는 잘못된 것이고, 그것이 잘못된 것이라면, 우리 대학 사회는 그 사실을 '우리말 키우기'의 관점에서뿐 아니라 대학의 관점에서까지 두루 깊이 있게 다루어야 마땅할 것이다.

나는 여기서 우리의 대학들이 신경을 쓰는 대학평가를 두 갈래로 나눠 '우리말 병신 만들기'와 관련된 평가 항목에로 초점을 맞춰 다룰 것이다. 그 두 갈래 가운데 한 갈래는 교육부(정부)가 도맡아 하거나, 아니면 정부의 입김이 거센 대학평가이다. 이것은 다시 둘로 나뉜다. 첫째는 대학의 구조조정을 위한 교육부 평가와 교육부가 맡아하는 재정 지원과 관련된 대학평가(BK21, NURI 등의 사업단 선정과 관련된 평가)이고, 둘째는 대학교육협의회가 맡고 있는 대학종합평가인증제이다. 그 두 갈래 가운데 나머지 다른 갈래는 언론사가 자신들의 이익을 목적으로 벌이는 대학평가이다. 여기에 입시 학원의 대학평가가 더해져야 하지만, 이것은 대학의 정책에 미치는 영향의 정도를 고려했을 때, 그 중요성이 다른 두 평가에 비해 크게 떨어지기 때문에 여기서는 빼도록 한다.

도막2. 정부의 대학평가

마디1. 대학구조조정과 정부재정지원을 위한 교육부 대학평가

교육부의 대학평가는 교육과 관련된 사회적·문화적·경제적 변동이 생겼거나 그러한 변화가 예측될 때 정부가 내놓는 교육 정책에 맞춰 대학의 구조조정이나 혁신을 단행하기 위한 수단으로 실시되는 경우가 많다. 그에 대한 보기로서 2014년 1월 초 발표된 교육부의 '대학 구조개혁 추진계획'을 들 수 있다. 이 계획의 필요성은 다음과 같은 도표를 통해 쉽게 증명될 수 있다.[1]

고교 졸업생 수를 예측한 표

단위: 명

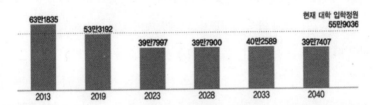

자료: 통계청·한국교육개발원

위 막대표에 따르면, 2019년에는 고등학교 졸업생 수(53만 3천 명)

---

1 곽희양·김지원 기자, 「학령인구 감소 반영, 수도권 국·공·사립대도 일률적 정원감축」, 경향신문, 2014.01.09. http://news.khan.co.kr/kh_news/khan_art_view.html?artid=20140 1090600035&code=940401. 여기서 표와 차림표 제목은 글쓰미가 조금 고쳤음.

가 현재 대학의 입학정원(55만 9천 명)보다 적어지게 된다. 이는 흔히 "학령인구(學齡人口)의 감소"라는 말로 알려진 문제를 나타낸다. 이 문제는 독일의 마이스터 제도처럼 고등학교 때부터 질 높은 직업교육을 마련해 줌으로써 저절로 대학교 진학률을 낮추는 길로 풀 수도 있고, 우리 정부처럼 있던 대학의 문을 닫게 하거나 대학교 입학 정원을 강제로 줄여 고졸자들로 하여금 대학을 못 가게 하는 길로 풀 수도 있다. 우리 사회가 나아갈 보다 바람직한 길은 독일의 제도를 본받는 것이라 할 수 있다. 그런데 대학의 수는 누가 늘렸고, 또 누가 줄일 수 있는가? 아래의 막대표는 우리나라의 대학 수가 늘었다 줄어드는 흐름꼴을 나타낸다.

1965년부터 대학 수의 오르내림 표(일반·산업·교육·전문대 포함)

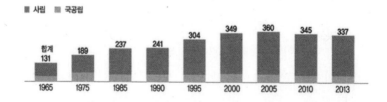

자료: 대학교육연구소·대학알리미

대학의 수는 1985년(237개)과 1995년(304개)에 급격히 늘어났다가 2005년(360개)에 꼭지가 물렀다. 이는 김영삼 정부가 받아들인 신자유화 물결과 뒤따른 정부들이 이어나간 대학 자율화로 말미암은 것이었다. 이 기간에 등록금은 국·공립대가 190만 원에서 417만 원으로 119%가 올랐고, 사립대학이 408만 원에서 738만 원으로 81%가 올랐다. 이 때문에 대학은 곧 투자와 산출의 구조, 한마디로 말해, 장사(기업)로 이해되기 시작했고, 대학의 소비자들은 경쟁력 있는 교육상품을 구매하기 위해 대학에 관한 모든 정보들을 꼼꼼히 따지게 되었다.

정부는 공교육을 위해 들여야 할 '천문학적 돈(예산)'을 마련하려는 무거운 짐을 짊어지는 대신 교육 시장이 대학의 수와 입학생 수를 마음대로 늘릴 수 있도록 해 준 셈이다. 지자체는 대학을 자기네 고장으로 끌어들이기 위해 땅을 거저 주었고, 불모지와 같은 곳에 장사할 목적으로 세워지는 사립대들이 비 온 뒤 죽순 솟듯 마구 생겨났으며, 대학 주변에는 새로운 마을이나 도시가 형성되기도 했다. 정부는 '모자란 돈'으로 교육의 양적 팽창을 이루었고, 사람들은 원하기만 하면 대학에 갈 수 있게 되었다. 대학 자율화는 마치 모두에게 이익이 되는 듯 보였다.

그런데 대학이 늘자 대학 가는 사람도 늘었고, 대학졸업은 취업과 인격의 면허증이 되고 말았다. 이젠 누구도 대학을 가지 않을 수 없게 된 것이다. 그러자 대학 등록금이 가파르게 뛰어 올랐고, 덩달아 사교육비도 날로 껑충껑충 뛰었다. 하지만 대학을 들어가려는 학생은 줄기커녕 자꾸 느는 바람에 대학 졸업장은 그 가치가 크게 떨어졌다. 대학을 가는 게 문제가 아니라 어떤 대학을 나오는지가 중요했다. 명문대를 가기 위한 재수생이 늘고, 고액 과외가 생겨날 수밖에 없었다. 결국 '대학 자율화'는 한마디로 말해 교육의 시장화였고, 교육을 경쟁의 장으로 몰아넣은 차별화였던 것이다. 이로써 공교육은 뼈대마저 무너지고 말았다.

1965년부터 대학생 수의 오름 표(재적 학생수 기준, 일반·산업·교육·전문대 포함)

단위: 명

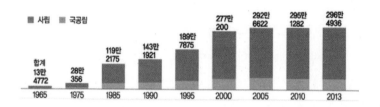

자료: 대학교육연구소·대학알리미

위의 차림표에 따르자면, 전체 대학생 수는 1985년에 한 번 껑충 뛰고, 2000년에 또 한 번 껑충 뛴 뒤 대학 수가 줄어들었음에도 지난해 2013년 296만 명에 이르기까지 줄곧 많아져 왔다는 사실을 볼 수 있다. 이는 앞으로 대학 구조조정의 방향이 대학의 수보다는 대학생의 수를 줄이는 쪽으로 맞춰질 수밖에 없다는 것을 뜻한다. 2014년에 발표된 교육부의 계획은 2024년까지 현재 56만 명에 달하는 대학정원을 40만 명으로 줄이기 위해 부실대학을 내보내고, 대학 정원(定員)을 일률적으로 줄이는 데 있다. 정부가 밝힌 줄여 나가기의 때와 수를 차림표로 보이면 다음과 같다.

평가 주기	1주기('14~'16)	2주기('17~'19)	3주기('20~'22)
몇 명까지	4만 명	5만 명	7만 명
언제까지	'15~'17학년도	'18~'20학년도	'21~'23학년도

그런데 사립대학의 등록금 의존율은 2012년 기준 66.6%에 달한다. 정원 줄이기는 사립대에게는 돈줄 끊김을 뜻하는 셈이다. 전국 288개(85.5%) 사립대학 가운데 정부의 구조조정을 반길 곳은 하나도 없을 것이다. 정부는 자기네 필요에 따라 '대학 자율화'나 '대학 타율화'를 마음대로 하려 한다. 하지만 대학의 입학정원은 기본적으로 시장 수요에 따라 자율적으로 결정될 수 있다. 또 대학에 들어오는 사람이 고교졸업생뿐 아니라 직업시장의 변화와 경제발전 그리고 해외 유학생 등 다양해지고 있기 때문에 고교졸업생 수에만 근거해 정원율을 억지로 낮추는 것도 좋지 않다. 게다가 정부의 구조조정 계획은 국민의 교육권(누구나 자신이 받고 싶은 교육의 기회를 얻을 수 있어야 하는 권리)에서 어긋나는 것처럼 보이기까지 한다.

그럼에도 정부가 부실 대학 내보내기와 대학 정원 줄이기를 그 나름의 정책적 필요성에 따라 강제하고자 한다면 거기에는 무엇보다 '모두가 받아들일 수 있는 평가 방식'이 앞서 마련되어 있어야 한다. 교육부가 대학을 5등급으로 나눈 뒤 1등급은 대학이 정원을 자율적으로 조정하게 하고, 나머지 4개 등급의 대학은 낮은 등급을 받을수록 더 많은 정원을 줄이도록 강제하며, 이명박 정부 때 부실대학 퇴출 정책 기준으로 사용됐던 '학생충원율'과 '취업률'의 반영 비율을 줄이고, 인문·예술계의 취업률 지표를 제외하려는 것은 평가의 타당성을 높이기 위한 시도라고 볼 수 있다.

박근혜 정부가 내세운 대학구조개혁은 정량평가와 정성평가라는 두 갈래 평가로써 단행된다. 정량평가는 주로 대학운영 전반에 적용되고, 정성평가는 교육 과정 전반에 적용된다. 이러한 평가에는 보통 공통 지표와 특성화 지표가 사용된다. 공통 지표에는 대학발전계획, 학사운영, 교육시설, 대학(법인) 운영, 교육성과 등이 속하고, 특성화 지표에는 대학마다의 특성을 평가할 수 있게 설계된다. 나아가 대학과 전문대학에 대한 평가지표도 달리 마련된다. 한국대학신문에 실린 교육부의 대학평가 내용은 다음과 같다.[2]

평가 영역	평가 내용
대학 발전계획	대학의 사명 및 교육목표, 중장기 대학발전계획 등
학사운영	교육과정(교양 및 전공교과, 교육목표와의 연계, 산업계 및 지역사회 요구반영, 교수-학생 상호작용 등) 편성·운영, 강의평가 제도 운영 및 활용, 학점 및 학위 등 학사관리, 교수 학습 지원체제, 취업 및 창업 지원 체제 등
교직원	교원 임용, 전임교원 등 우수교원 확보 체제, 직원 인사제도, 교수업적평가제도 운영 등
학생 선발 및 지원	학생 선발체제, 장학금, 등록금, 학생 상담체제 등
교육시설	강의실, 실험·실습실, 학생 복지시설, 도서관, 기숙사, 체육장 등
대학(법인) 운영	이사회 및 각종위원회 운영, 재정운영, 학내갈등관리 등
사회공헌	초·중등학교, 산업체 등 지역사회와의 연계·협력 등
교육성과	취업, 교육만족도 등
대학 특성화	교육, 연구, 사회봉사, 평생교육, 산학협력, 국제화 등 각 대학이 가진 강점분야를 중심으로 한 특성화 성과 및 계획

우리는 이로써 정부(교육부)가 벌이는 대학평가가 대학구조조정을 위한 '수단 노릇'을 한다는 것을 알 수 있다. 그런데 정부는 필요한 교육정책을 앞서 정한 뒤 대학을 그 정책에 맞춰 개혁할 목적으로 거기에 맞는 대학평가지표를 만들어 강압적으로 평가를 벌이려

---

2 민현희 기자, 「대학구조개혁' 2회 연속 최하위大 자동 퇴출교육부 추진계획 발표 … 대학 5개 등급 분류해 정원 감축」, 한국대학신문, 2014.01.28. http://news.unn.net/news/articleView.html?idxno=131419

한다. 대학의 운명을 결정짓는 대학평가 지표 작성에서 대학이 소외되는 것이다. 게다가 대학평가의 구체적 기준은 미리 공개되지도 않고, 나중에 공개되더라도 그 기준의 타당성과 적용 방식의 올바름을 증명하는 이론적 검증 내용, 그리고 평가 결과에 대한 예측 보고서 등의 내용은 들어있지 않다. 언론이라는 공론장을 통해 깊이 있는 비판을 거치지 않은 정책들은 어설플 뿐 아니라 그 결과도 매우 나쁠 수밖에 없다.

아울러 정부는 정부가 재정을 지원하는 대규모 연구 사업을 벌이기 위한 사업자 선정의 방편으로 대학평가를 하기도 한다. 정부재정 지원 사업들은 대학의 학문발전을 넘어 대학 발전을 이룰 수 있는 좋은 기회가 되기도 하지만, 다른 한편으로는 대학의 구조와 체질을 바꾸기 위한 일종의 대학개혁을 목표로 시행되기도 했다. 교육부는 이러한 평가를 바탕으로 교육부 사업에 참여할 대학을 제한해 왔다. 이러한 사업의 대강을 보여주는 차림표를 보이면 다음과 같다.[3]

사업	예산(억원)	기간	지원규모	'14년 계획
지방 대학 특성화사업	2,031	'14~'18 (2+3)	70교 내외	선정평가
수도권 대학 특성화사업	546	'14~'18 (2+3)	30교 내외	선정평가
학부교육 선도대학 육성사업(ACE)	573	'10~ (2+2)	25교('13)	연차·중간·종합평가 및 신규선정

3 민현희 기자, 「'대학구조개혁' 2회 연속 최하위大 자동 퇴출교육부 추진계획 발표 … 대학 5개 등급 분류해 정원 감축」, 한국대학신문, 2014.01.28. http://news.unn.net/news/articleView.html?idxno=131419

사업	예산(억원)	기간	지원규모	'14년 계획
산학협력선도대학 (LINC) 육성사업	2,388	'12~'17 (2+3)	51교('13) 57교('14)	중간평가 및 신규선정
BK21 플러스	2,973	'13~'20 (3+4)	74교, 550개 사업단· 팀('13)	연차컨설팅 ※ '15년 중간평가(전면 재평가) 및 '16년 신규선정
특성화 전문대학 육성 사업	2,696	'14~'18 (2+3)	78교 내외 (특성화 70교, 평생 8 교)	선정평가

이들 사업에 들어가는 정부 예산은 너끈히 천문학적이라 할 만하다. 몇 천 억에서 몇 조에 이르는 나랏돈이 대학의 연구 및 교육을 위한 사업에 쓰인다. 대학은 이러한 사업을 따 맡음으로써 대학의 조직을 그 사업에 맞춰 나갈 수 있게 되고, 정부는 그를 통해 제한된 세금으로 정부가 목표로 한 교육 정책을 보다 효율적으로 이룰 수 있게 된다. 앞서 우리는 '두뇌한국(BK) 21' 사업이 우리의 학문어 지형에 엄청난 변화를 몰고 왔다는 점을 살펴본 바 있다. 그런데 정부가 밀어붙인 대학구조개혁이 늘 성공적이었던 것은 아니었다. 대학의 수가 급증한 문제, 대학의 수도권 집중 문제, 등록금의 급격한 인상 문제, 취업률 인하 문제 등은 근본적으로 정부의 대학정책 실패 때문에 비롯된 것이다.

대학사회는 우리 사회의 외딴 섬이 결코 아니다. 사람들이 대학평가에 큰 관심을 기울이지 않는 까닭은 대학에 대한 (교육부나 언론의) 평가가 마치 '교육의 테두리 안에서' 벌어지는 관습인 양 여겨지기 때문이다. 나는 교육부가 대학평가 속에 우리말을 키우는 내용을 담고 있는지, 아니면 우리말을 작히는(왜소하게 만드는) 내용이 심겨져 있는지를 알려주기를 바라지만, 그런 정보는 결코 저절로 알려지는 법이 없다. 우리 사회는 정부가 대학평가를 통해 '우리말 허물기'의 곁꾼 노릇을 하려 하는지, 아니면 '우리말 집짓기'의 몸통 노릇을 하려 하는지를 알 권리가 있다.

비록 교육부 대학평가가 그때마다 대학 개혁의 방향과 필요성에 대한 사회적 공감대가 형성되는 쪽으로 이뤄진다고 볼 수는 있지만, 이때의 공감대가 언론의 공론장을 통해 얻어진 것인지, 아니면 교육계에 국한된 일이라는 '테두리 가두기'의 관습에 따른 것인지는 알기 어렵다. 그럼에도 교육부가 벌이는 대학구조조정 또는 대학교육 개혁을 위한 대학평가의 목표는 주로 대학의 행정 조직, 대학 정원, 경영 부실, 교육의 질 또는 대학의 사회적 책임 등에 맞춰져 있는 것은 사실이다.

나는 대학구조조정과 정부재정지원을 위한 교육부 대학평가가 '학문어로서의 우리말'을 키우는 쪽으로 이바지하는지, 아니면 '우리말 병신 만들기'의 원인이 되는지를 똑 부러지게 판가름할 수 없었다. 이 문제는 교육부의 대학평가 전체를 살펴야 하는 어려운 과제를 떠맡을 때만 풀 수 있을 것이다. 다음으로 우리는 정부와 관련된 다른 종류의 대학평가를 살펴보기로 한다. 이것의 목적도 우리말 문제를 알아보는 데 있다.

마디2. 대학종합평가인정제

우리나라 대학평가는 1980년 대 초반에 시작되었다. 한국대학교육협의회(앞으로 "대교협"으로 줄임)가 1982년 처음 설립(設立)된 뒤 해마다 종합평가를 수행해 왔지만, 본격적 평가는 10년 뒤부터 시행되었다. 1992년에 먼저 학과평가인정제가 시행되었고, 그 뒤 1994년부터 대학종합평가인정제가 실시되었다. 평가 단위는 개별 대학을 전체적으로 평가하는 대학종합평가와 개별 대학 내의 학과(혹은 학문 영역 단위) 별로 평가하는 학과평가의 두 갈래로 나뉘었다. 대학평가는 대학과 학과의 전반적인 질을 끌어올렸다는 평가를 받는다.[4]

오늘날 대학은 교육기관으로서는 고등교육제도의 머리와 마루가 되고, 연구기관으로서는 학문과 기술 그리고 문화의 자궁(子宮)이자 태반(胎盤)이 되지만, 우리나라 대학들은 대학평가를 받기 전까지는 재정 상태와 경영 방식 그리고 학교에 대한 다양한 정보들을 철저히 은폐해 왔다. 하지만 대학평가 제도를 통해 대학의 모습들이 속속들이 세상에 알려지기 시작했고, 그로써 대학끼리 비교와 경쟁이 거세차지면서 대학 발전의 무대가 마련됐다. 그때부터 모든 대학은 학교 발전을 위해 시설 투자, 교수 충원, 행정 체제 개편, 관리능력 향상 등에 온힘을 쏟게 되었다.[5]

1995년에 우리 사회는 이미 정보화와 세계화의 따가운 물결이 넘실거렸다. '무한 경쟁'과 '효율 극대화'라는 신자유주의 논리가 차츰 기업과 정부 그리고 대학에 그 붉은 깃발을 꽂기 시작했다. 우리

---

4 조현연, 「대학종합평가와 성과관리」, 『産業經營硏究』(No.15), 가톨릭대학교산업경영연구소, 2007, 26쪽 살핌.

5 김기언, 「한국 대학평가 관련자의 권력구조와 대학평가」, 『현대사회와 행정』(Vol.14 No.2), 한국국정관리학회, 2004, 228쪽 살핌.

네 삶은 알아채지도 못하는 사이에 '끝없는 경쟁의 틀'로 뒤바꿔 짜여 나갔다. 국가는 정보와 지식을 둘러싼 전 세계적 경제 전쟁에서 승리하기 위해 기술과학인재들을 길러내려 했고, 대학 체제를 '돈이 되는 지식'의 생산 공장처럼 탈바꿈시키려 했다. 이는 곧 대학의 전면적 개혁을 뜻했고, 대학의 급진적 개혁을 위해서는 다시금 정부의 적절한 지원이 필요하다는 것을 뜻했다.

이를 위해 가장 먼저 필요했던 것은 각 대학의 현황에 대한 정확한 파악과 그에 기초한 객관적 평가였다. 이는 대학의 폐쇄적 운영을 막고, 대학에 관한 모든 정보를 일반에게 공개한다는 것을 의미했기 때문에 대학 당국의 강력한 반발을 막을 수 있을 만큼 타당성과 공정성이 필요했다. 고등교육의 질을 평가하고, 나아가서 그 질의 유지·향상을 도모하기 위한 방법으로 도입된 우리나라의 대학종합평가인정제는 미국의 평가인정제(accreditation)를 본떠 만든 것이다. 평가인정제란 교육기관 및 그 기관에서 개설되고 있는 전문적 고등교육과정이 교육계 및 기타 서비스의 대상인 일반 국민의 신뢰를 얻는 데 충분할 정도로 일정 수준의 업적, 성실성, 질을 갖추고 있는 것을 승인하는 시스템이다.[6]

대학종합평가인정제의 목표[7]

(1) 교육의 질적 고도화를 통한 국제적 수준의 대학으로 탈바꿈

(2) 교육 및 연구를 위한 획기적 지원체제의 확립

---

6 김기언, 230쪽 살핌.

7 조현연, 26~27쪽.

(3) 핵심적 연구기관으로 탈바꿈한 대학

(4) 대학의 효율적 운영을 지원하는 대학행정체제 구축

(5) 산학협동 체제의 구축

(6) 지역사회 학술기관으로서 사회봉사 기능의 확대 강화

대학종합평가인정제의 기대 효과[8]

(1) 대학의 교육여건 개선과 함께 대학 교육개혁의 명분 제공

(2) 대학 간에 보다 건전하고 발전적인 경쟁체제 확립

(3) 정부에 대하여 대학 자율성 확대, 행정 및 재정정책을 지원하는 데 중요한 정보 제공

(4) 상대적으로 우수 판정된 대학은 사회의 각 기관으로부터 직·간 접적인 지원과 혜택

(5) 교수의 연구 분위기 형성과 학생들의 면학풍토 조성

(6) 고교 졸업생의 진학 행동에도 바람직한 변화를 가져옴

대학평가인정제는 평가업무의 공정성과 전문성을 유지할 수 있도록 정부의 직접적 통제를 받지 않고, 한국대학교육협의회(줄임말 "대교협")와 대학평가인정위원회 및 전문위원회 조직으로 운영된다. 대교협은 한국대학교육협의회법 제18조에 의거해 대학평가사업 전반에 관한 실무를 집행하고, 그 외에도 대학평가에 관한 연구개발 및 평가전문요원의 교육에 관한 업무를 수행한다.[9] 대교협 예산은

---

8 조현연, 28쪽.

9 김기언, 239~240쪽 살핌.

회원(대학들)의 회비로 조달되는 자체수입과 교육부의 국고보조 수입으로 짜인다.[10]

교육부는 대학평가인정제 사업의 원활한 수행에 필요한 사업비의 확보를 지원하고, 평가인정의 결과를 수용하여 대학정책 수립에 활용한다. 개별 대학은 자체평가기획위원회를 설치하여 종합평가에 관한 업무를 수행한다. 대학은 자체평가연구를 수행하여 그 결과보고서를 대교협에 제출하고, 현지방문평가단의 평가업무수행에 협조한다.[11] 대교협은 대학이 제출하는 서면평가와 방문평가의 결과로써 인정 여부를 결정한다.

우리나라 대학평가인정제는 대학의 수준을 높이기 위한 목적으로 마련되었다고 볼 수 있다. 대학은 교육과 연구를 위한 사회 제도로서 진리 탐구뿐 아니라 사회의 올바른 변화를 위해서도 매우 중요하다. 이는 대학이 사회의 변화를 이끌어갈 뛰어난 지식인을 길러내야 함은 말할 것도 없고, 대학이 '가치 있는 지식'을 발견하는 연구의 산실(産室)로 탈바꿈되어야 한다는 것을 말한다. 이는 곧바로 교육 및 연구의 환경을 좋게 만들어 주어야 함을 뜻하기도 한다. 대학평가인정제는 대학들에게 이러한 변화의 물꼬를 터 주었다는 점에서 긍정적 평가를 받을 만하다.

나는 우리말을 병들게 만드는 원흉(元兇), 즉 그 두목으로 지목(指目)되었던 '영어로 강의하기'와 '영어로 논문쓰기'가 대학평가 때문에 비롯되었다고 말했고, 여러 대학평가 가운데 구체적으로 어떤 것

---

10 김기언, 244쪽 살핌.
11 김기언, 241쪽.

이 원흉인지를 찾고자 했다. 정부가 주도하거나 지원하는 대학평가들은 그것들이 기본적으로 국민, 민족, 사회적 합의 등에 바탕을 두어야 하기 때문에 사회 공동체의 정체성의 뿌리가 되는 우리말을 허무는 쪽으로 설계되기는 어렵다. 나는 정부의 대학평가가 '우리말 키우기'를 위한 것도, 그렇다고 '우리말 죽이기'를 위한 것도 아닌 정치적 판단이 깊이 새겨진 '교육 정책'이라고 본다.

그렇다면 우리가 우리말 죽이기의 원흉으로 여길 대학평가로는 '언론사 대학평가'가 남는다. 언론사는 공공기관과 사기업의 성격을 모두 갖지만, 오늘날에는 기업적 성격이 보다 두드러지고 있다. 우리가 언론사의 대학평가를 기본적으로 기업 경영의 관점에서 바라보아야 하는 까닭도 여기에 있다. 언론사가 대학평가를 하는 까닭은 그것이 그들에게 이익이 되기 때문이다. 문제는 언론사에게 엄청난 보탬이 되는 대학평가가 공공성(公共性)을 해칠 때 발생한다.

하지만 이러한 문제는 결코 쉽게 풀 수 있는 게 아니다. 만일 우리의 대학들이 언론사의 평가에 일방적으로 끌려 다니지만 않았더라도 우리말 문제는 지금과는 크게 달라졌을 것이다. 나는 우리말이 병신 말이 되는 데는 우리 사회 전체에게 책임이 있다고 본다. 한 개인이나 기업이 자신의 이익을 추구했다는 사실은 결코 비난의 대상이 될 수 없다. 문제는 우리 사회가 그러한 사적 이익의 추구를 허용했음에도 우리의 사회 정체성을 그에 걸맞은 수준에서 지킬 수 있는 대비책을 함께 마련해 나가는 데 실패했다는 점이다.

나는 먼저 다른 나라(외국)에서의 대학평가를 간략히 살펴볼 것이다. 이는 대학평가에서 그 평가지표가 다양할 수 있음을 보이고,

나아가 그 지표들에 대한 엄정한 비판이 필요함을 알리기 위한 것이다. 나는 이러한 평가지표들에 대한 분석을 통해 우리나라 언론사 가운데 대학평가를 벌이는 조선일보와 중앙일보의 대학평가 문제를 구체적으로 따지고 들 것이다. 우리의 모여살이(사회)에서 평가제도는 꼭 나쁜 것도, 나아가 없애야 할 것도 아니다. 평가(評價)는 우리네 삶의 타고난 운명(숙명)이다. 우리가 찾아야 것은 '보다 나은 평가제도'이다.

우리가 다른 나라 언론사와 우리나라 언론사의 대학평가 항목을 슬쩍 비교해 보기만 해도, 우리의 눈에는 다른 나라 언론사 평가지표에는 우리나라 언론사들이 애지중지 떠받드는 '국제 저널 평가'와 '국제화 평가'라는 두 평가 요소가 빠져 있다는 사실이 번쩍 눈에 띌 것이다. 우리의 언론사들이 외국 언론사들의 대학평가방식을 따르고 있다는 점을 고려해 봤을 때 이 두 요소는 우리 언론사들의 창작품인 셈인데, 이는 곧 '우리말을 병신으로 만드는 세력'이 영어를 모국어로 하는 사람들이 아니라 바로 '우리들 자신'임을 나타낸다.

도막3. 외국(다른 나라)의 대학평가 차림표

대학평가는 그 대학이 속한 사회가 대학에게 생산성과 효율성 그리고 책무성(accountability)을 요구하면서부터 이루어졌다. 이때 대학을 평가하는 주체는 대부분 정부나 기업 또는 중립적 평가 기관이 된다. 영국, 프랑스, 독일 등의 유럽국가는 대부분 국공립대학이기 때문에 대학평가는 정부에 의해 만들어진 협의회가 떠맡고 있다. 이와 달리 미국의 대학평가인정제(accreditation)는 정부의 개입을 배제하기 위하여 대학 스스로 만든 자율적 협의체(voluntary association)에 의해 이루어진다. 미국의 대학들은 이러한 집단적·개별적 자치 및 자기규제를 통하여 대학의 질적 수준을 드높여 왔다.[12]

그렇다면 다른 나라 대학들이 받고 있는 대학평가는 어떠한가? 여기서 나는 우리나라와 비슷하게 대학의 순위를 매기는 방식으로 대학평가를 하는 다른 나라 경우만 살피고자 한다. 아래의 차림표는 2010년 다른 나라의 대학평가 지표들을 같은 해 중앙일보 대학평가와 같은 평가 영역에 따라 나누어 벌여 놓은 것이다.

다른 나라 대학평가의 평가기준 및 가중치 차림표[13]

구분	미국 World Report: American Best Colleges	영국 The Times: Good University Guide	영국 The Guardian: University League Tables	캐나다 The MaClean's: University Rankings
교육여건 및 재정	37%	40%	45%	44%
교수	학생/교수 비율(1) 전임교수 비율(1) 박사학위자 비율(3) 교원 보수(7)	학생/교수 비율(10)	교수/학생 비율(15)	학생/교수 비율(10)
학생	고교성적 상위 10%(6) SAT/ACT 점수(7.5) 입학 경쟁률(1.5)	신입생 수준(10)	입학 성적(15)	

---

12 김기언, 231쪽 살핌.

13 정은하, 「중앙일보 대학평가 평가지표와 대학순위의 관련성 분석」, 중앙대학교 대학원, 석사논문, 2012, 16쪽. 차림표 제목과 그 틀은 글쓰미가 조금 고쳤음.

구분	미국	영국	영국	캐나다
재정	학생당 교육비(10)	학생당 복지 경비(10)	학생당 교육비(15)	학생당 교육비(6) 학생서비스 예산비율 (6.5) 예산 중 장학금비율 (6.5)
시설	(없음)	도서관/정보화 경비 (10)	(없음)	학생당 장서수(5) 도서관 예산(5) 도서구입비 비율(5)
연구	(없음)	15%	(없음)	26%
연구보조금	(없음)	(없음)	(없음)	인문/사회 보조금(6) 의학/과학 보조금(6) 전체 연구자금 규모(6)
연구실적	(없음)	연구평가(15)	(없음)	교수 수상 실적(8)
국제화	(없음)	(없음)	(없음)	(없음)
평판 및 사회진출	22.5%	10%	15%	20%
취업	(없음)	취업/진학률(10)	졸업후 6개월 내 취업 자비율(15)	(없음)
평판	동료평가(15) 고교 상담자 조사(7.5)	(없음)	(없음)	평판도 조사 순위(20)
교육	40.5%	35%	40%	10%
수업	20명 미만 학습(6) 50명 이상 학급(2)	학습참여 및 만족도 (15)	교수의 질(10) 학생평가과 피드백(10)	(없음)
학습성과	평균 졸업률(16) 졸업률 성과(7.5)	졸업예상률(10) 우수졸업생 비율(10)	입학성적과 졸업성적 의 차(15)	학생 수상 실적(10)
학생만족도	신입생 재등록률(4) 동문 기부율(5)	(없음)	종합만족도(5)	(없음)
계	16개 지표(100.0)	9개 지표(100.0)	8개 지표(100.0)	13개 지표(100.0)

주: ( )안은 해당 지표의 가중치 비율임

자료: 해당 평가기관 홈페이지의 자료를 종합·재구성함

　　이러한 나라 밖 대학평가 차림표에서 가장 먼저 눈에 띄는 곳은 '연구' 영역과 '국제화' 영역이다. 먼저 국제화 지표가 아예 텅 비었다는 사실의 의미를 생각해 보자. 이는 중앙일보가 국제화 지표들을 비중 있게 처리한 것과 비교했을 때 엄청나게 다른 점이다. 다른 나라의 대학평가 관행에 따를 때, 국제화 지표에 속하는 '외국인 교수의 수'

나 '외국인 학생의 수'라는 항목은 교육여건 및 재정 영역(교수, 학생 부문의 평가지표)에 포함된다.[14] 그러므로 우리의 '영어로 강의하기'에 빗대어 볼 수 있는 '제2외국어로 강의하기'와 같은 항목은 당연히 없다.

이렇게 나라 밖 대학평가 차림표가 우리네의 그것과 크게 다른 까닭은 우리의 '국제화'가 곧 영어화에 다름 아니기 때문이다. 위 차림표에 들어있는 나라들은 모두 영어를 모국어로 쓰고 있고, 따라서 우리나라에서 통용되는 의미의 '국제화', 달리 말해, '영어화'는 필요가 없다. 아니 그들은 위 차림표에 따라 생각해 볼 때 '자기네 나라의 대학들을 평가하기 위한 영역'에 '국제화 영역'은 전혀 필요치 않다고 여기는 셈이다. 왜 그러한가?

"국제(國際)"라는 말은 그것이 "나라 안(國內)"의 반대말로 쓰이긴 하지만 그 본디 뜻은 '나라와 나라 사이의 관계'이다. 그러므로 만일 누군가 우리의 대학평가 지표에 '국제(國際) 영역'을 넣는다면, 그것은 우리나라 대학들과 다른 나라 대학들을 특정한 관점에서 비교하거나 아니면 우리 대학이 나라와 나라 사이의 교류에 이바지하는 정도를 측정하려 한다는 뜻한다. 그리고 '국제 영역'이 단순히 '영어권 국가들'에만 한정되지 않는 한, "국제화 지표"라는 말은 실제로는 국내 대학들을 세계 대학들과 비교하는 것에 다름 아니게 되거나, 아니면 한 대학이 나라들 사이의 교류에 이바지하는 다양한 점들(문화 교류, 언어 교류, 학문 교류, 역사 교류, 기술 교류 등)을 계산하는 것이 된다.

하지만 우리의 '국제화 평가'는 주로 '영어 능력'만으로 평가되거

---

14 정은하, 8쪽 살핌.

나 '외국인 교수 또는 외국인 학생 수' 등으로 재어질 뿐이다. 이는 '국제의 의미'를 어정쩡하게 설정했기 때문에 빚어진 일이거나 아니면 우리의 '국제화 영역'의 지표들이 처음부터 영어 능력에 대한 평가를 측정하도록 설계되어 있었다는 것을 말해 준다. 또 우리나라 대학들이 외국인 학생들을 많이 받아들였거나 거꾸로 우리 학생들을 나라 밖 대학들에 많이 내보냈을지라도 그것이 대학의 교육과 연구의 질을 높이는 것일 때에만 그에 대한 평가가 대학발전에 대한 평가로 해석될 수 있을 것이다.

다음으로 위에서 나타낸 나라 밖 대학평가 차림표는 미국과 영국의 경우에는 '연구 지표' 자체가 없고, 캐나다의 경우도 그 비율이 낮으며, 그 세부 항목도 주로 연구비와 관련된 것이다. 이는 대학평가가 교수들의 업적 평가로 전락되는 것을 막아주고, 그로써 대학에서 연구의 자유를 보장해 주는 데 큰 도움이 된다. 우리의 경우, 교수들은 자신이 연구하고 싶은 주제에 대해 자유롭게 연구할 수 없고, 외국 학술지에 투고할 수 있는 주제로 연구할 수밖에 없다. 그 까닭은 우리의 대학평가에서 외국 학술지에 실린 논문 비중이 매우 높기 때문이다. 대학 본부는 평가 점수를 높이기 위해 교수 사원들에게 영어논문을 할당한 뒤 그 할당량을 채우지 못하는 교수들을 재임용에서 탈락시킨다. 즉 그들을 해고시킨다.

위에서 보인 '나라 밖 대학평가 차림표'에서 가장 중요시 되는 것은 '교육여건 및 재정 영역'이고, 다음이 '교육 영역'이며, 마지막이 평판도 평가이다. 그 표는 입학성적과 교육환경 그리고 교육과정과 졸업 뒤 얻게 될 결과를 잘 파악할 수 있게 해 준다. 이는 대학평가가 연구보다 '교육'에 초점이 맞춰져 있음을 말한다.[15] 한 대학의 연구 정보는 연구자나 교수에게 중요할 뿐 그 대학에 입학하려 하는 학생이나 학부모에게 크게 중요치 않다. 이는 대학평가의 목적이 대학 수요자에게 필요한 정보를 제공하는 데 있음을 잘 보여준다. 그렇다면 우리나라 언론사들의 대학평가는 어떠한가?

도막4. 조선일보-QS의 대학평가

마디1. 조선일보 대학평가는 비뚤이 평가

조선일보는 2009년 5월 12일 '2009 아시아 대학평가' 결과와 더불어, 그 결과에 바탕을 둔 '국내 대학 순위표'를 처음 발표했다. 이 대학평가는 조선일보사와 영국의 평가기관 QS(Quacquarelli Symonds)가 공동 실시한 것이다. 조선일보가 밝힌 이 평가의 목적은 아시아 대학사회에서 "국내 대학들이 글로벌 경쟁력을 키우는 데 활용할 수 있는 핵심적 준거(準據)를 제공"하는 데 있다. 이 평가를 총괄한 QS 사의 벤 소터(Sowter)에 따를 때, 조선일보 대학평가는 대학의 연구능력에 큰 무게가 실려 있기 때문에 "기존의 국내외 대학 평판이나 학생들의 대학 선호도와 일치하지 않을 수" 있다.[16] 대학 순위표

---

15 정은하, 23~24쪽 살핌.

16 대학평가팀, 「[2009 아시아 대학평가] 11개국 463개대(大) 첫 분석 '연구 능력'에 높은 점수」, 조선일보, 2009.05.12. http://news.chosun.com/site/data/html_

가운데 하나를 소개하면 다음과 같다.

평가영역에 따른 국내 대학 순위-10위까지[17]

학계평가 영역			졸업생 평판도 영역			교원당 논문 수 영역		
국내 순위	국내 대학 이름	아시아 순위	국내 순위	국내 대학 이름	아시아 순위	국내 순위	국내 대학 이름	아시아 순위
1	서울대	5	1	서울대	22	1	포스텍	1
2	KAIST	16	2	서강대	29	2	KAIST	7
3	연세대	24	3	KAIST	33	3	서울대	45
4	고려대	25	4	연세대	47	4	인하대	72
5	포스텍	51	5	고려대	53	5	충남대	74
6	부산대	52	6	포스텍	62	6	경북대	75
7	한양대	58	7	한양대	71	7	세종대	77
8	서강대	66	8	이화여대	74	8	연세대	78
9	이화여대	72	9	경북대	76	9	고려대	79
10	경희대	82	10	인하대	78	10	한양대	86

논문당 인용 수 영역			국제화 영역		
국내 순위	국내 대학 이름	아시아 순위	국내 순위	국내 대학 이름	아시아 순위
1	강릉원주대	6	1	한국외대	11
2	포스텍	10	2	KAIST	12
3	이화여대	11	3	성균관대	14
4	서울대	28	4	이화여대	15
5	연세대	31	5	중앙대	16
6	울산대	34	6	포스텍	18
7	전남대	43	7	경희대	20
8	가톨릭대	48	8	고려대	22
9	KAIST	51	9	한양대	26
10	한림대	55	10	인하대	27

자료: QS(2009년)

---

dir/2009/05/12/2009051200073.html?related_all

17 대학평가팀, 「[2009 아시아 대학평가] 충남대 '교원당 논문수(數)' 연·고대 앞서… 지방국립대 약진」, 조선일보, 2009.05.12. http://news.chosun.com/site/data/html_ dir/2009/05/12/2009051200129.html?related_all. 순위표 제목과 그 표 안에 "영역"이라 는 낱말을 꼬리붙임한 것은 글쓰미에 의한 것임.

조선일보 대학평가는 정량(定量)조사와 정성(定性)조사로 나뉘어 실시되었는데, 정량조사는 각 대학이 입력한 자료를 기초로 분석된 것이고, 정성조사는 전 세계의 학자·기업인 3100여 명을 대상으로 실시한 설문조사 결과를 분석한 것이다. 대학 순위는 그 둘을 합산한 점수로 매겨졌다. 먼저 여기에 쓰인 평가지표와 가중치를 살펴보자.

2009 조선일보-QS의 아시아 대학평가에 쓰인 지표들과 가중치 비율[18]

분야	평가지표	비중
연구능력	학계평가(아시아 대학의 연구에 대해 잘 아는 전 세계 학자 2417명 대상)	30%
연구능력	교원당 논문 수	15%
연구능력	논문당 인용수	15%
교육수준	교원당 학생 수	20%
졸업생 평가	졸업생 평판도(아시아 대학 졸업생을 채용해 본 경험이 있는 전 세계 기업 인사담당자 734명 대상)	10%
국제화	외국인 교원 비율	2.5%
국제화	외국인 학생 비율	2.5%
국제화	자기대학으로 들어온 교환학생 비율	2.5%
국제화	외국대학으로 나간 교환학생 비율	2.5%

위 평가지표에서 가장 눈에 띄는 것은 일반적 대학평가에 반드시 들어가는 '교육여건과 재정 지표'뿐 아니라 '교육 지표'도 빠져 있

---

18 대학평가팀 안석배 기자(팀장), 「[2009 아시아 대학평가] "연구수준이 대학수준"… 연구능력 60%, 교육수준 20% 비중」, 조선일보, 입력 : 2009.05.12. http://news.chosun.com/site/data/html_dir/2009/05/12/2009051200181.html?Dep0=chosunnews&Dep1=related&Dep2=related_all

다는 사실이다. 이 두 지표는 대학이 학생들에게 실질적으로 기여하는 정도를 알려주는 가장 중요한 항목이다. 대신 연구능력이 전체 평가지표의 60%를 차지한다. 이는 대학의 수준을 논문 편수라는 객관적 수치로 환산한 뒤 그 값의 비교를 통해 대학들 순위를 매기는 데 매우 편리한 방법이긴 하지만, 대학의 핵심 기능이 교육이라는 점을 간과한 것이다. 모든 사람이 대학을 선택하는 기준으로 연구능력을 꼽는 것이 아니므로, 이러한 제한된 평가 정보는 소비자의 알권리를 충분히 채워주지 못하는 셈이다.

조선일보-QS의 아시아 대학평가에서 연구능력을 측정하기 위해 사용한 방법은 세 가지였다. 첫째, 학계평가(30%). 이는 아시아 대학의 연구에 대해 잘 아는 전 세계 학자 2417명에 대한 설문을 통해 진행되었다. 학자 선정은 세계과학데이터베이스(World Scientific Database)와 국제도서정보서비스(International Book Information Service)를 통해 했고, 질문 방식은 그들 자신의 학문 분야에서 탁월한 아시아 대학이 어떤 대학인지를 자신이 속한 대학은 빼고 자국 내에서 최대 10곳, 자국 밖에서 최대 30곳까지 추려달라는 것이었다. 둘째, 교원당 논문 수(15%). 이것은 2003~2007년 사이 스코푸스(SCOPUS)에 등재된 논문의 수를 계산한 것이다. 셋째, 논문당 인용수(15%). 이것은 앞서 계산된 논문이 다른 논문에 인용된 수를 계산한 값을 통계적으로 처리한 것이다.[19]

---

19 한용수·신하영·정성민·민현희·김형·이정혁 기자, 「대학평가 재탕기사 게재, '서열화' 우려. 〈조선일보〉'2009 아시아대학평가' 5월에 이어 6월 23일 기사식 광고 붙여 게재」, 한국대학신문, 2009.06.26.

그런데 내가 찾아본 바에 따를 때 우리나라 이름으로 스코푸스 (SCOPUS)에 등재된 학술지는 2012년 기준으로 전체 19,452종 가운데 173종인데, 그 가운데 인문학에 걸린 학술지는 5종뿐이다. 스코푸스 등재 학술지에 실린 논문이 모두 영어논문이라고 본다면, 우리나라 대학들의 연구능력을 평가하기 위해 마련된 지표 가운데 두가지(논문 수, 인용 수)가 '우리말로 쓰인 논문'을 '빵점(0점)-처리'하도록 되어 있는 셈이다. 게다가 나머지 하나(동료 평가)도 '연구 능력 평가'라기보다는 '인지도 평가'에 가깝다고 볼 수 있다.

나머지 다른 평가지표들에 대해서도 필요한 만큼만 살펴보자. '졸업생 평판도(10%)'는 아시아 대학 졸업생을 채용해 본 경험이 있는 전 세계 기업의 인사 담당자 734명에게 '어떤 대학 출신자가 유능한가'를 물어 최대 30개 대학을 추려달라고 설문한 값으로 이뤄졌다. 아마도 글로벌 기업 인사 담당자가 아니고는 30개 대학을 추릴 수조차 없을 것이다. 글로벌 기업에 취업하기 위해 가장 먼저 갖춰야 할 게 영어 능력이라고 할 때, '졸업생 평판도 지표'도 내용적으로는 대학의 영어능력에 대한 평가에 가깝다고 볼 수 있다. 게다가 이 평가는 대학을 그 본질의 측면에서가 아닌 시장의 측면에서 평가한 것으로 대학 정보를 비뚤게 전달할 수 있다.

마지막 지표인 '국제화(10%)'는 '외국인 교원 비율(2.5%)'과 '외국인 학생 비율(2.5%)' 그리고 '교환학생 비율(5%)'로 값을 매겼다. 이러한 지표 구성은 '국제(國際)'가 '나라와 나라 사이의 교류'를 뜻하는 한 어느 정도 타당하지만, 한 대학이 연구 및 교육에서 펼칠 수 있는 국제 교류가 외국인 교원이나 외국인 학생의 수에 따라 결정되는 게 아닌 이상 지표 타당성은 크게 떨어진다고 볼 수 있다. 보기를 들어, 한 대학이 다른 나라 대학들과 문화 교류나 지역 교류 협력 사업을 함께하는 것도 국제화이고, 다른 나라의 학문과 전통을 알리는 번역 사업도 국제화이다. 또 교환학생 비율은 그것이 교육 여건에 포함될 수도 있으므로 지표 범주를 결정할 때 좀 더 세심한 주의가 필요하다.

이미 조선일보 대학평가에 대한 많은 비판들이 쏟아진 바 있다. 가장 중요한 비판은 조선일보 대학평가가 사용한 지표들이 우리 대학들을 평가하는 데 올바른 게 아니라는 점이다. 교육여건과 대학의 재정상태 등의 지표가 빠졌고, '우리말 논문'이 '빵점-처리'됐고, 국제화의 의미가 제대로 반영되지 못했으며, 연구 관련 지표가 차지하는 몫이 지나치게 클 뿐 아니라 과학기술 중심 대학과 연구중심 대학에게 지나치게 유리했다는 사실만으로도 조선일보 대학평가는 '비뚤이 평가'라는 비난을 면하기 어렵다.

아울러 조선일보 대학평가는 '비뚤이 지표'로 잰 결과들로써 우리 대학들의 순위를 매겼다. 이는 '대학 서열화'를 더욱 부추기는 기름 끼얹기가 되었다. 대학평가가 대학 서열화를 조장한다면, 그것은 대학 당국의 정책 결정과 대학 소비자들의 대학 선택에 도움을 주기는커녕 되레 모두의 관심을 순위 경쟁에로 획일화하는 역효과를 낳게 된다. 대학평가는 대학이 자신의 강점을 찾아 저마다의 특성화의 길을 가도록 도와야 한다. 조선일보 대학평가의 '기우뚱 지표'는 결국 연구능력이 뛰어난 대학이 높은 순위를 차지하도록 뒤틀려 있다. 이는 교육 중심 대학들의 설 자리가 더욱 좁아진다는 것을 뜻한다. 그런데 한 나라에 연구중심 대학은 5% 미만일 수밖에 없다는 사정을 감안할 때, 조선일보의 '기우뚱 지표'는 빨리 그 균형을 잡아야 할 것이다.

또 조선일보-QS의 대학평가는 평가결과의 일방적 발표에 그치고 있다. 대학평가는 평가기관과 대학들 그리고 소비자 사이의 이해관계를 조율해 가야 마땅한데, 조선일보 대학평가에서 대학들은 그 평가지표를 바로잡을 수도, 평가의 잘못을 지적하고 고칠 수도, 나아가 그에 대한 책임을 조선일보에게 물을 수도 없다. 조선일보는 QS의 어깨에 올라타 '짝퉁 대학평가'를 하려는 유혹을 버리고, 스스로 평가에 대한 무한 책임을 질 수 있는 제대로 된 대학평가를 해야만 한다. 조선일보는 스스로 도맡아 실시한 대학평가가 아닌데도 대학평가 결과에 대해 마치 대학들을 낮추보거나 특정 총장을 도두보이게 하는 인터뷰 기사들을 쏟아내기도 하는데, 이는 평가자가 갖춰야 할 애정과 겸손을 망각한 처사이기도 하다.

마지막으로 조선일보의 대학 순위 평가는 그 자체로도 문제이지만, 그 순위가 산출되는 방식 자체가 더 큰 문제이다. 그 방식에 따를 때 '우리말로 쓰인 논문'만 빵점이 되는 게 아니라, '우리말로 이루어지는 강의'에 대한 만족도도 빵점이고, 우리의 대학생들이 성취한 모든 결과(입학성적, 졸업성적, 장학금, 국내 회사 취업률 등)도 빵점이며, 우리의 교수들이 우리 대학에서 이룬 모든 게 다 빵점이 된다. 나무도 그 뿌리가 튼튼해야 열매가 잘 맺을 수 있듯 대학도 그 바탕이 잘 다져졌을 때 비로소 세계로 멀리 나아갈 수 있는 것이다. 조선일보는, 비록 시간이 오래 걸릴지라도, 우리 대학들이 그 뿌리와 열매 모두를 튼실하게 하는 데 도움이 되도록 평가지표들을 스스로 바꿔야 한다. 그때 우리 모두는 조선일보 대학평가를 존중할 것이다.

마디2. QS의 대학평가는 영어권 중심의 대학평가

조선일보 대학평가는 영국의 평가기관 QS(Quacquarelli Symonds)의 '아시아 대학평가'를 거의 그대로 활용한 것이다. QS의 대학평가는 조선일보를 통해 많이 알려져 있긴 하지만 아직 그들에 대해 모르는 사람이 많은 듯하다. 이 책의 목적이 '우리말을 병신 말로 만드는 것(사람, 제도)'이 무엇인지를 밝히는 데 있기 때문에 나는 QS 대학평가에 대해서는 간단한 자료 몇 가지를 제시하는 것으로 그치고자 한다. QS 대학평가에 대해 좀 더 자세히 알고자 하는 사람은 그들의 홈페이지(http://www.topuniversities.com/)를 방문해 보는 것도 좋을 것이다.

QS의 대학평가는 크게 네 갈래로 대학들의 순위를 매긴다. 첫째, 평가점수의 총합, 둘째, 학과(faculty) 점수, 셋째, 교과목(subject) 점수, 넷째, 제한된 지역(아시아, 라틴 아메리카, 브릭스)에 속한 대학들의 평가점수. 갈래마다 사용되는 평가지표는, 지역의 경우 조금씩 다르긴 하지만, 큰 차이가 없다. QS가 사용하는 평가지표(指標)는 아래의 차림표와 같다.[20]

---

20 출처: http://www.topuniversities.com/

차지하는 몫	Indicators(지표의 갈래)
40%	ACADEMIC REPUTATION from global survey 학계가 매긴 평판(評判): 전 세계적 설문조사(학자 6만 2천 94명, 2013년 기준)를 거쳐 평가함
10%	EMPLOYER REPUTATION from global survey 기업인이 매긴 평판: 전 세계적 설문조사(기업의 인사 담당자 2만 7천 957명, 2013년 기준)를 거쳐 평가함
20%	FACULTY STUDENT Ratio 교수와 학생의 비율
20%	CITATIONS PER FACULTY from SCOPUS 교수의 논문이 인용된 수: 스코푸스를 활용해 계산함
5%	Proportion of INTERNATIONAL STUDENTS 국제적 학생의 비율
5%	Proportion of INTERNATIONAL FACULTY 국제적 교수의 비율

이 지표에서 가장 두드러진 점은 사람에게 묻고 답하는 설문조사 비율이 50%나 된다는 것이다. 이러한 비율은 너무 높을 뿐 아니라, 그 설문 자체도 공정하지 않을 수 있다. 우리가 여기서 기억해 둘 필요가 있는 사실은 QS가 이러한 지표를 영어로 만들었고, 또 영어로 물었으며, 그 대답 또한 영어로 주어졌다는 사실이다. 이때 우리가 추측해 볼 수 있는 내용은 묻고 답하는 사람 모두가 주로 영어권에 속하거나, 적어도 영어에 능통한 사람들일 것이라는 점이다. 아마도 영국 학자는 자신들의 식민지였던 나라를 그렇지 않은 나라보다 더 친근하게 여길 것이다. 만일 이러한 설문조사 방식이 대학이라는 교육 제도를 역사, 문화, 개인적 이해관계와 같은 '교육 외적 요인들'로써 평가할 위험을 안고 있는 것이라면, 그 비율이 50%나 된다는 것은 대학평가의 지표로는 알맞지 않다고 볼 수 있다.

또 QS 대학평가는 대학의 교육여건을 평가하지 않는데, 그것은 대학의 본질이 '교육과 연구'에 놓인다는 점을 감안할 때 '기우뚱 평가'가 된다. QS가 교육여건에 대한 평가를 빼먹는 이유는 그러한 평가에 대한 대학 측의 객관적 자료들도 구하기도 어려울 뿐더러, 구했을지라도 국가와 정치 그리고 경제와 문화 등의 차이로 말미암아 그 자료들에 대한 공정한 비교의 틀을 만드는 일 또한 거의 불가능하기 때문일 것이다. 하지만 교육과 재정에 대한 평가가 빠진 대학평가는 대학들을 '학생들을 위한 교육 여건 개선'에 소홀하게 만들어 교육비를 높이거나 수업만족도를 낮추거나 학생들마저 대학발전의 수단으로 전락시킬 수단으로 만들 위험이 있다.

마지막으로 꼭 짚고 넘어가야 할 바는 QS의 대학평가가 그들의 평가에 포함시킨 연구논문이 영어논문뿐이라는 사실이다. 내가 스코푸스 검색 창에서 "순자"라는 낱말로 찾아보기를 하면 아래와 같은 '주의(注意)의 글'이 뜬다.

Please only search using characters in the Roman alphabet. SCOPUS only processes text in the Roman alphabet and does not recognize non-Roman characters.

찾기를 하실 때는 오직 로마 문자만 이용해 주십시오. 스코푸스는 로마 문자로 된 문서만 처리합니다. 다른 문자는 읽지 못합니다.

각 대학은 그들이 속한 사회의 공용어나 모국어로 수많은 논문들을 써 왔을 뿐 아니라, 각 대학마다 교육과 연구에 관한 다양한 형태의 수많은 결실들을 이루어왔다. 그렇다면 조선일보가 QS의 세계 그리고 아시아 대학평가를 통해 우리 대학들을 평가하는 것은 우리말로 쓰인 논문들을 자신들의 대학평가에서 깡그리 무시해 버린 '언어 차별', 그것도 '학문어 차별'이고, 언어가 민족의 정체성과 미래를 지켜주는 알갱이인 한 '민족 차별'에 다름 아닌 것이다. QS 대학평가가 영어권 대학들을 평가하기 위해 만들어진 지표인 한, 조선일보가 그들의 평가를 고집하고 따르는 것은 '영어 제국주의'의 길을 걷는 것과 같다.

QS의 세계 대학 순위는 오늘날 미국과 영국으로 대표되는 서양 대학들이 높자리를 싹쓸이하고 있다. 이러한 사실은 2013년에 발표된 QS 세계 대학 순위(50위권)를 나타내는 아래 차림표에 잘 드러나 있다.

QS World University Rankings 2013(세계의 대학 순위)[21]

Rankings(순위) (Overall Score, 종합 점수)	University(대학 이름)	Nations (국가)
1 (100.0)	ⅢiT Massachusetts Institute of Technology (MIT)	🇺🇸
2 (99.2)	Harvard University	🇺🇸
3 (99.0)	University of Cambridge	🇬🇧
4 (98.9)	UCL (University College London)	🇬🇧

21 출처: http://www.topuniversities.com/university-rankings/world-university-rankings/2013#sorting=rank+region=+country=+faculty=+stars=false+search=. 여기서는 50개 대학만 보이기로 한다. 서울대는 35위를 차지하고 있다.

Rankings(순위) (Overall Score, 종합 점수)	University(대학 이름)	Nations (국가)
5 (98.8)	Imperial College London	
6 (98.7)	University of Oxford	
7 (96.8)	Stanford University	
8 (96.5)	Yale University	
9 (96.2)	University of Chicago	
10 (96.1)	California Institute of Technology (Caltech)	
10 (96.1)	Princeton University	
12 (94.3)	ETH Zurich (Swiss Federal Institute of Technology)	
13 (93.8)	University of Pennsylvania	
14 (93.6)	Columbia University	
15 (92.5)	Cornell University	
16 (92.1)	Johns Hopkins University	
17 (91.3)	University of Edinburgh	
17 (91.3)	University of Toronto	
19 (90.9)	Ecole Polytechnique Fédérale de Lausanne	

대학평가와 학문어로서의 우리말 문제

Rankings(순위) (Overall Score, 종합 점수)	University(대학 이름)	Nations (국가)
19 (90.9)	King's College London (KCL)	
21 (90.6)	McGill University	
22 (90.5)	University of Michigan	
23 (90.1)	Duke University	
24 (89.4)	National University of Singapore (NUS)	
25 (89.0)	University of California, Berkeley (UCB)	
26 (88.6)	University of Hong Kong	
27 (88.5)	Australian National University	
28 (87.8)	Ecole normale supérieure, Paris	
29 (87.3)	Northwestern University	
30 (86.6)	University of Bristol	
31 (86.0)	The University of Melbourne	
32 (85.7)	The University of Tokyo	
33 (85.2)	The University of Manchester	
34 (84.4)	The Hong Kong University of Science and Technology	

Rankings(순위) (Overall Score, 종합 점수)	University(대학 이름)	Nations (국가)
35 (84.1)	Kyoto University	
35 (84.1)	Seoul National University	
37 (83.0)	University of Wisconsin-Madison	
38 (82.9)	The University of Sydney	
39 (82.3)	The Chinese University of Hong Kong	
40 (81.9)	University of California, Los Angeles (UCLA)	
41 (81.1)	Ecole Polytechnique	
41 (81.1)	Nanyang Technological University (NTU)	
43 (80.9)	The University of Queensland	
44 (80.8)	New York University (NYU)	
45 (80.5)	University of Copenhagen	
46 (80.0)	Peking University	
47 (79.8)	Brown University	
48 (79.7)	Tsinghua University	
49 (79.4)	University of British Columbia	

Rankings(순위) (Overall Score, 종합 점수)	University(대학 이름)	Nations (국가)
50 (79.3)	Ruprecht-Karls-Universität Heidelberg	

QS의 세계 대학평가는 세계의 대학들을 '있는 그대로 비교'한 평가 결과에 근거해 매기단된 게 아니라, 영어권 대학들의 눈높이와 이해관계에 맞춰 조율된 것이다. 거기서 높자리를 차지한 대학들은 한 국가를 대표하거나, 특정 분야에서 뛰어나거나, 그 규모가 거대하거나, 재정이 튼튼하거나, 의대나 공대 또는 과학기술 쪽의 영어 업적이 탁월하다는 특징을 갖는다. 오늘날 세계적으로 뛰어난 대학들이 이러한 방식으로 선정되는 한, 21세기 대학들은 영어권 평가자들의 입맛에 맞춰 나가야 할 뿐 아니라, 영어 패권주의에서 벗어나지 못하게 될 것이다.

우리의 대학들은 그들의 평가 틀에 어떻게든 맞춰볼 요량으로 국제화와 세계화를 부르짖고 있다. 총장들은 평가의 깃발을 내건 채 대학 개혁의 전권을 움켜쥐었고, 조선일보와 중앙일보는 그러한 총장들의 이름과 삶을 우리 사회에 또렷이 각인시켜 주는 선봉(先鋒)에 서 있다. 이는 우리 사회 전체가 QS 대학평가의 잿빛 그늘 아래 덮이게 된다는 것을 뜻한다. 나와 생각이 다른 사람들은 우리 대학들도 세계 대학들과 나란히 경쟁하는 시대가 왔음을 기뻐하면서 '노벨상'과 '세계 대학 1등'을 목표로 뛰어야 한다고 다그친다. 어쨌든 우리 자신이 우리 대학의 갈 길을 결정하고 있다는 점만은 나도 무척 기쁘게 생각하며, 이참에 우리 사회가 100년의 앞날을 내다보는 결단을 할 수 있기를 바란다.

그런데 우리 대학들이 영어권 중심의 평가지표에서 1등을 할 수 있다손 치더라도, 도대체 그것이 뜻하는 바는 무엇인가? 조선일보가 들려주는, QS 아시아 대학평가에서 1위를 차지한 홍콩대(大) 랍치 추이 총장의 충고에 따르자면, 우리 대학들이 이러한 평가에서 1등을 한다는 것은 "10년 후, 20년 후"에는 우리 대학에서 오직 영어로만 배우고, 영어로만 가르치게 된다는 것을 뜻한다.[22] 이러한 조언에 가슴이 뜨거워지는 사람들은 우리 대학의 갈 길이 아직도 너무 멀게만 느껴질 것이다. 아래의 차림표는 QS가 밝힌 2013년 세계 대학 순위 가운데 우리 대학들만 따로 뽑아내어 그 순위를 내리매긴 것이다.

세계 대학 가운데 한국대학 순위 2013년

세계 순위	한국 내 순위	우리의 대학 이름	국적
35 (84.1)	1	Seoul National University(서울 국립대)	🇰🇷
60 (75.8)	2	KAIST- Korea Advanced Institute of Science &Technology(한국과학기술원)	🇰🇷
107 (67.5)	3	Pohang University of Science And Technology (POSTECH)(포스텍)	🇰🇷
114 (65.1)	4	Yonsei University(연세대)	🇰🇷
145 (60.5)	5	Korea University(고려대)	🇰🇷

---

22 홍콩=이항수 특파원, 「[2009 아시아 대학평가] "한국 대학 당장 영어로 강의하라"」, 조선닷컴, 2009.05.12. http://news.chosun.com/site/data/html_dir/2009/05/12/2009051200160.html?related_all

세계 순위	한국 내 순위	우리의 대학 이름	국적
162 (57.4)	6	Sungkyunkwan University(성균관대)	
249 (45.3)	7	Hanyang University(한양대)	
255 (44.5)	8	Kyung Hee University(경희대)	
362 (35.6)	9	Ewha Womans University(이화여대)	
401-410	10	Sogang University(서강대)	
451-460	11	Pusan National University(부산 국립대)	
501-550	12	Chung-Ang University(중앙대)	
501-550	13	The Catholic University of Korea(가톨릭대)	
551-600	14	Chonbuk National University(전북 국립대)	
551-600	15	Inha University(인하대)	

이 차림표에서 우리 대학들이 차지한 세계 순위를 보면 나도 가슴이 아프다. 조선일보도 우리 대학의 순위를 세계대학의 순위에서 뽑아낼 수는 없었을 것이다. 그 격차가 우리 국민들을 깊은 실망에 빠트릴 것이기 때문이다. 하지만 우리는 잘못된 대학평가 지표들이 우리의 대학과 학문어로서의 우리말을 병들게 할 수 있다는 점을 가슴 깊이 새겨야 한다. 대학은 역사와 공동체의 산물이다. 평가지표는 우리의 과거를 되돌아보고, 우리의 현재를 마주하며, 우리의

미래를 내다볼 수 있는 거울과 같다. 우리는 우리의 자존심을 보존하고, 우리의 역사와 공동체 모두에게 보탬이 되는 평가지표를 마련하는 게 보다 슬기로운 것이다.

마디3. QS의 아시아 대학 순위는

QS 아시아 대학 순위 평가결과는 2009년 처음 발표되었다. 이 평가에는 우리 대학 106개와 아시아 11개국 463개 대학이 포함되었다. QS는 아시아 지역을 "빠르게 움직이는 영역(fast-moving region)"이라 부르면서 아시아 대학평가에 적용된 지표를 세계 대학의 그것과 조금 다르게 바꿨다. 바뀐 부분은 '교수가 쓴 논문 수'가 포함된 것과 '국제 교류 내용을 잘게 나눈 것' 정도이다. QS는 지표를 조금 고친 까닭으로 자신들의 평가가 지역의 특징을 반영하고자 했기 때문이라고 밝혔다. 내가 보기에 아시아 대학평가 지표와 세계 대학평가 지표 사이에 크게 다를 바는 없다. 그 지표를 보이면 아래의 차림표과 같다.

QS의 아시아 대학평가 지표[23]

차지하는 몫	지표의 갈래(Indicators)
30%	**ACADEMIC REPUTATION** from global survey 학계가 매긴 평판(評判): 전 세계적 설문조사를 거쳐 평가함

---

23 출처: http://www.iu.qs.com/university-rankings/qs-ur-asia/

차지하는 몫	지표의 갈래(Indicators)
10%	**EMPLOYER REPUTATION** from global survey 기업인이 매긴 평판: 전 세계적 설문조사를 거쳐 평가함
20%	**FACULTY STUDENT Ratio** 교수와 학생의 비율
15%	**CITATIONS PER PAPER** from SciVerse SCOPUS 교수의 논문이 인용된 수: 사이버스 스코푸스를 활용해 계산함
15%	**PAPERS PER FACULTY** from SciVerse SCOPUS 교수가 쓴 논문 수: 사이버스 스코푸스를 활용해 계산함
2.5%	Proportion of INTERNATIONAL FACULTY 국제적 교수의 비율
2.5%	Proportion of INTERNATIONAL STUDENTS 국제적 학생의 비율
2.5%	Proportion of INBOUND EXCHANGE STUDENTS 들어온 교환 학생 비율
2.5%	Proportion of OUTBOUND EXCHANGE STUDENTS 나간 교환 학생 비율

QS가 연구 영역의 평가지표로 "교수가 쓴 논문 수: 사이버스 스코
푸스를 활용해 계산함(PAPERS PER FACULTY from SciVerse SCOPUS)"이
라는 칸을 덧붙인 까닭은 아시아 지역의 연구자들이 쓴 연구논문이
인용되는 수가 전 세계적으로 많지 않았기 때문인 듯 보인다. 만일 교
수의 논문 수가 '양적 평가'로 여겨질 수 있고, '인용되는 수'가 '질적
평가'로 간주될 수 있다면, QS의 아시아 대학평가는 '양적 지표'의 비
중을 높였다고 볼 수 있다. 거꾸로 "학계가 매긴 평판(評判): 전 세계적
설문조사를 거쳐 평가함(ACADEMIC REPUTATION from global survey)"
의 지표 가중치가 10%로 줄어든 까닭은 지역의 이해관계가 평판도

에 끼치는 영향력을 줄이기 위함인 듯 보인다.

QS는 아시아 지역의 대학 교수들이 쓴 논문 수와 논문이 인용된 수를 평가하는 데 '싸이-버스(Sciverse)'만을 이용한다. 이것은 스코푸스(SCOPUS)와 사이언스디렉트(ScienceDirect) 그리고 '싸이-타픽스(SciTopics)' 등을 한데 묶어 자료 찾기를 한꺼번에 할 수 있게 해 주는 데이터베이스이다. 이곳에서 찾을 수 있는 자료들이 지역별로 북미지역 32%, 서유럽지역 47%이고, 우리나라는 0.8%에서 만들어지고, 주제별로는 자연과학, 생명과학, 보건학, 사회과학, 공학 등의 영역에서 생산된다는 사실은 '싸이-버스'가 서양권과 과학계에 유리한 인용 검색 도구임을 알 수 있다.

과학계는 과학적 업적에 대한 객관적 평가가 중요했기 때문에 국제 학술지의 필요성이 높았다. 미국의 경우 1960년에 이미 과학정보연구소(Institute for Scientific Information)와 같은 상업적 민간 업체가 생겨나 과학계가 필요로 하는 자료 쌓기와 자표 찾기 그리고 인용 색인 작업 등을 처리해 주었다. 우리나라는 1990년대 과학 논문의 수가 세계에서 가장 빠르게 늘어났고, 그만큼 과학적 업적에 대한 평가의 필요성 또한 급증했다. 하지만 우리나라는 이러한 검증 시스템을 스스로 만들려 하기보다 서양의 평가 시스템에 빌붙는 길을 택했다. 이러한 선택 자체가 우리의 연구자들을 연구 문제뿐 아니라 언어문제와 평가의 종속성 문제 등에 시달리게 만들었다.

물론 학계에도 크기(규모, 사이즈)의 문제가 있다. 우리 학계는 전 세계적 영향력을 발휘하기에는 그 크기가 너무 작다고 볼 수 있다. 하지만 정말 크기가 중요한 것은 아니다. 미국을 기준으로 한다면,

우리나라는 작다고 할 수 있지만, 스위스, 영국, 일본, 독일 등에 빗대었을 때, 작다고 할 수만은 없다. 대학은 역사를 갖는다. 우리는 우리의 대학에 맞는 평가제도와 발전의 청사진을 그릴 필요가 있다. 추종은 종속을 낳고, 종속은 결국 우리의 자유와 행복을 앗아간다.

어쨌든 우리의 대학들은 QS의 대학평가를 받게 되었다. 그것이 조선일보를 통해서이든 아니든, 그러한 문제는 중요치 않다. 관건은 우리 대학들의 태도, 즉 그 평가 결과를 어떻게 해석할 것인지에 달렸다. 우리가 그 성적표인 순위에만 눈독을 들인다면, 평가는 독이 될 테지만, 그것을 스스로를 비춰볼 거울로 삼는다면, 평가는 약이 될 것이다. 만일 우리의 대학들이 현재 건강하든 병이 들었든, 독은 끝내 우리 대학들을 모두 죽이고 말 것이고, 특정 대학들이 이러한 지표 아래에서 성공하려면 그들은 우리말을 그 희생제물로 바쳐야 할 것이다.

나는 아래에 두 개의 차림표를 마련했다. 먼저 것은 QS가 2013년 발표한 아시아 대학들의 순위표로서 대학과 나라 그리고 합산 점수가 실려 있고, 나중 것은 그 전체 순위표에서 합산 점수가 공개된 우리 대학들만 따로 추려 순위로 나타낸 것이다.

QS University Rankings: Asia 2013(2013년 QS의 아시아 대학 순위표)[24]

QS Rank (순위)	SCHOOL NAME(대학 이름)	COUNTRY (나라)	OVERALL (합산점수)
1	The Hong Kong University of Science and Technology	Hong Kong	100.00
2	National University of Singapore (NUS)	Singapore	99.60

---

24 출처: http://www.topuniversities.com/asian-rankings

QS Rank (순위)	SCHOOL NAME(대학 이름)	COUNTRY (나라)	OVERALL (합산점수)
-	University of Hong Kong	Hong Kong	99.60
4	**Seoul National University**	South Korea	99.20
5	Peking University	China	98.50
6	**KAIST - Korea Advanced Institute of Science &Technology**	South Korea	98.10
7	**Pohang University of Science And Technology (POSTECH)**	South Korea	96.30
-	The Chinese University of Hong Kong	Hong Kong	96.30
9	The University of Tokyo	Japan	95.90
10	Kyoto University	Japan	95.10
-	Nanyang Technological University (NTU)	Singapore	95.10
12	City University of Hong Kong	Hong Kong	94.70
13	Tokyo Institute of Technology	Japan	94.10
14	Tsinghua University	China	94.00
15	Osaka University	Japan	93.80
16	**Yonsei University**	South Korea	92.90
17	Tohoku University	Japan	92.80
18	Nagoya University	Japan	91.20
19	**Korea University**	South Korea	89.10
20	Kyushu University	Japan	87.40
21	**Sungkyunkwan University**	South Korea	87.30
22	National Taiwan University (NTU)	Taiwan	86.40
23	Fudan University	China	85.90
24	Hokkaido University	Japan	85.70
25	The Hong Kong Polytechnic University	Hong Kong	83.60
26	University of Science and Technology of China	China	83.50
27	Shanghai Jiao Tong University	China	81.30
28	Zhejiang University	China	80.80
29	Nanjing University	China	79.60

QS Rank (순위)	SCHOOL NAME(대학 이름)	COUNTRY (나라)	OVERALL (합산점수)
30	National Chiao Tung University	Taiwan	78.90
31	National Tsing Hua University	Taiwan	78.50
32	Keio University	Japan	78.20
33	Universiti Malaya (UM)	Malaysia	76.90
34	University of Tsukuba	Japan	76.80
35	**Kyung Hee University**	South Korea	76.20
36	**Hanyang University**	South Korea	74.30
37	National Cheng Kung University	Taiwan	73.80
38	Indian Institute of Technology Delhi (IITD)	India	73.60
39	Indian Institute of Technology Bombay (IITB)	India	72.40
40	**Ewha Womans University**	South Korea	72.20
41	Kobe University	Japan	70.70
42	Mahidol University	Thailand	70.60
43	Hong Kong Baptist University	Hong Kong	70.40
44	Waseda University	Japan	70.10
45	National Yang Ming University	Taiwan	68.70
46	Beijing Normal University	China	68.20
47	Hiroshima University	Japan	67.50
48	Chulalongkorn University	Thailand	67.00
49	Indian Institute of Technology Madras (IITM)	India	66.80
50	Taipei Medical University	Taiwan	66.40

2013년 QS의 아시아 대학 순위표에서 추려낸 한국대학 순위표

한국 내 대학순위	대학 이름	합산 점수
1	Seoul National University(서울 국립대	99.20
2	KAIST- Korea Advanced Institute of Science &Technology(한국 과학기술원)	98.10
3	Pohang University of Science And Technology (POSTECH)(포스 텍)	96.30

한국 내 대학순위	대학 이름	합산 점수
4	Yonsei University(연세대)	92.90
5	Korea University(고려대)	89.10
6	Sungkyunkwan University(성균관대)	87.30
7	Kyung Hee University(경희대)	76.20
8	Hanyang University(한양대)	74.30
9	Sogang University(서강대)	65.60
10	Pusan National University(부산 국립대)	59.30
11	Chung-Ang University(중앙대)	55.70
12	Hankuk (Korea) University of Foreign Studies (한국외대)	55.00
13	Kyungpook National University(경북 국립대)	53.60
14	University of Seoul(서울시립대학교)	53.00
15	Inha University(인하대)	52.90
16	Chonbuk National University(전북 국립대)	49.50
17	The Catholic University of Korea(가톨릭대)	49.20
18	Ajou University(아주대)	47.60
19	Dongguk University(동국대)	47.30
20	Chonnam National University(전남 국립대)	47.00
21	University of Ulsan(울산대)	46.70
22	Chungnam National University(충남 국립대)	43.90
23	Konkuk University(건국대)	41.90
24	Gyeongsang National University(경상 국립대)	40.50
25	Yeungnam University(영남대)	39.90

중앙일보 대학평가

중앙일보는 1994년 대학평가를 처음 벌였다. 현재 중앙일보 대학평가(앞으로 "중평"으로 줄임)는 우리나라의 학생, 학부모, 대학, 기업, 정부 등 거의 모든 종류의 사람들이 관심을 기울인다고 해도 지나친 말이 아닐 것이다. 중평은 정부가 대학평가를 통해 대학의 구조조정과 재정지원을 조절해 온 것과는 달리 대학의 순위를 공표하는 방식을 통해 대학의 개혁을 이끌어왔다. 우리 사회는 어느새 중앙일보가 발표하는 대학순위를 기정사실(既定事實)로 여기는 모습까지 보이고 있고, 기업은 대학 졸업생을 뽑을 때 중평을 눈여겨보기 시작했다. 이는 중평이 '사회적 권력'을 획득했다는 것을 뜻한다.

나는 중앙일보의 대학평가가 갖는 역사적 의미를 충분히 존중한다. 그럼에도 중평은 화석연료가 현대 문명의 에너지이면서 동시에 문명에 대한 위협인 것과 비슷한 방식으로 많은 문제점을 안고 있다. 내가 중평에서 문제를 삼고자 하는 바는 그것이 우리말을 병들게 한다는 것이다. 그 문제의 근원은 우리가 QS의 대학평가에 대한 분석에서 이미 보았던 바처럼 중평의 지표들에서 비롯된다. 이 평가의 갈래들은 대학평가의 과정과 결과를 일구어내는 돌쩌귀이자 꼬리키(방향타)이다. 나는 이 책에서 중평에 대한 나의 모든 비판을 그 평가지표에 맞출 것이다.

나는 2010년과 2013년에 실시된 중평의 평가 지표들 가운데 '교수 및 연구 영역'과 '국제화 영역'을 중심으로 그것들의 옳고 그름을 따질 것이고, 그 바탕 위에서 그 지표들이 결국 '학문어로서의 우리말'을 병들게 했다는 것을 밝힐 것이다. 나의 따짐과 밝힘은 주로 '슬기 맑힘', 즉 철학(哲學)의 눈길로써 이끌어질 것이다. 달리 말해, 내가 묻고자 하는 바는 중평의 평가 갈래들이 참으로 우리의 학문(대학들)과 우리 사회에 바람직한가 하는 점이 될 것이다. 나는 중평이 그동안 대학 사회의 비판들에 끊임없이 귀를 기울여 왔다는 사실과 그러한 비판들을 겸손히 지표에 반영해 왔다는 사실을 높이 산다. 여기에 중평의 깊이가 더해지길 바란다.

도막1. 2010년 중앙일보 대학평가의 전체 지표를 차림표로 나타냄

아래의 차림표는 중평(중앙일보 대학평가)의 전체 지표(평가 갈래)를 2008~2009년 그리고 2010년으로 나누어 보이고 있다. 이 표는 앞으로 우리가 따져들 '교수 및 연구' 및 '국제화'라는 평가 갈래가 전체 평가갈래(지표) 가운데 어디쯤 놓여 있는지를 알려줄 목적으로 뽑아온 것이다.

2010 중앙일보 대학종합평가의 평가 갈래(지표)와 차지하는 몫[1]

나누기		발표한 해 2008~2009	발표한 해 2010
평가의 갈래	평가갈래 의 줄기	평가의 가지들과 그것들이 차지하는 몫	평가의 가지들과 그것들이 차지하는 몫

---

1 정은하, 「중앙일보 대학평가 평가지표와 대학순위의 관련성 분석」, 중앙대학교 대학원, 석사논문, 2012, 26쪽. 차림표 틀과 차림표 제목 그리고 평가갈래(지표)의 이름들은 글쓰미가 조금씩 고쳤다.

나누기		발표한 해 2008~2009	발표한 해 2010
교육 여건 및 재정		100(25%)	95(27%)
	교수	교수마다의 학생 수(15)	교수마다의 학생 수(10)
		교수 확보율(10)	교수 확보율(10)
	학생	학생 충원율(5)	학생 충원율(5)
		중도 포기율(5)	중도 포기율(5)
	재정 및 시설	학생마다의 교육비(15)	학생마다의 교육비(15)
		교육비 환원율(10)	교육비 환원율(10)
		장학금 환원율(5)	등록금 대비 장학금 지급률(15)
		학생마다의 장학금(10)	
		세입 가운데 납임금 비중(10)	세입 가운데 납임금 비중(10)
		세입 대비 기부금(5)	세입 대비 기부금(5)
		기숙사 수용률(5)	기숙사 수용률(5)
		학생마다의도서구입비(5)	학생마다의 도서자료구입비(5)
교수 및 연구		120(30%)	115(33%)
	연구 보조금	교수마다의 외부연구비(15)	교수마다의 외부연구비(15)
		교수마다의 자체연구비(10)	교수마다의 자체연구비(10)
	연구실적	국내 학술지 논문 수(인문사회 분야)(15)	국내 학술지 논문 수(인문사회 분야)(15)
		SSCI/A&HCI 논문 수(인문사회체육 분야) (20)	SSCI/A&HCI 논문 수(인문사회체육 분야) (20)
		SCI 논문 수(과학기술 분야)(20)	SCI 논문 수(과학기술 분야)(20)
		SCI/SSCI/A&HCI에 인용된 수(최근 5년)(10)	SCI/SSCI/A&HCI에 인용된 수(최근 5년)(10)
		SCI/SSCI/A&HCI 10회 이상 논문 수(최근 5 년)(5)	
		SCI 임팩트팩터(과학기술 분야)(5)	SCI 임팩트팩터(과학기술 분야)(5)
		지적재산권 등록현황(10)	지적재산권 등록현황(10)
		기술이전 수입액(10)	기술이전 수입액(10)

나누기		발표한 해 2008~2009	발표한 해 2010
국제화		70(17%)	70(20%)
	교수	외국인교수 비율(20)	외국인교수 비율(20)
	학생	외국인학생 비율(15)	외국인학생 비율(15)
		교환학생 비율(10)	교환학생 비율(10)
		외국인교환학생 비율(5)	외국인교환학생 비율(5)
	수업	영어강좌 비율(20)	영어강좌 비율(20)
평판 및 사회 진출		110(28%)	70(20%)
	취업	취업률(10)	취업률(10)
	졸업생 성과	고시합격자 수(5)	(없음)
		공인회계사·변리사시험 합격자 수(5)	
		상장업체 임원 수(5)	
	학교평판	신입사원 채용 선호도(10)	신입사원 채용 선호도(10)
		학교 발전 가능성(15)	학교 발전 가능성(10)
		학교 입학 선호도(15)	학교 입학 선호도(10)
		학교 기부 선호도(15)	학교 기부 선호도(10)
			학교 사회 기여도(10)
	졸업생 평판	졸업생 직무수행능력(10)	졸업생 직무수행능력(10)
		졸업생 리더십, 조직 융화(10)	
		졸업생 자기계발(10)	
합계		400점(100%)	350점(100%)
평가 가지 수		38개	32개

　　2010년 중평에서 카이스트(KAIST)는 3년 연속 종합순위 1위를 차지했고, 포스텍(POSTECH, 옛 포항공대)은 2위, 서울(국립)대는 3위, 연세대와 고려대는 4, 5위에 자리를 잡았다. 이러한 2010년 중앙일보 대학평가의 종합순위는 '평판 및 사회진출'의 점수 결과와 거의

같다. 이것은 종합 순위를 결정하는 데 결정적 요소가 그 차지하는 몫이 115점으로 가장 컸던 '교수 및 연구' 갈래가 아닌 평판도 점수였다는 것을 뜻하고, 이는 대학평가가 자칫 '평판도 평가'로 둔갑되어 대학들을 '높낮이 줄 세우기(서열화)'에 목매달게 할 수도 있음을 뜻한다.

그동안 중평에서 '교수 및 연구' 갈래가 차지했던 몫(퍼센트)은 늘어왔던 반면 '평판 및 사회진출' 갈래의 몫(퍼센트)은 줄어왔다. 이는 우리 사회에서 사회평판도에 근거한 평가란 일종의 굳어진 선입견의 반영이기 십상이고, 겉보기 느낌이나 단편적 이미지에 크게 좌우될 수 있다는 점에서 당연한 것인지도 모르겠다. 자신의 자녀에게 추천해 주고 싶은 대학이 어떤 대학인지를 묻거나, 대답해야 할 사람에게 그가 기부하고 싶은 대학이 어떤 대학인지를 묻는 방식의 평가는 대학의 본질에서 크게 벗어난 것일 뿐 아니라 광고나 학연 또는 지연 등 우연적 요소들이 개입될 여지가 너무 많다. 이렇듯 평판도라는 평가 가지(지표)는, 그것이 비록 서양의 대학평가에서 큰 몫을 차지하고 있을지라도, 우리 사회의 실상에 비춰 봤을 때, 대학평가를 위한 올바른 변별력을 갖지 못한다고 볼 수 있다.

중평은 우리의 대학과 모여살이(사회)의 거친 반발을 모른 체하거나 뿌리치기보다는 그 비판들을 받아들이는 방식을 보여 왔다. 이러한 태도가 우리 학계와 대학의 태도를 바꿔 놓았다고 본다. 그리고 이러한 협업의 태도야 말로 학문이 공동체의 과제임을 새삼 깨닫게 해 준다. 학문의 발전은 학자만의 발전이어서는 안 된다. 대통령의 성공이 곧 나라의 흥기(興起)로 이어지듯 한 학자의 성공은 그 나라 학문, 나아가 세계 학문의 버팀목이어야 한다. 중평이 학문의 호령(號令)이 아닌 학문 세계의 좋은 이웃으로 남는 한, 학문의 아침은 날마다 밝아질 것이다.

도막2. 교수 및 연구 지표들의 우리말 병신 만들기

중평에서 '우리말 병신 만들기'의 주요 요소 가운데 하나를 꼽으라면 나는 서슴없이 '교수 및 연구'라는 평가 갈래(지표)를 들 것이다. 그 갈래에 속한 '평가의 가지들' 가운데 아래의 차림표에 따로 모아 놓은 것들이 우리가 검토해 보아야 할 것들이다. 나는 2010년과 2013년의 평가 갈래만을 놓고 따질 것이다. 먼저 그 두 해의 지표를 나란히 내리 벌여 놓기로 한다.

2010년 중앙일보 교수평가: 평가 갈래- 교수 및 연구[2]

평가의 가지들	몫	몫을 산출하는 방법	자료 출처
국내 학술지 논문 수 (인문사회 분야)	15	대상: 학술진흥재단에 등재된 학술지에 실린 논문 산출 방법: 논문총수/2009년 인문사회교수 수	학진 자료

---

2 중앙일보 대학평가, 「2010 중앙일보대학평가 지표설명 및 계산법」(엑셀 파일), 퍼온 곳: http://univ.joongang.co.kr/university/. 차림표 짜임새는 글쓴이가 이 책에 맞춰 새롭게 바꾸었다.

평가의 가지들	몫	몫을 산출하는 방법	자료 출처
국제 학술지(SSCI, A&HCI) 논문 수 (인문사회체육 분야)	20	대상: SSCI, A&HCI에 실린 논문 산출 방법: 논문총수/2009년 인문사회체육교수 수	NCR CD롬
SCI 논문 수 (과학기술 분야)	20	대상: SCI에 실린 논문 산출 방법: 게재논문총수/2009년 과학기술교수 수	NCR CD롬
SCI 논문의 임팩트 팩터 (과학기술 분야)	5	대상: SCI 주저자 산출 방법: 임팩트팩터합계/2009년 과학기술교수 수	NCR CD롬
SCI, SSCI, A&HCI에 인용된 수(최근 5년)	10	대상: 최근 5년 동안 SCI, SSCI, A&HCI에 인용된 논문의 수 산출 방법: 인용된 수/(2009년 과학기술교수 수+인문사회체육교수 수)	NCR CD롬

2013년 중앙일보 교수평가: 평가 갈래- 교수 및 연구[3]

평가의 가지들	몫	자료 출처
국내 학술지 논문 수 (인문사회체육 분야)	15	연구재단의 집계 자료/중앙일보 입력
국제 학술지 논문 수 (인문사회, 자연, 공학, 의학 분야)	30	연구재단의 집계 자료/중앙일보 입력
국제 학술지에 논문이 인용된 수 (인문사회, 자연, 공학, 의학 분야)	10	연구재단의 집계 자료/중앙일보 입력

위 두 차림표에서 어떤 다른 점이 보이는가? 가장 먼저, 위 두 표는 그 알속(내용)이 비슷하지만, 2010년 표는 좀 어렵고 복잡해 보이는 데 비해 2013년 표는 눈에 시원해 보인다. 아래쪽 표는 우리가 논

---

3 중앙일보 대학평가, 「2013 중앙일보대학평가 지표설명 및 계산법」(엑셀 파일), 퍼온 곳: http://univ.joongang.co.kr/university/. 차림표 짜임새는 글쓰미가 이 책에 맞춰 새롭게 바꾸었다.

문 갈래(종류)를 '국내 학술지'와 '국제 학술지'로 쉽게 나눠 볼 수 있도록 딱 둘로 갈라놓았다. 이와 달리, 위쪽 표는 '국제 학술지'의 가지가 매우 많거나 복잡해 보이고, 그 때문에 '국내 학술지'가 마치 한 가지(種)에 그치는 듯한 착시를 불러일으킨다.

다음으로, 위 두 표는 평가의 가지들이 차지하는 몫이 모듬몫(合計)과 조각몫(小計)에서 크게 다르다. 2013년 차림표는 모듬몫이 줄었는데, 이는 복잡했던 '국제 학술지 평가'를 단출하게 줄였기 때문이다. 몫의 크기는 '국제 학술지 논문 수'가 30으로 가장 많다. 이는 2010년 같은 평가 항목의 합계 45점에서 크게 줄어든 점수처럼 보이지만, '국제 학술지 평가'의 조각몫은 실제로는 5점이 늘었다. 이러한 착각은 2010년 차림표에서는 '국제 학술지'들이 그 종류에 따라 따로 나뉘어 20점씩 몫이 매겨진 반면 2013년에는 종류를 가리지 않고 모든 국제 학술지를 한데 묶어 똑같이 30점의 몫이 주어지고, 대신 특혜에 가까웠던 '임팩트 팩터'의 몫은 빠졌기 때문이다.

마디1. 국제·국내 학술지 차별의 옳지 않음

가리1. 학술지 차별의 근거는 학술지 역사성에 대한 인식 부족 때문

만일 내가 우리말로 한국연구재단에 올라있는 한 학술지에 논문 한 매끼(篇)를 실었다면, 그것은 중평의 '평가 가지'에 따를 때 '국내 학술지 논문 수'에 들어가고, 만일 내가 같은 논문을 영어로 번역해 A&HCI에 올라있는 학술지에 실었다면, 그것은 '국제 학술지 논문 수'에 더해진다. 이때 내 논문의 값은, 그것이 비록 같은 내용을 담고 있을지라도, 그것이 실린 학술지에 따라 크게 달라진다. 이것은 같은 상품의 가격이 그것이 팔리는 자리에 따라, 말하자면, 백화점과 마트에서 달라지는 것에 빗댈 수 있다. 중평은 '국제 학술지'에서 팔리는 논문을 국내용보다 더 높게 친다.

중평은 국제 학술지에 실린 논문의 값을 국내 학술지에 실린 것의 두 곱을 치는데, 만일 다른 학자가 그것을 따간(인용한)다면, 그 값은 인용된 수만큼 더 올라가고, 거기에 그 따옴(인용된) 수가 10회가 넘으면 그 논문은 5점의 덤까지 받는다. 중평은 그것도 모자라 국제 학술지 논문 값을 더 올려 줄 꼬투리를 찾아내 덤에 덤까지 꼽사리 끼우듯 올려 주었다. 즉 평가 갈래에는 지적재산권이니 기술이전수입액이니 하는 칸들이 추가되었고, 국제 학술지 논문들의 몫은 그 칸들만큼 더 늘어났다. 대학들은 여기에 한술 더 떠 영어논문에 1억이니 5억이니 하는 장려금을 덧입혀 주기까지 했다.

중평은 국제 학술지에 높은 값을 매긴 까닭을 증명하기라도 하듯 '분야별 논문의 경쟁력 조사 방법론'을 써 논문 경쟁력을 계산해 냈다.[4] 이 조사에는 미국 회사 과학정보연구소(ISI, Institute of Scientific Information)[5]에 의해 만들어진 핵심과학지표(ESI, Essential Science

---

4 중앙일보 대학평가, 「2010 최근5년 간 주제별 연구 경쟁력 조사」. 출처: http://univ. joongang.co.kr/customer/pds_list.asp(자료실)

5 과학정보연구소(ISI)는 1960년 만들어져 1974년부터 인용 색인 데이터베이스(DB)의 '온라인 서비스(Online Service, 선으로 날라다 주기)'를 시작했고, 현재는 Life Science(LS), Agriculture, Biology & Environment Science(ABES), Physical, Chemical & Earth Science(PCES), Clinical Medicine(CM), Engineering, Computing & Technology(ECT), Social & Behavioral Science(SBS), Arts & Humanities(AH) 등 7개 분야의 각종 정보를 제공하고 있다.

Indicator)라는 데이터베이스(DB)가 쓰였는데, 여기에는 전 세계 학술지 1만 824종에 실린 과학 논문(Scientific articles), 논문 서평(review articles), 발표문(proceedings papers), 연구보고서(research note) 등의 정보가 담겨 있다.[6]

중평은 요즘 우리 학계에도 널리 알려진 과학인용색인(SCI, Science Citation Index)과 같은 곳에 이름을 올린 학술지만을 '경쟁력 있는 학술지'로 꼽았다. SCI는 과학정보연구소(ISI) 사가 1963년부터 축적해 온 과학기술 관련 학술지 목록과 거기에 실린 논문의 인용 내용을 담아 놓은 색인(索引)이다. 이 색인은 처음에는 책으로 나왔지만 1974년부터는 "싸이서치(SciSearch, 과학-찾기)"라는 이름으로 온라인 서비스가 시작됐으며, 현재는 '씨디-롬(CD-ROM)' 형태와 웹(Web of Science, 과학의 거미줄)으로도 발행된다. SCI(과학인용색인)에 이름을 올릴 수 있는 학술지는 ISI의 내부 전문가와 외부 전문가로 구성된 평가단의 심사를 통해 선정된다.[7]

중평의 2013년 평가지표에서는 사라진 '임팩트 팩터(Impact Factor:

---

6 우리나라의 국·내외 학술지찾기와 논문찾기는 한국교육학술정보원이 제공하는 학술연구정보서비스(RISS)가 대표적이다. 리스(RISS)에 담긴 데이터베이스(DB) 현황은 학위논문 115만 4천 편, 학술지 16만 8천 종, 국내학술지논문 348만6천 편, 공개강의 23만 2천 개, 해외학술지논문 4천 189만 3천 편, 기타자료 142만 6천 편, 단행본 828만 7천 권으로 나타나 있다. 살핌: http://www.riss.kr/index.do

7 한 학술지가 SCI에 이름을 올릴 때 받아야 하는 '학술지 평가 기준'은 다음과 같다. 1. 학술지는 정기적 발행되는가? 2. 학술지는 국제적 편집규정(학술지 이름, 논문 이름, 초록, 저자의 주소)을 지키는가? 3. 학술지의 제목과 초록, 주제어, 그리고 참고문헌 등이 영문으로 쓰였는가? 4. 학술지는 논문심사의 일반적 항목(적합성, 연구방법, 독창성, 참고문헌)을 심사과정에 포함하는가? 그밖에 학술지 평가에서 고려되는 사항으로는 학술지 발행에 참여하는 심사위원들과 저자들의 연구실적과 지역적 대표성, 그리고 학술지의 우수성(연구 분야 대표성, 연구의 과학성, 독창성, 중요성, 학문적 기여) 등이 된다.

IF)'는 영향력 계수(係數)로서 특정 기간 동안 한 학술지에 수록된 하나의 논문이 다른 논문에 인용된 '평균 값(횟수)'을 말한다. 임팩트 팩트는 우리가 먹는 음식이 갖는 영양가(營養價) 또는 칼로리 값(수치)에 빗댈 수 있다. 중평은 최근 10년 동안 이 핵심과학지표(ESI)에 올라온 논문들 가운데 다른 논문에 인용된 횟수가 상위 1%에 해당하는 논문들을 골라내어 '왕관꼴 지표(Crown Indicator)'로 논문 경쟁력을 산출했다.

내 생각에 중평이 '국제 학술지'는 치켜김하고 '국내 학술지'는 내리매김한 까닭은 학술지 인증 절차와 우리 대학의 국제화 필요성에 대한 믿음 때문으로 보인다. 미국(과학정보연구소, ISI)은 학술지 평가의 오랜 역사와 엄밀한 과학적 방법론을 갖춘 반면 우리나라 학술지들은 한국연구재단에 올라있는 '등재 학술지'조차 그 평가 관리 및 심사 과정이 좀 허술한 데가 있을 뿐 아니라 국제 학술지에 인용이 되기는커녕 되레 논문의 국제화에 걸림돌이 된다고 볼 수도 있다. 만일 중평이 국내 학술지가 '글로벌 스탠더드(세계 표준)'에 미치지 못하기 때문에 거기에 실린 논문들을 낮게 평가했다면, 그것도 일리가 없지는 않다.

가리2. 국내 학술지의 약진(躍進)

어쨌든 중평은 '국제 학술지'에 대해서는 '명품 등급'을, '국내 학술지'에 대해서는 '짝퉁 등급'을 매겼다. 나는 중평의 학술지 차별이 그들이 우리의 학술지 역사와 우리 연구자들이 처한 연구 상황을 깊이 있게 들여다보지 못했기 때문이라고 본다. 우리의 학술지들은 학문 분야를 막론하고 서양 학술지들을 본뜨거나 흉내 내어 만들어진 짝퉁이었다. 하지만 2000년 이후 우리의 많은 학술지들은 '짝퉁 시절'을 이미 넘겼다. 국내 학술지들은 내용면에서 서양 이론을 충실히 소개하는 것뿐만 아니라 연구자 자신의 고유한 이론들을 마련해 가는 '기획 논문들'까지 꾀하고 있고, 형식면에서 논문의 투고는 온라인으로 쉽게, 그러나 심사는 엄격히 진행하는 등의 '학술지 충족 요건'을 잘 지켜 나가고 있다.

무엇보다 국내 학술지들은 한국연구재단으로부터 학술지 심사(정량평가 및 정성평가)를 정기적으로 받고 있다. 이 심사에 통과된 학술지들은 학술지를 정기적으로 발행하고, 영문 초록을 반드시 포함하며, 전문가 심사(Peer Review, 동료 평가)를 거침은 말할 것도 없고 심사자에게 심사결과서(심사항목에 따른 심사서, 심사 의견서 및 결과 판단서 포함)를 적도록 하는 것까지 필수로 하고 있다. 우리 학술지들은 논문 탈락률을 높이기 위해 심사를 더욱 까다롭게 하기 시작했고, 그로써 그동안 관행처럼 받아들여졌던 논문 슬쩍 따오기(다른 논문 표절 및 자기 논문 표절)나 중복 출판(국제 학술지에 실은 논문을 국내 학술지에 다시 싣는 것, 짜깁기, 제 논문 다시 우려먹기) 등을 금지하고 있다. 또 국내 학술지마다 연구자의 연구윤리를 마련해 실천해 가고 있다.

나는 최근 국내 학술지에 투고(投稿)된 논문 한 편을 심사한 적이 있다. 그 논문은 단순 표절을 넘어 누군가의 논문을 그대로 베껴다 놓은 것이었다. 다만 각주들이 바뀌어 있거나 '그대로 베낌'이 들통 나지 않도록 여러 편집술이 사용되거나 한 부분 정도 새로운 내용이 들어 있기는 했다. 하지만 나는 학술연구정보서비스(RISS)를 통해 국내 논문들과 해외 논문까지 모두 찾아볼 수 있었기 때문에 이미 출판된 논문들 가운데 심사(審査) 대상 논문의 내용과 비슷한 두 편의 논문을 발견하고, 그 둘을 대조해 읽었고, 마침내 투고된 논문에 대해 '논문 베끼기', '논문 짜깁기', '논문 표절'로 판정하면서 학회 차원의 징계를 요청했다. 학회는 편집위원 회의를 거쳐 심사자의 요청이 정당하다고 판단해 해당 논문에 대해서는 '게재 불가'를, 해당 투고자에 대해서는 '학회 투고 금지'라는 강력한 조치를 내렸다.

국내 학술지는 그 형식면에서는 잘 갖춰진 편이지만, 아직 논문의 수준이나 내용이 '국제 학술지'를 통해 발표되는 논문들에 뒤쳐지는 편이다. 하지만 국내 학술지도 2000년 들어 성장기에 접어들었고, 논문의 질도 눈에 띄게 좋아지고 있다. 만일 조선일보나 중앙일보 그리고 대학 당국들이 대학평가를 앞세워 '국제 학술지 논문'을 그토록 떠받드는 대신 국내 학술지를 애정과 인내를 갖고 키우고자 하기만 했다면, 국내 학술지는 눈부실 만큼 발전했을 것이다. 앞으로 중평은 '국내 학술지'를 짝퉁으로 낙인찍는 대신 국내 학술지가 '명품 학술지'가 될 수 있도록 우리 학회들과 한국연구재단에 적극 협력을 구해야 할 것이다.

가리3. 국내 학술지의 나아갈 길: 코리아메드(KoreaMed)

'국내 학술지'의 갈 길을 잘 보여주는 좋은 본보기 하나가 있다. 대한의학회 내 대한의학학술지편집인협의회("의편협"으로 줄임)는 의학 논문에서의 '중복 출판' 문제를 해결하기 위해 2001년부터 '코리아메드(KoreaMed, 한국의학)'라는 온라인 데이터베이스를 만들기 시작했다. 코리아메드는 국내 학술지를 통해 출판된 우리말 논문을 영문으로 번역해 누구든 찾아 읽을 수 있게 해 주었다. 이는 논문에 쓰인 학술어가 우리말과 영어로 달라 논문 베끼기와 짜깁기를 알아 내기 어려웠던 문제를 말끔히 해결해 주는 것을 넘어 우리말로 쓰인 논문들을 영어로 읽을 수 있게 해 준다는 놀라운 성과까지 낳았다. 그로써 중복 출판은 2004~2006년에 6~7.2%에서 2007년 4.5%, 2008년 2.8%, 2009년 1.2%로 줄었다.[8]

국내 학술지 논문은 보통의 경우 그것을 발행하는 학회 홈페이지를 통해 무료로 제공된다. 이러한 학술지 열어놓기(Open Access)는 돈을 내야만 학술지를 읽을 수 있는 요즘의 관행을 바꿔 놓을 수 있는 좋은 보기가 되고 있다. 학술지는 인류의 자산으로서 '공적 성격'이 크므로 특정 기관에 소속되지 않은 연구자들이나 일반인까지 마음대로 학술지를 읽을 수 있게 해 주는 게 바람직하다. 여기에 드는 돈은 글쓴이나 민간단체 또는 정부가 낼 수 있다. 내가 소속된 한국하이데거학회의 경우 글쓴이는 10~40만 원까지 논문 게재료를 낸다. 학회는 이 돈으로 홈페이지 운영 및 학술지 발행에 드는 돈을 댄다.[9]

국내 학술지는 사실 아직도 넘어야 할 산이 많다. 자연계나 의학

---

8 곽성순 기자, 「잊을만하면 터지는 의학논문 조작…잘못된 관행 탓? [커버스토리] 경직된 상하관계와 삐뚤어진 의리로 '공짜저자' 등 관행 여전」, 청년의사, 2013.12.16. 출처: http://www.docdocdoc.co.kr/news/newsview.php?newscd=2013121200005

9 학술지 열어놓기(Open Access)에 대해서는 다음의 기사를 살핌. 서태설 한국과학기술정보연구원 책임연구원, 「적극적인 OA 추진하면 국내 학술지 IF 올라갈 수 있다. OA기획진단_ 2. 학술 발전과 국내 학술지 국제화를 위해 필요하다」, 교수신문, 2013년 12월 09일(월). 출처: http://www.kyosu.net/news/articleView.html?idxno=28106

계 그리고 공학계에서는 글쓴이 인정 문제가 남아 있다. 논문을 쓰는 데 아무 일도 하지 않은 연구자를 친분이나 위아래 관계 때문에 글쓴이로 넣어주는 문제(gift author, 공짜 글쓴이), 거꾸로 연구에 큰일을 했음에도 힘이 없어 글쓴이로 이름을 올리지 못하는 문제(ghost author, 유령 글쓴이), 전공이 비슷한 연구자들끼리 서로의 논문에 서로의 이름을 올리는 문제(swap author, 서로 올린 글쓴이) 등은, 국제 학술지에서도 골칫거리 가운데 하나로서, 학술지 규정만으로 풀 수 있는 게 아니라 연구자들 스스로가 연구 양심을 가져야만 바로잡힐 수 있다.[10]

많은 사람들이 국내 학술지는 국내용으로 국내에서만 읽히고, 그로써 영향력 계수(임팩트 팩터)가 낮다고 딱 잘라 말하곤 한다. 만일 이것이 사실이라면, 우리는 국내 학술지를 방치하고 무시하려 하는 대신 그것을 어떻게 세계적 영향력을 갖출 수 있게 할 것인지를 물어야 한다. 대학평가나 학술지 평가 모두 발전의 올바른 방향을 찾는 게 그 목적인 한, 국내 학술지를 반병신 취급하는 평가 갈래들은 하루 빨리 쳐내고, 대신 우리의 연구자들이 국내 학술지를 통해 좋은 논문을 마음껏 발표할 수 있는 여건을 만드는 데 노력해야 한다.

학술지는 논문이 발표되는 창구(窓口)이다. 메시지로서의 논문이 곧바로 미디어로서의 학술지와 같은 것이 아니듯, 거꾸로 학술지 자체가 논문의 우수성과 명품성을 보증해 주는 것도 아니다. 사람들은 학술지 수준이 높으면 거기에 실리는 논문도 수준이 높은 것이

---

10 곽성순 기자, 같은 글 살핌.

라고 믿는다. 하지만 우리는 국제 학술지에서도 2005년 황우석 사건에서 잘 드러났듯 논문의 표절과 조작 그리고 글쓴이 인정 범위 등의 문제가 끊임없이 일어나고 있다는 사실을 잘 알고 있다. 이는 학술지의 등급이 한 논문의 가치에 대한 전적인 평가 기준이 될 수 없음을 가장 뚜렷하게 보여주는 것이다.

가리4. 국내 학술지 혁신의 길

국내 학술지는 그 역사가 아직 짧지만 잠재력은 무한하다. 우리는 국내 학술지 혁신의 과정을 통해 그 가능성을 확신할 수 있다. 10년도 안 된 사이에 국내 학술지들은 온라인 무료 출판, 온라인 유료 출판, 학술지 정기 및 정시 발행, 엄격한 탈락률 준수, 논문 심사 철저, 연구 윤리 마련 및 실천 등의 형식은 모두 갖추었고, 앞으로 연구의 질적 도약을 앞두고 있다. 뛰어오르기(도약)의 승패는 오직 연구자들의 연구 능력에 달린 문제이다. 우리 사회는 연구자들을 대학평가 점수를 올리기 위한 부품으로 이용하는 대신 그들이 자신들의 연구를 가장 잘 할 수 있도록 여건을 마련해 주는 데 뜨거운 피를 쏟아야 한다. 연구는 사람이 하는 것이다. 연구자가 연구에 몰입할 수 있고, 그 연구에 즐거움을 느끼며 보람과 행복을 맛보지 못한다면, 우리 사회가 그들을 아무리 많은 돈으로 꾀고 강제한다 할지라도 연구의 질이 높아지기는커녕 되레 제2 제3의 황우석 사태만 벌어질 것이다.

논문의 명품 됨은 그것이 실린 학술지의 국적이나 인쇄 상태 또는 학술어 종류에 의해서가 아니라 거기에 발표된 내용이 학문적 발전과 인류 공동체의 올바른 발전에 이바지하는 정도로써 판가름 나야 할 것이다. 학술지는 그것이 관련 학계의 발전을 이끄는 논문 들이 발표되는 창구(窓口)가 됐을 때 명품이 되고, 그렇지 못할 때 짝퉁이 된다. 우리는 학술지 평가와 논문 평가를 엄밀히 구분해야 한다. 우리가 국내 학술지를 통해 '명품 논문들'이 쏟아져 나올 수 있게 하려면, 우리는 가장 먼저 연구자들의 연구 자율성을 존중해 주어야 하고, 그들이 발표한 논문들이 학술지 등급에 의해 부당한 평가 차별을 당하지 않도록 해 주어야 한다.

이를 위해 우리 사회는 국내 학술지의 발전을 서둘러야 한다. 가 장 먼저 학술지 평가의 차별을 없애야 한다. 만일 우리가 모든 평가 에서 국내 학술지와 국제 학술지의 구분을 없앤다면, 연구자들은 자신이 원하는 주제에 대해 자신이 원하는 학문어로써 마음껏 연 구를 펼칠 수 있고, 대학들도 굳이 연구자들에게 부당하게 국제 학 술지 게재를 강요하지 않아도 될 것이다. 다음으로 평가에서 학술지 구분을 없애기 위해서는 먼저 국내 학술지에 대한 사회적 믿음이 주어져야 하고, 이는 학술지 생산의 전 과정이 투명해져야 할 뿐 아 니라, 학술지 관리가 보다 엄격히 이루어져야 한다는 것을 뜻한다. 학회는 투고논문 심사 보고서를 공개하고, 한국연구재단은 학술지 도약을 위한 학술지 평가 제도를 학계의 중지를 모아 더욱 개선해야 한다.

마지막으로 국내 학술지의 학문적 영향력을 높이기 위해서는 무 엇보다 뛰어난 논문이 배출되도록 해야 한다. 뛰어난 논문, 즉 창의 적인 논문은 학문 연구의 자율성과 적절한 지원을 통해서만 가능하다. 내 생각에 현재 우리 학계는 잘 나가는 분야에 대한 치우침이 너무 크고, 연구자는 돈이 되거나 평가 점수를 올릴 수 있는 연구에 너무 몰두하고 있다. 연구의 다양성이 크게 늘어나야 하고, 연구 성과를 다그치기보다는 연구의 즐거움을 함께 나누는 연구 풍토가 필요하다. 학계의 진정한 스타가 국내 학술지를 통해 자연스럽게 나올 수 있을 때 학문의 올바른 발전이 이루어지는 것이다.

학술지는 연구 논문의 자궁이다. 학술지가 튼튼해야만 그곳을 거쳐 탄생되는 논문들도 건강할 수 있다. 학술지 평가는 일종의 건강 검진과 같아야지 올림픽 경기를 닮아서는 안 된다. 학문은 논문을 통해 기록되며, 논문을 통해 발전하고, 논문을 통해 건강해진다. 학술지가 병들면 논문이 병들고, 논문이 병들면 학문은 죽고 만다. 국내 학술지는 '우리말로 쓰인 논문들'의 자궁이자 보고(寶庫)로서 우리말의 발전은 말할 것도 없고 우리의 학문 수준을 높이는 데도 필수적이다. 이는 곧 국내 학술지의 죽음은 곧 '우리말 논문들'의 공동묘지가 되고, 우리말 논문들의 사라짐은 학문어로서의 우리말이 끝장난다는 것을 말한다.

아울러 국내 학술지의 영향력을 더욱 높이기 위해서 두 가지 일이 함께 이루어져야 한다. 첫째는 '우리말로 쓰인 논문'은 영어로 번역될 수 있어야 한다. 현재 국내 학술지는 영문 요약문을 제공하고 있지만, 앞으로 '으뜸 논문'을 선정해 논문 전체를 영어로 번역해 실어야 한다. 이러한 가능성은 이미 '코리아메드'를 통해 확인된 바 있다. 영어 번역은 번역가의 업적이 되고, 그 번역 논문의 인용지수는 원저자의 업적이 되며, 그것은 결국 국내 학술지의 영향력 지수를 높이는 좋은 계기가 된다. 아울러 영어논문을 우리말로 번역하는 길도 열어 주어야 한다. 번역은 우리의 학문 풍토에서 뒷걸음질을 쳐 왔다. 번역을 거치지 않고 크는 문명은 없다. 학문 번역은 학문의 자율성을 위해서도 반드시 필요할 뿐 아니라 비전공자나 일반인들의 학문 문맹을 막기 위해서도 시급한 문제이다.

둘째는 대학평가에서 학술지 차별을 없애야 한다. '학술지 등급'은 논문 등급, 즉 '연구 수준 등급'과 똑같은 게 아니다. 중평은 국제와 국내라는 학술지 구분 및 차별을 없애고, 국내 학술지의 성장을 위해 노력해야 한다. 그것이 곧 평가의 진정한 의의인 것이다. 만일 중평이 대학평가를 통해 학문의 국제화, 즉 국제 학술지 논문을 장려하고 싶다면, 중평은 '국제 학술지에 논문 싣기'를 '국제화'라는 평가 갈래로 옮기면 된다. 누군가 자기 논문을 국제 학술지에 싣는다는 것은 그가 전 세계 학자들과 교류할 능력을 갖추고 있다는 증거이다. 이는 교환 교수가 '국제화'라는 평가 갈래에 딸릴 수 있는 것과 같다. 한 교수가 이 나라 대학과 저 나라 대학을 오간다는 게 국제화이듯, 한 교수가 국제 학술지에 논문을 싣는다는 것 또한 국제화인 것이다.

마디2. 임팩트 팩터(인용 지수)의 차별 적용의 옳지 않음

가리1. 임팩트 팩터와 인용의 문제

중평은 국내 학술지 논문의 '임팩트 팩터(Impact Factor: IF)', 즉 영향력 계수(係數)를 빵점으로 처리하고 있다. 이는 국내 학술지 논문에 대한 인용은 학문적으로 큰 의미가 없다고 판단한 셈이다. 정말 그런가? 한 논문이 다른 논문에 인용될 때 그 논문은 분명 학문적 영향력을 갖는다. 이러한 연관에 따르자면, 인용이 많이 되는 논문일수록 그 영향력은 더 커진다. 모두가 인용하는 논문은 학계의 표준이자 학문의 기초가 되어 이른바 교과서에 수록(收錄)된다. 학문 공동체는 이런 정상 이론들의 기반 위에서 수많은 결실을 맺는다. 많은 사람들이 따오거나 따가는(인용하는) 이론(논문)은 '보편 이론' 또는 '정상 이론'으로서 그 누구의 의심도 받지 않은 채 모든 학문 활동의 토대가 된다는 점에서 그 영향력이 가장 크다고 말할 수 있다.

그런데 쿤의 패러다임 이론에 따를 때,[11] 학문의 진보는 학문 공동체의 합의나 인정을 넘어서는 새로운 '인지적 진보'를 통해 이루어져 왔다. 모두가 따오고 따가는(인용하는) '정상 이론'은 그것이 젊은 학자 집단에 의해 시도되는 혁명의 길을 통해 '비정상 이론'으로 바뀔 때만 그 설명력의 문제점이 드러난다. 다만 이러한 학문의 발전 과정도 처음에 '비합리적으로' 보이는 주장에 대한 지지자들, 달리 말해, 그 주장을 따가는(인용하는) 학자들이 나타남으로써 시작되어, 그 인용(따옴과 따감)의 수가 보편적이 될 때 '정상 궤도'에 오르게 된다.

만일 누군가 '비정상 이론'을 지지하기 위해 그것을 인용한다면, 이때 이 '비정상 이론'의 학문적 영향력은 그 인용되는 수만큼씩 커진다고 볼 수 있다. 그러나 비정상 이론이 결국 그릇된 것으로 판결이 날 수도 있다. 이러한 일은 그 이론에 대한 비판이 이뤄질 때만

---

11 토마스 S. 쿤 지음, 김명자 옮김, 『과학혁명의 구조』, 정음사, 1986.

가능하고, 그 비판은 그 이론에 대한 인용을 통해서만 가능하다. 이때 이러한 비판을 위한 인용은 그 이론의 영향력을 증대시키는 게 아니라 반대로 반감(半減)시키는 것이다. 만일 인용이 한 논문의 영향력을 키우기도 하고 줄이기도 한다면 인용의 의미는 무엇인가?

인용(引用)은 한 논문이 다른 논문(자기 논문, 남의 논문)의 글이나 말 또는 자료를 따오는 것을 말한다. 따옴은 누가 필요한 어떤 것을 그것이 붙어있던 몸에서 떼어내어 다른 곳으로 끌어다 놓는 것을 말한다. 따옴의 목적은 크게 두 가지이다. 첫째, 따오미(따오는 사람)는 다른 논문의 아이디어, 방법, 결론(주장), 증거를 자기 논문에 써먹기 위해 따온다. 둘째, 따오미는 다른 논문의 그릇된 점을 꼬집기 위해 그 논문의 한 부분을 따온다. 여기에 한 가지 덧붙여 말해 두자면, 따옴의 방식에는 '그대로 따오기(직접 인용)'와 '고쳐 따오기(간접 인용)'가 있는데, 앞엣것은 다른 논문의 한 부분을 베끼듯 가져오는 것이고, 뒤엣것은 다른 논문을 자기 말로 바꾸어 요약하는 것이다.

첫 번째 목적의 따옴은 한 논문이 다른 논문의 올바름(정당성)과 권위(權威)을 빌려오는 것이다. 나는 이를 "빌려오기"라 부르고자 한다. 이때 다른 논문은 적어도 인용된 만큼에서는 참인 이론으로 받아들여진다. 다른 논문의 장점을 빌리기 위한 따오기는 그 논문의 주제(다룰거리), 견해(보는 바), 내용(알속), 주장(내세우는 바)을 되풀이하는 것이자 그 논문의 영향력(미치는 바)을 넓혀 주는 일이다. 하지만 두 번째 목적의 따옴은 그와 거꾸로 다른 논문의 그릇된 점들(분석의 잘못, 방법의 어긋남, 주장의 부당성)을 꼬집어 내어 그 논문의 옳지 않음을 밝히는 것이다. 나는 이를 "물리치기"라 부른다. 다른 논문의 단점을 꼬집기 위한 따오기는 그 논문의 영향력이 퍼지는 것을 막고, 그 논문의 주장을 물리치는 것이다.

나는 「하이데거의 존재물음과 '있다'의 근본의미」 (가)와 「하이데거의 계사(繫辭) 해석에 대한 비판(셸링 강의를 중심으로)」 (나)라는 논문을 써 '국내 학술지'에 실은 적이 있다. 이 (가)와 (나) 두 논문에 인용된 하이데거 원문은 모두 내가 우리말로 번역한 것들이고, 거기에 인용된 많은 국내 연구자들의 원문은 모두 우리말로 된 것들이다. (가) 논문의 경우, 내가 따온 하이데거와 국내 연구자들의 글들은 내가 그 내용이 옳다고 받아들인 것들이지만, (나) 논문의 경우, 내가 따온 하이데거 글들은 내가 그것들의 옳지 않음을 따지고 밝히기 위해, 즉 그것들을 비판하기 위해 찾아낸 것들이다.

(가)와 (나)의 따옴(인용)들은 하이데거 철학에 대한 우리 학계의 관심도와 현재의 연구 경향을 반영한다는 점에서 그 의미가 같지만, (가)의 따옴들이 하이데거의 글들의 영향력을 높이고 넓히기 위한 것인데 비해 (나)의 그것들은 그 반대라는 점에서 그 의미가 크게 다르다. 심지어 하이데거의 글에 대한 번역에서부터 그것의 참·거짓에 대한 판단마저 학자마다 다 다를 수 있기 때문에 그의 글이 인용되었다는 의미는 언제든 뒤바뀔 수 있다. 또 때론 그 인용이 재인용, 즉 또 다른 논문을 통한 건너뛴 인용일 수도 있고, 그저 피상적 수준에서의 인용이기도 하기 때문에 우리가 인용의 의미를 그저 '인용된 수'라는 획일적 잣대로 잰다면, 그것은 인용의 실제와 크게 어긋난 것일 수 있다.

가리2. 학문적 영향력의 세 요소: 소통성, 설명력, 진리성

나는 한 논문의 학문적 영향력은 '인용된 수'가 아닌 설명력을 통해 더 잘 나타낼 수 있다고 본다. "설명(說明)"은 모르던 바를 말글(논문)로 시원스레 깨닫게 해 주는 것, 그로써 앎의 즐거움을 주는 일이다. 논문은 학문적 문제를 따지고 밝히는 글로서 무엇보다 문제 자체를 올바로 설명해야 하고, 그 문제에 대한 다양한 해결 방법들을 설명해야 하며, 그것들 가운데 어떤 방법이 가장 좋은지, 달리 말해, 다른 방법들이 왜 나쁜지를 설명해야 한다. 한 논문의 설명력이 높다는 것은 그 논문에 다른 논문의 인용이 내가 위에서 말한 '빌려오기'로써 이루어진다는 것을 말한다. 이때 빌려온 논문의 개념(정의)이나 방법 또는 증거나 결론 등은 다른 논문들에게 그대로(옳다고) 받아들여진다. 그로써 많은 논문이 그 논문의 설명을 따르게 된다.[12]

나는 한 논문의 '인용된 수'가 그것의 학문적 영향력을 나타내기 위한 지표로 쓰이는 게 적합하지 않다고 생각한다. 왜냐하면 그것은 거꾸로 학문적 영향력의 감소를 뜻할 수도 있기 때문이다. 학문의 발전에 중요한 것은 영향력 높음보다는 설명력 높음이다. 설명력이 높다는 것은 리처드 도킨스가 제시했던 밈(meme)의 개념을 통해 '논문의 생존율'이란 측면에서도 이해될 수 있다. 밈은 모방(模倣)을 뜻한다. 모방은 다른 것을 본뜨거나 흉내 내거나 그것을 닮는 것을

---

12 보기를 들어, 철(계절)이 바뀌는 까닭을 설명하는 이론이 두 가지 있다고 치자. 하나는 페르세포네 납치 사건을 통한 설명이고, 다른 하나는 지구의 자전축 기울기를 통한 설명이다. 이 두 설명 가운데 과학적 설명이 보편성과 대체불가능성의 관점에서 더 좋다고 할 수 있다면, 페르세포네 신화에 대한 인용의 수가 과학적 설명보다 아무리 많을지라도 학문적 영향력은 과학적 이론이 더 클 수밖에 없다.

말한다. 한 논문이 설명력이 높다는 것은 다른 논문들이 그 논문을 모방하려 한다는 것과 같다.[13]

도킨스에 따를 때 모방이 더 많이 일어나기 위해서는 장수, 다산성, 복제의 정확도라는 모방의 세 가지 성질을 가져야 한다. 이를 학술 논문의 영향력에 적용시켜 보자. 첫째, 한 논문은 그것이 다른 논문들 속에 오래 살아남을 때 영향력, 달리 말해, 모방력과 설명력이 높아진다. 둘째, 한 논문은 그것이 다른 논문들에게 '빌려오기'의 방식으로 인용되는 수가 늘어날 때 영향력이 크다. 노래의 영향력은 그것을 그대로 따라 부르는 사람의 수가 많을수록 커지고, 상품은 그것을 사는 사람들이 늘수록 그 영향력이 커진다. 셋째, 한 논문은 그것이 비록 인용의 다양한 목적 때문에 이렇게 저렇게 변형되거나 왜곡될지라도 그것의 핵심만큼은 그대로 이어질 때 영향력이 유지된다.

한 논문의 핵심이 다른 논문들 속에 보다 많이, 또 보다 다양하게 그리고 보다 정확하게 받아들여질수록 그 논문의 영향력과 설명력 그리고 진리성은 더욱 커진다고 할 수 있다. 논문의 영향력은 그 논문이 다른 사람들이나 사회에 미치는 효과나 작용을 말하고, 설명력은 그 논문이 주어진 문제를 풀이하는 힘을 말하며, 진리성은 그 논문이 내세우는 대답들이나 주장들의 올바름을 말한다. 만일 우리가 논문의 이 세 가지 서로 다른 성격을 하나로 뭉뚱그려 '임팩트 지수'로 통합한다면, 그것은 결국 논문의 영향력만을 평가할 뿐 나머지 둘(설명력, 진리성)은 간과하는 게 된다.[14]

---

13 리처드 도킨스, 홍영남 역, 『이기적 유전자』, 을유문화사, 2006.
14 도킨스의 문화 유전자론에 따를 때, 하나의 논문은 그것이 보다 많이 그리고 보다 널리

'인용된 수'가 분명 학문적 영향력을 보여주긴 하지만, 그것은, 보다 정확히 말하자면, 한 논문의 대중성과 소통성의 지표로 활용되는 게 맞다. 진화론이나 상대성이론 그리고 불확정성이론 등은, 그것들이 과학계에서 보편적으로 인용됨으로써 교과서에 수록되어 일반인과 동시대 사람들의 상식(常識)이 되었다. 이때 '보편적 인용'과 '교과서에 실림' 자체가 어떤 논문의 참됨을 증명해 주는 것은 아니다. 한 논문의 '인용된 수'가 압도적으로 많아진다는 것은 그것이 우리 시대에 널리 받아들여지는 이론(논문)이 됐다는 것, 달리 말해, 대중적으로 널리 소통되기 시작했다는 것을 나타낼 뿐이다.

만일 중평이 학문적 영향력을 '인용된 수'로써 잰다면, 중평은 국내 학술지에 대해서도 '임팩트 팩터'를 인정해야 한다.[15] 왜냐하면 '인용된 수'가 대중성과 소통성의 지표에 더 가까운 것인 한, 국내 학술지 또한, 그것이 인용되는 한, 대중성과 소통성이 높아진다는 측면에서 학문적 영향력이 커지기 때문이다. 국제 학술지이든 국내 학술지이든 그 '인용된 수'가 많아질수록 대중적 소통성의 정도(얼마만큼)가

퍼질수록, 달리 말해, 보다 많은 사람들에게 인용되거나 알려질수록 그 생존율이 높아진다. 다만 생존율이 높은 이론이 반드시 참인 이론이라는 법은 없다. 창조론이 과학기술의 시대에 사람들에게 널리 알려지고 수많은 논문들 속에 인용되고 있을지라도 그 사실 자체가 창조론의 참임을 입증하는 것은 아니다. 거꾸로 진화론의 참임 여부 또한 그것에 대한 인용이 늘어나거나 줄어드는 것에 의해 결정되는 것은 아니다. 한 논문 또는 이론의 참임은 그것의 증명 차원이나 증명 방법 그리고 그것에 대한 전문가 집단의 판단 등 다양한 요소들에 의해 구성되는 것처럼 보인다.

15 이에 대한 기술적 토대는 모두 마련되어 있다. 한국연구재단 한국학술지인용색인은 학술지(주제별, 발행기관별)인용정보, 논문인용정보, 연구자인용정부, 전체학술지인용지수 등에 관한 상세 내역을 구체적으로 제공해 준다. 출처: https://www.kci.go.kr/kciportal/po/search/poCitaSear.kci?view_type=keyword

커지는 것은 마찬가지이다. 국제 학술지는 독자(읽으미)의 수가 국내 학술지보다 훨씬 많지만, 국내 학술지도 그 독자층이 결코 얇지 않다. 만일 국내 학술지의 임팩트 팩터를 올리고 싶다면, '코리아메드'가 보여 준 것처럼, 우리말 논문들을 영어로 번역해 주면 된다.

나는 국내 학술지는 우리에게 그 주제의 고유성과 저자의 친근성 그리고 언어 장벽의 얇음으로 말미암아 인용의 기회가 국제 학술지보다 훨씬 많다고 본다. 다만 이러한 인용이 우리끼리의 소통으로 그치지 않으려면, 우리는 우리말로 쓴 논문을 영어로 번역해 공개하거나 거꾸로 영어로 쓰인 논문을 우리말로 번역해야 한다. 학문과 학문의 소통뿐 아니라 학문과 일상의 소통까지를 가로막는 가장 큰 가로막이(장애물)가 언어라는 사실을 모르는 사람은 아무도 없을 것이다. 우리가 '코리아메드'의 보기에서 본 것처럼 언어 장벽만 허물어 준다면, 우리가 학문적 영향력(국제적 소통성)을 높이기 위해 애써서 국제 학술지에 논문을 낼 필요는 크게 줄어들 것이다.

국내 학술지가 소통성 측면에서 국제 학술지와 마찬가지 사정에 놓여 있는 한, 국내 학술지 논문의 '임팩트 팩터'가 빵점인 가운데 국제 학술지 논문만 '임팩트 팩터'의 평가 대상이 될 수 있으려면, 국내 학술지 논문들은 그 설명력과 진리성이 전혀 없어야 한다. 하지만 국제 학술지에 실린, 널리 인용되는 영어논문이 우리말로 번역되어 국내 학술지에 실렸고, 그 번역된 논문이 국내 논문에 두루 인용이 된다면, 이때 이 번역 논문의 '영향력 계수'는 제로인가 아닌가? 반대로 국내 학술지에 실렸던 우리말 논문이 영어로 번역되어 국제 학술지에 실려 여러 차례 인용되었다면, 그때 우리말 논문의 영향력

가리3. 학문적 영향력은 해석 주체에 따라 달라진다

나는 중평이 영향력 평가에서 또 한 가지 중요한 점을 놓쳤다고 본다. 한 논문의 영향력은 그것을 재는 주체에 따라 크게 다르게 평가될 수 있다. 이것은 해석의 문제이다. 나의 경우를 보기로 든다면, 나는 하이데거가 따오는 후설의 글에 대해 매우 높은 값을 매기는 편이다. 그것은 그러한 인용 관계가 내 연구에 매우 중요하기 때문이다. 영향력은 관련성이 높을수록 커진다. 한 논문의 영향력은 그것을 재는 주체에 따라 사뭇 다르게 평가될 수밖에 없고, 만일 그 주체가 '우리'일 때, 우리가 보다 무게를 두어야 할 영향의 방향성은 '그 논문이 우리에게 얼마나 큰 영향을 미치는가' 하는 점일 것이다.

국제 학술지 논문이 '우리'에게 영향을 미치려면, 그것은 먼저 '우리'에게 관련되어야 한다. 영어(외국어)로 쓰인 논문은 그것이 우리말로 번역되거나 신문이나 방송 또는 인터넷 등을 통해 '우리'에게 알려질 때만 우리에게 영향을 미칠 수 있다. 물론 한 논문은 그것이 대중에게 크게 알려지지 않은 채로도 제품이나 치료법이나 제도 등을 통해 우리 삶에 큰 영향을 미칠 수 있다. 하지만 제품이나 치료법 그리고 제도 등도 넓은 의미에서는 '우리'에게로 번역되거나 알려지는 한 방식일 뿐이다. 이렇게 우리가 한 논문의 설명력과 진리성의 범위를 그 사회적·정치적·경제적 파급력까지 포함할 수 있다면, 한 논문의 직접적 영향력은 '우리말 논문'이 더 클 것이다.

한국의 역사·문화·문학·현실·언어·철학 등처럼 우리의 삶 자체에 달라붙어 있는, 우리 고유의 '학문적 문제들'에 대한 논문들은, 그것들이 '임팩트 팩터'가 높은 국제 학술지에 실렸든, 아니면 영향력 빵점인 국내 학술지에 실렸든 상관없이 '우리'에게 더 큰 관심과 영향력을 발휘한다. 학문적 영향력을 단순히 국제 학술지 논문들 사이의 '인용된 수'로 재려는 시도의 밑에는 국제·국내 학술지를 차별하려는 뿌리 깊은 열등의식이 뿌리내리고 있을 뿐 아니라 언어 장벽의 심각성과 번역의 중요성을 가볍게 여기는 우월감도 함께 자라고 있다. 중평은 국내 학술지 논문에 대해 올바르지만, 깊은 애정이 담긴 눈을 떠야 한다.

마디3. 중평(연구 평가 지표)의 우리말 병신 만들기

지금까지 우리는 중평의 평가 갈래 가운데 '연구 지표'에 대한 근본적 비판을 했다. 비판의 알맹이는 크게 셋이다. 하나는 중평이 국제 학술지를 명품으로 존중해 높은 값을 매기고 국내 학술지를 싸구려로 취급해 낮은 값을 매긴 것은 옳지 않다는 것이었고, 다른 하나는 중평이 사용한 임팩트 팩터(영향력 계수)의 개념은 논문의 대중성과 소통성을 재는 데는 맞을지 몰라도 설명력과 진리성과 같은 '학문적 영향력'을 재는 척도로는 알맞지 않으며, 마지막 하나는 국내 학술지 논문에 대해 임팩트 팩터를 빵점을 매긴 것은 옳지 않다는 것이었다.

이제 이 책의 본디 주제로 돌아가 보자. 중평의 연구 지표들은 어떻게 학문어로서의 우리말을 병신으로 만드는가? 나는 중평이 우리말을 병신 말로 만들려는 속마음을 갖고 있었다고 보지는 않지만, 그들이 자신들의 평가 지표들이 우리말을 병들게 할 수 있으리라는 점은 분명 깨닫고 있었으리라 생각한다. 평가 갈래로서의 지표(指標)는 우리가 나아가야 할 '저쪽'(방향)을 가리키는 지시(指示)이자 우리가 다다라야 할 곳을 미리 보여 주는 '눈표'(표지, 標識)이다. 우리는 지표를 볼 때 그것 자체가 아닌 그것이 가리키는 저쪽과 그 '닿끝'(다다를 곳)을 봐야 한다. 그 지표가 가리키는 곳은 어디인가? 나는 다음 이야기에서 그곳이 어디인지를 보았다.

가리1. 우리말로 논문을 쓸 수 없는 한 젊은 교수 이야기

나는 포스텍을 졸업한 뒤 곧바로 교수가 된 아주 젊은 교수를 만난 적이 있다. 그는 꽤나 유명한 국제 학술지에 영어로 논문을 써 왔다. 그에게 문제가 되는 것은 영어가 아니라 독창적 내용이었다. 과학계에서는 학부생마저 국제 학술지에 논문을 실을 정도이니, 영어로 논문쓰기는 이미 문제도 아니게 된 것처럼 보였다. 그는 내게 영어로 논문을 쓰는 데는 아무 어려움이 없지만 우리말로 강의하고 논문을 쓰는 것은 정말로 어렵다고 털어놨다. 그는 영어강의와 영어로 된 전공서적 그리고 영어논문을 읽고 써 왔기 때문에 자기 전공 분야의 우리말 갈말(학문어)을 제대로 알지도 못할 뿐 아니라, 그러한 갈말들 자체가 이해가 안 된다고 고백했다. 아니 심지어 그는 우리말로 논문을 써야 할 필요도 느껴 본 적이 없다고 말했다. 그는 이미 '학문어로서의 우리말'을 완전히 잃은 상태였다.

만일 이 젊은 교수처럼 우리의 모든 학자가 논문을 영어로 쓴다면, 어떤 일이 벌어지겠는가? 우리가 우리 자신의 역사를 돌이켜 본다면, 이 물음이 아주 엉뚱한 게 아님을 알 수 있다. 조선시대(朝鮮時代) 선비들이 책과 제도를 통해 중국을 뒤쫓으려 했던 게 고작 100여 년 전의 일일 뿐 아니라, 우리의 근대화 지식인들이 일본 제국주의 아래에서 오직 일본어로만 글을 읽고 쓰던 시절도 엊그제처럼 가깝다. 오늘날의 우리는 지난날의 그들을 사대주의자(事大主義者) 또는 기회주의자(機會主義者)라 부르지 않는가?

"사대"는 한 나라의 정치 집단이 스스로를 작은 나라로 여겨 큰 나라에 붙어 그들을 쫓아 받들어 섬기는 일을 말하고, "기회주의"는 사람이 알맞은 때에 따라 자신에게 이로운 쪽에 붙었다 떨어졌다 하는 꼴을 말한다. 사대주의자나 기회주의자의 공통점은 행동으로는 '저'의 이익을 위해 '우리'를 돌보지 않으면서도 말로는 그 행동이 우리의 발전을 위한다고 거짓말을 한다는 데 있다. 문제는 그들의 거짓말이 세상에 들통이 나려면 오랜 시간이 걸릴 뿐 아니라 그동안 그들의 거짓말도 잊히고, 문제마저 배꼬이고 뒤꼬여 '우리'를 해친 게 누구인지를 알기 어렵게 된다는 데 있다.

나는 앞에서 '우리말'의 세 가지 뜻을 밝힌 바 있다. 우리말은 우리의 '어머니 말'로서 우리에게는 언제나 어디서든 쓰일 수 있는 말이고, 저마다가 자신의 할 일을 다할 수 있게 주어진 말이며, 서로의 삶을 깊고 넓게 함께 나눌 수 있는 말이다. 우리말이 병신이 된다면 우리는 우리말로써 이 세 가지 뜻 가운데 하나 또는 더 많은 것을 잃거나, 그 뜻을 제대로 실현할 수 없게 된다. 가장 큰 비극은 우리말을 잃는 것이고, 둘째로 아픈 것은 우리말로 자신의 하고자 하는 일을 할 수 없게 되는 것이며, 셋째로 속이 쓰린 것은 우리가 우리말로써 서로의 삶을 함께 나누기 어렵게 된다는 것이다.

가리2. 중평이 우리말을 병신으로 만드는 방식

중평의 학술지 차별은 도대체 어떤 방식으로 우리말을 병신 말로 만드는가? 그것은 크게 두 가지이다. 첫째는 국내 학술지가 싸구려 취급을 받음으로써 거기에 실리는 우리말 논문의 양과 질이 줄어들 뿐 아니라, 아무리 훌륭한 논문이 실릴지라도 그에 대한 학계 평가가 나오질 않아 결국 '우리말 논문'으로는 학문의 발전이 이루어지지 않게 만든다. 이는 그나마 쓰이는 우리말 논문조차도 '영어논문'을 쓰기 위한 전단계로 전락시키거나, 기껏해야 학술적 가치가 높다고 인정되는 영어논문을 소개하기 위해 우리말 논문이 쓰이게 만들 것이다. 그로써 우리말 논문은 실제로 쓰레기가 되어 버린다.

둘째는 국내 대학들이 앞다퉈 중평에서 높은 점수를 얻기 위해 새 교수를 뽑을 때는 오직 '국제 학술지'에 논문을 실은 업적을 가진 사람만을 뽑으려 하기 때문에 결국 앞으로는 국내 학술지에 우리말로 논문 쓸 수 있는 교수 자체가 큰 폭으로 사라지고 말 것이다. 학문어로서의 우리말을 쓸 줄 아는 사람들이 사라진다는 것은 한 언어의 생존자가 소멸하는 것과 마찬가지로 학문어로서의 우리말의 소멸을 가져올 수밖에 없다. 우리말 논문이 쓰이지 않게 되면, 곧바로 우리말 학술어들이 사라지게 되고, 그것은 곧 대학교육에서뿐 아니라 고등·중등·초등학교에까지 우리말 갈말이 모두 새로운 영어 갈말들로 대체되게 마련이라는 것을 뜻한다.

중평이 국내 학술지의 임팩트 팩터를 깡그리 부정하는 일은 또 어떤 방식으로 우리말을 병신 말로 만드는가? 이는 국내 학술지를 이중으로 싸구려 취급하는 일로서 국내 연구자들로 하여금 우리말 논문을 읽을 필요가 없다고 교육하는 것과 같다. 학자가 아무도 자기 글을 인용해 주지 않을 것이라고 생각하면서 논문을 쓴다는 것은 한편으로는 스스로 부끄러워야 할 일(자괴, 自愧)이긴 하지만 다른 한편으로는 학문의 의욕이 크게 무너져 내리는 일(자괴, 自壞)이기도 하다. 연구 의욕이 꺾인 학자가 창조적 연구 결과물을 내리라는 것은 기대할 수 없는 일이다. 아울러 학문 후속 세대들조차 자기 스승들의 글마저 읽지 않을 테니 교권이 땅바닥에 떨어지는 것도 이만저만이 아닐 것이다. 아마 우리말로 논문을 쓰는 사람들은 누구도 자신의 글을 읽지 않기를 바랄지도 모를 일이다.

국내 학술지에 실린 논문들이 서로 인용을 하지 않게 된다는 것은 학문의 교류와 검증, 달리 말해 학문적 대화가 실종되어 간다는 뜻이고, 그로써 갈말들은 통일되지 못한 채 중구난방으로 난립하게 되며, 연구자들끼리도 우리말 갈말을 다르게 쓰는 상황에 이르게 되어, 결국 우리말로는 학문의 의사소통이 어려워져 마침내 원어 갈말로 학문을 하게 될 것이다. 그때 우리말은 조선의 선비들의 경우와 비슷하게 그저 토씨 노릇이나 하는 데 그칠 것이다. 그 스승들이 갈말의 혼란에 빠져 있다면, 그 제자들은 말할 필요가 없다. 그들 또한 영어 갈말을 주워섬기는 데서 스승을 크게 앞지를 것이다. 이로써 우리말은 갈말조차 풍비박산의 지경을 당하고 말 것이다.

중평의 국내 학술지에 대한 차별과 영향력 무시로 말미암아 학문어로서의 우리말은 점차 우리말 논문에서마저 그 설 땅을 잃게 된다. 달리 말해, 우리말 논문에서도 주요 갈말들은 온통 영어 갈말들로 대체될 것이고, 인용문 가운데 많은 부분은 어설픈 번역문이거나 아예 영어 원문이 인용되는 일도 허다하게 될 것이다. 만일 일반인이 우리말 논문을 읽는다면, 그는 국어사전과 영어사전을 곁에 두고도 결코 그 논문을 읽을 수 없을 것이다. 그는 이미 '학문 문맹자'로서 스스로는 학문적 지식을 얻을 수 없다. 그에게 전문적 지식은 누군가에 의해 친절하게 설명되지 않는 한 그저 '기호의 연쇄'에 불과할 따름이다.

가리3. 우리 학문의 자살(自殺)

중평의 연구 지표들은, 한마디로 말해, 국내 학술지 논문을 업신여기며 깔보는 것과 같다. 우리 학자들은 그러한 멸시(蔑視)와 모욕을 참고 견디면서 '학문어로서의 우리말'이 저절로 허물어지는 일을 뒷짐만 진 채 혀나 차면서 불난 집 불구경하듯 먼 산 바라보듯 할 뿐이다. 우리가 우리말로 논문을 쓰지 못하게 된다면, 우리는 앞서 말한 젊은 교수와 같이 될 수밖에 없다. 나아가 우리의 후손들은 학문어로서의 우리말이 없어 태어날 때는 어머니 말로 우리말을 배우지만 학교에 들어가면서부터는 영어 배우는 노고를 평생 해야 할 것이고, 더 먼 훗날 우리의 후손들은 태어날 때부터 영어를 어머니에게 배우면서 우리말은 특별 언어 시간에 소멸을 막기 위해 배우게 될 것이다.

중평이 학술지를 국제와 국내로 나눠 차별적으로 대우하는 일은 결국 국내 학술지 투고자들을 모욕하는 짓이고, 나아가 그들로 하여금 '국제 학술지'에 투고하도록 강제하는 압력 행사가 된다. 나는 모든 학자에게 그 자신의 학문을 펼칠 학문어의 자유가 반드시 주어져 있어야 한다고 믿는다. 그것이 학문 발전의 밑거름이다. 데카르트나 흄 그리고 칸트나 하이데거, 그리고 공자나 맹자 등 많은 위대한 학자들은 자신들의 모국어로 철학을 했다. 그것이 그들의 학문을 자유롭게 했고, 그로써 그들의 학문이 위대해졌고, 마침내 그들의 모국어가 학문어로 크게 꽃피울 수 있었다.

중평의 학술지 차별 대우는 이미 우리의 많은 학자들로 하여금 영어로 논문 쓰는 길을 가게 만들었다. 그것이 꼭 중평만의 책임은 결코 아니다. 그것은 대학 당국과 교수 그리고 우리 사회 모두의 탓이다. 우리의 학자들이 영어로 논문을 쓰는 일은 그들이 우리말로도 똑같은 수준의 논문을 쓰고 있는 동안에는 '국제화'라고 할 수 있지만, 그들이 '우리말로 논문쓰기'를 그치거나, 나아가 더는 우리말로 논문을 쓸 수 없게 될 때는 '우리 학문'의 자살(自殺)이 된다. 이때 중평은 자살을 부추긴 범죄자가 되는 셈이다. 중평은 자신들의 사회적 책임이 이토록 막중하다는 것을 깊이 새겨야 할 것이다.

도막3. 국제화 평가 지표의 옳지 않음

마디1. 국제화 지표는 빼는 게 맞다

중앙일보 대학평가의 국제화 부문 평가는 2006년부터 도입됐다. 국제화 부문의 평가지표는 보통 '세계 대학'을 대상으로 평가할 때 주로 쓰인다. 그 까닭은 세계대학평가는 전 세계의 학생들과 교수들 그리고 연구자들이 자신에게 맞는 대학을 고르는 데 도움을 주기 위한 것이기 때문이다. 만일 누군가 유학을 가려 한다면, 그가 가장 먼저 고려하게 될 내용은 언어가 될 것이다. 유학의 필요성 가운데 첫 번째는 권위 있는 전문기관(대학)에서 전문지식을 올바로 습득하기 위한 것이므로, 그것의 기초가 되는 강의 언어와 논문 언어는 매우 중요한 정보가 된다. 또 교수가 외국 대학에 자리를 잡고자 할 때 그가 가장 먼저 고려하게 될 내용도 자신이 강의하게 될 강의 언어가 될 것이다.

이와 달리 '국내 대학평가'에서 국제화에 대한 평가는 그다지 필요치 않다. 그 까닭은 다음 세 가지로 요약된다. 첫째, 국제화 정도는 같은 국가에 속한 대학들이 아니라 서로 다른 국가에 속한 대학들을 대상으로 평가되는 지표이다. 둘째, 국내 대학의 국제화 정도는 '세계대학평가'를 통해 이미 알려져 있다. 그에 대한 평가는 중복일 뿐 아니라, 국내 대학만을 대상으로 한 잘못된 방식이다. 이러한 평가는 필요가 없다. 셋째, 국내 대학의 국제화 정도는, 중평이 그것을 평가하기 전까지, 국내의 대학 소비자들에게는 큰 관심이 없었고,

현재도 '자국 내 대학'으로 진학하고자 하는 학생들에게는 큰 의미가 없다. 즉 이 지표는 중평이 내세우는 대학 소비자의 알권리 충족에서 크게 멀어져 있다.

그럼에도 중평이 국내 대학을 대상으로 국제화 정도를 따로 평가하는 까닭은 무엇인가? 그것은 국내 대학에 진학할 예비 대학생들에게 국내 대학의 국제화 정도를 알려주기 위함인가, 아니면 국내 대학에 교수로 취업할 국내 지원자들에게 어떤 유용한 정보라도 알려주기 위함인가, 그것도 아니면 국내 대학을 중평이 생각하는 국제화의 방향으로 유도하기 위함인가? 그런데 중평의 국제화 평가는 그 내용에서 보자면 강의에 관한 것과 학생이나 교수 구성의 다양성 정도에 대한 평가에 다름 아니다. 과연 이러한 내용이 국제화 평가를 대변할 수 있는가? 먼저 그 지표들을 살펴보자.[16]

2010년 중앙일보 교수평가: 평가갈래- 국제화(70점)

평가의 가지들	몫	몫을 산출하는 방법	자료 출처
외국인교수 비율 (전임이상)	20	(외국인교수 수/전임 이상 교수 수)*100	대학제출자료, 교육기본 통계자료를 공동 활용
학위과정에 등록된 외국 인학생 비율	15	{외국인학생 수/(학부재학생 수+ 대학원재학생 수)}*100(0~7.5점) 다양성 지수는 따로 계산(0~7.5점)	대학제출자료, 교육기본 통계자료를 공동 활용
나간 교환학생 비율	10	{교환학생 수/(학부재학생 수+대학원재 학생 수)}*100	대학제출자료
들어온 외국인교환학생 비율	5	{외국인교환학생 수/(학부재학생 수+대 학원재학생 수)}*100	대학제출자료

---

16 아래 두 평가 차림표는 중앙일보 대학평가 홈페이지에 실린 '중앙일보 평가지표'를 글쓰미가 편집한 것이다. 출처: http://univ.joongang.co.kr/university/

영어강좌 비율	20	(전공강좌 중 영어강좌 수/전공강좌 수-제2외국어전공강좌제외)*100	대학제출자료

2013년 중앙일보 교수평가: 평가갈래- 국제화(50점)

평가의 가지들	몫	몫을 산출하는 방법	자료 출처
외국인교수 비율 (전임이상)	15	(외국인교수 수/전임 이상 교수 수)*100	대학제출자료, 교육기본 통계자료를 공동 활용
학위과정에 등록된 외국인학생 비율	5	{외국인학생 수/(학부재학생 수+대학원재학생 수)}*100(0~5점)	대학제출자료, 교육기본 통계자료를 공동 활용
외국인유학생의 다양성	5	다양성 지수는 따로 계산함(0~5점)	대학제출자료, 교육기본 통계자료를 공동 활용
나간 교환학생 비율	10	{교환학생 수/(학부재학생 수+대학원재학생 수)}*100	대학제출자료
들어온 외국인교환학생 비율	5	{외국인교환학생 수/(학부재학생 수+대학원재학생 수)}*100	대학제출자료
영어강좌 비율	10	(전공강좌 중 영어강좌 수/전공강좌 수)*100	대학제출자료

위 차림표는 중평이 국제화 평가의 가지들과 그 몫을 크게 바꿔왔음을 보여준다. 2010년과 2013년 평가에서 가장 눈에 띄는 변화는 '영어강좌 비율'과 '학위과정에 등록된 외국인학생 비율'의 몫 크기가 크게 줄었다는 점이다. 중평이 비록 그에 대한 이유를 간략히 제시해 놓고 있긴 하지만 정확한 설명이나 근거는 빠져 있다. 게다가 중평이 사용한 국제화 평가의 자료들은 모두 위 차림표에 나타난 대로 '대학제출자료'이다. 이는 고양이에게 생선을 맡긴 꼴이지만, 중평은 그 자료들에 대해 아무런 검증도 하지 않았다. 만약 대학들의 제출 자료가 거짓이라면, 중평은 그 평가의 어긋남을 대학의 비양심 탓으로 돌릴 것인가?

그런데 중평이 평가 가지들을 바꿔 왔다는 사실은 앞서 치러진 중평의 공정성과 객관성 그리고 합리성에 큰 문제점이 있었다는 점을 의심하게 만든다. 중평의 평가 지표가 바뀐다는 것은 곧 대학의 순위가 바뀐다는 것을 뜻하는데, 만일 지표 바꿈으로 순위 바뀜이 일어났다면, 이는 그 순위가 자의적으로 매겨진 것과 진배없다는 것을 뜻한다. 국제화 평가의 자의성은 중평이 '국제화에 대한 정확한 정의'를 내놓지 못하는 데 그 첫째 이유가 있고, 아울러 나머지 지표들이 어떻게 국제화 증진에 기여하는지를 측정할 기준이나 도구가 없다는 데 둘째 이유가 있다. 나는 먼저 국제화의 의미에 대해, 다음에 '영어강좌 비율'과 관련된 측정 방식에 대해 그 문제점을 짚어보이고자 한다.

마디2. 국제화의 의미

도대체 위 지표들이 국제화라는 평가 갈래로 한데 묶일 수 있는 까닭은 무엇인가? 중평의 평가 가지들로 미뤄 보자면, 중평의 국제화는 국내 대학이 (영어를 모국어로 하는) 외국인 교수의 수를 늘리는 것이고, 국내 학생들을 교환학생으로 해외 대학에 더 많이 내보내거나 뒤집어 해외 학생을 더 많이 받아들이는 것이며, 마지막으로 영어강좌 비율을 늘리는 것이다. 외국인 교수가 국내 대학에서 강의 및 연구하는 일과 서로 다른 국가의 학생들이 서로의 대학을 오고가며 교육을 받는 일 그리고 국내 대학이 영어로 강의하는 일은 분명 '대학의 국제화'라고 할 수 있다. 문제는 그것이 올바른 국제화인가 하는 점이다.

국제화(國際化, internationalization)는 크게 두 방향에서 이해될 수 있다. 하나는 한 나라가 다른 나라와 교류(交流) 또는 국제적 교환(交換, international exchange)을 넓혀 나가는 것이고, 다른 하나는 자신의 제도와 법을 그러한 교류에 맞게 바꿔 나가는 일이다. 여기서 '교류'는 '서로 오고감'이나 '무엇인가를 주고받음'을 뜻한다. 무역(貿易)은 나라끼리 무엇인가를 사고파는 일로서 사람과 돈이 오고가야 할 뿐 아니라 그를 위한 법과 제도들이 만들어져야 한다. 오늘날 국제화는 이러한 오고감과 주고받음을 넘어 나라끼리 어떤 일(경제, 정치, 환경 등)을 함께 하는 단계까지 이르고 있다. 국제화에도 융합(融合)과 협업(協業)의 개념이 적용된 지 이미 오래다.

대학의 국제화는 대중문화의 국제화와 비슷하게 최신의 콘텐츠나 지식 그리고 정보를 공유하는 것은 말할 것도 없고, 대학 종사자들의 오고감과 제도의 받아들임과 건네줌, 공동의 이윤창출을 위한 협력 등 다양한 방면에서 진행되고 있다. 지식 공유는 학자들이 저마다의 학문적 연구 성과를 국제적으로 함께 나누는 것을 말하는데, 여기에는 전 세계적으로 끊임없이 열리는 국제 학술대회, 2002년 미국의 매사추세츠 공과대학(MIT)이 일으킨 "지적 인류애 운동(intellectual philanthropy movement)"에서 시작된 '열린 강의 용품(자료)'(OCW: Open Course Ware), 각 대학이나 연구소가 서로의 연구 자료를 교환하거나 공유하는 협정 등이 속하고, 그밖에 외국 대학 및 외국 지자체와의 문화 교류 등도 국제화 부분에 속한다. 이러한 내용에 비춰 볼 때 중평의 국제화 평가 가지들은 국내 대학들의 실질적 국제화 사업을 충실히 반영한다고 볼 수 없다.

중평은 기존의 국제화 평가 가지들이 국내 대학의 국제화에 얼마나 알맞은 것인지를 고민하고, 거기에 알맞은 지표들을 찾아내려 애쓰기 보다는 국제화 부문에서 순위가 높은 대학들에 대해 구체적인 수치를 내세우며 "국내 대학의 글로벌화를 이끌고 있다"는 식의 포퓰리즘적 평가를 남발하고, 아울러 국제화의 평가 가지를 "인바운드(In-bound)"와 "아웃바운드(Out-bound)"로 잘게 나눠 대학의 국제화 방향까지 조정하고 나섰다. 이는 중평이 자신들의 사회적 영향력을 앞세워 대학 행정에 관여하는 잘못된 관행이다.

올바른 국제화는 공동체 구성원의 공동의 필요성(공익)을 위한 것이어야 하고, 그들의 동의와 지지를 바탕으로 진행되어야 한다. 국제화는 그것 자체가 목적인 것이 아니라 그것을 통해 구성원의 이익과 행복이 커지는 것이 목적이다. 만일 우리의 대학들이 외국 학생들을 받아들이고 영어로 강의하기 비율을 늘리는 게 어쨌든 대학의 이익에 맞아떨어지는 것이라면, 그것은 동시에 구성원 모두의 이익과 행복에 도움이 되어야 한다. 다만 우리는 그러한 이익이나 행복을 잴 척도가 없으므로, 임시방편으로 구성원들의 정직한 의사를 묻는 절차가 반드시 필요하다.

중평은 국내 대학에 다양한 국적의 외국인 학생 수가 늘어나는 것과 국내 대학생들이 해외 대학으로 나가는 것 그 자체를 '캠퍼스(대학) 국제화'로 높이 평가했지만, 그것이 왜 또는 어떤 차원의 국제화인지는 설명하지 않고 있고, 국제화의 정도를 잴 수 있는 방법과 척도 또한 내놓지 않고 있다. 대학이 돈벌이를 목적으로 학문적 역량에 대한 제대로 된 검증도 거치지 않은 채 외국인 학생들을 받아들이는 것은 올바른 국제화도 아닐 뿐 아니라, 대학 입시와 관련해서도 부당한 처사가 된다. 국내 대학이 외국인 교수를 꼭 필요해서가 아니라 국제화 점수를 올릴 목적으로 뽑는 것은 임용의 공정성을 크게 해치는 일일 수도 있다.

중평의 국제화 평가가 올바로 이뤄지려면 무엇보다 국제화에 대한 정확한 정의가 마련되어야 하고, 거기에 맞는 평가의 가지들(지표)과 척도가 합리적으로 설정되어야 하며, 아울러 그로 말미암아 일어날 수도 있는 단점들도 인식하고 있어야 한다. 국제화는, 그것이 주로 다른 나라의 좋은 점을 받아들이거나 자국의 이익을 얻기 위한 것이기 때문에 자기 나라의 고유성과 정체성을 돌보지 못해 결과적으로 다른 나라만 뒤쫓게 되는 경우가 많고, 그로 말미암아 내부적으로 많은 충돌과 갈등이 생겨날 수밖에 없다는 문제점이 있다.

대학 국제화는 마땅히 필요하다. 하지만 우리 대학들은 시간이 걸리더라도 '어떤 국제화'를 할 것인지에 대한 장기적인 계획을 세워야 하고, 중평 또한 대학의 국제화를 '영어화'라는 단편적인 시각에서 바라보는 틀에서 벗어나야 한다. 현재와 같은 중평의 국제화 평가 가지들은 우리 대학들과 학생들 그리고 교수들 모두에게 '약(藥)'이 아니라 '독(毒)'이 될 뿐이다. 나는 현재 우리의 대학들이 나아가야 할 최종 목적지는 국제화가 아니라 창의성(創意性)이라고 생각한다. 중평이 대학들을 소모적인 국제화 경쟁으로 내모는 대신 보다 창의적이고 생산적인 평가 지표를 캐낼 수 있기를 바란다.

마디3. 영어강의 비율이라는 평가 지표의 역기능(逆機能)

가리1. 두 종류의 영어강의

"영어강의"란 대관절(大關節) 어떤 강의를 말하는가? 영어강의는 일반적으로 '영어로 이루어지는 강의'를 말한다. 여기에는 내용기반 강의(Content-Based Instruction; CBI)와 영어매개강의(English Medium Instruction; EMI)가 있다. 앞엣것은 영어 실력을 높이기 위한 '영어강의'이고, 뒤엣것은 전공 실력을 높이기 위해 '영어로 강의하는' 것이다. 영어강의(CBI)는 영어교육법의 하나로 영어가 쓰이는 실제 내용과 맥락을 중심으로 영어 실력을 키워 나가기 위한 강의이고, '영어로 강의하기'(EMI)는 전공 강의를 우리말이 아닌 영어로 하는 '영어 몰입식 강의'를 말한다.[17]

중평은 영어강의를 위에서 말한 두 가지 가운데 '영어로 강의하기'로 보고 있다. 즉 영어강의에 대한 중평의 정의는 모든 학문 분야의 전공 지식을 영어로 강의한다는 영어 몰입 교육과 그 궤(軌)를 같이한다. 그런데 우습게도 중평의 영어강좌 범주에 영문과에서 개설되는 영어강의들은 포함되지 않는다.[18] 즉 영어회화, 영문문법, 영문학 등의 강의는, 그것이 100% 영어로 이루어질지라도, 중평의 영어

---

17 이정연·최원준·손나비·강병덕, 「대학교 전공영어강의의 전공학습 효과 및 효과적인 학습 전략과 교수법」, 『교과교육학연구』(Vol.17 No.3), 이화여자대학교 교과교육연구소, 2013, 730~731쪽 살핌.

18 한학성, 「대학 영어강의, 그 참을 수 없는 위선의 가벼움」, 한말글문화협회 주최 한말글 사랑 이야기 마당 발표문(발표날짜: 2013.05), 2쪽 살핌. 출처: http://blog.daum.net/lonestar71/8377776.

강의에서는 빵점이다. 그 이유는 영문과 교과목이 '전공 지식'과 관계가 없거나, 영문과의 영어강좌는 평가할 가치가 없기 때문일 것이다. 중평의 입장은 후자, 즉 영어과에서 영어로 강의하는 것은 너무도 당연해서 그에 대해서는 평가할 필요가 없다는 것이다.

중평의 입장이 일관성이 있으려면, 교과(敎科)에 상관없이 '영어로' 이뤄지는 모든 강좌는 똑같은 평가점수를 받을 수 있어야 한다. 중평은 평가 범주에 혼란을 일으키고 있을 뿐 아니라 그것의 목적도 제대로 달성하지 못하고 있다. '영어로 강의하기'는, 그것이 영어의 실력 향상을 목적으로 한 영어강의가 아닌 한, 전공지식에 대한 보다 나은 전달 방식이거나 국제화 필요성을 충족시켜 주기에 적절한 방법이어야 하는데, 전공지식은 보통의 경우 영어보다는 우리말로 전달이 훨씬 더 잘 된다. 이때 우리는 학술어(갈말)와 학문어의 차이를 혼동하면 안 된다. '우리말로 강의하기'에서도 외국어 갈말은 얼마든지 쓰일 수 있다. '영어로 강의하기'는 전공 지식의 전달력 또는 교수와 학생 사이의 소통력이 크게 뒤쳐진다는 '평가의 역기능'을 불러일으킬 수 있다. 만일 그렇다면, 이러한 평가는 그 역기능이 보완되기 전까지는 당장 중단되어야 한다.

또 국제화를 위해서는 영어과뿐 아니라 수많은 외국어과들이 그들마다의 외국어로 강의할 수 있어야 하고, 국내 대학에 들어온 외국 학생들은 그들 자신이 원하는 말(자기들의 모국어, 한국어, 영어 등)로 강의를 들을 수 있어야 하며, 한국 학생들은 영어강의를 들을 수 있기에 앞서 그에 걸맞은 영어실력을 미리 갖출 수 있어야 한다. 그런데 중평은 영어과를 제외한 다른 외국어과들로 하여금 그들의 해당 언어 대신 영어로 강의할 때 점수를 따도록 해 놓았고, 영어능력이 모자라는 한국의 교수들과 학생들이 '엉터리' 영어강의에 참여하는 것까지 점수를 얻게 해 놓았다. 이는 정직하게 말하자면 '국제화 거스르기(逆行) 지수'인 것이다.

한 가지 분명한 것은 중평의 국제화 지표가 생기면서 대학에서 '영어로 강의하기'의 수가 엄청나게 늘어났다는 것이다. 그 때문에 중평은 영어강좌가 너무 늘어나 대학 강의가 부실화된다는 비판을 받게 되었고, 이에 영어강좌에 상한선(2010년 50%, 2013년 25%)을 그은 뒤 그 선을 넘으면 모두 만점을 주는 방식으로 평가체제를 바꾸었다. 중평이 교육내용의 부실화를 우려해 영어강좌 평가지표의 몫을 줄였다는 사실 자체가 이 평가의 목적이 국제화와 거리가 멀었던 것임을 반증(反證)하는 것이다. 만일 중평이 자신들이 의도했던 대로 대학 국제화를 평가하고자 했다면, 우리 대학들이 홍콩이나 싱가포르의 대학들처럼 모든 과목을 100% 영어로 강의하도록 유도하는 게 맞았을 것이다.

가리2. 영어로 강의하기의 편법

우리 대학들은 국제화의 평가 점수를 빠르게 높이기 위해 그 지표 가운데 가장 쉬운 '영어강좌 비율'을 높이기 시작했다. 그러한 부작용을 줄이기 위해 중평에 영어강좌 가중치를 축소해 달라는 탄원서가 나오기까지 했다.[19] 나는 아래에서 한학성 교수의 글 「대학 영어강의, 그 참을 수 없는 위선의 가벼움」을 통해 중평의 영어강좌 비율이라는 평가 가지가 대학교육에 어떤 역기능을 끼치고 있는지

---

19 "영어강좌 가중치를 현 20%에서 15%로 축소"해 달라고 건의하는 내용에 대해서는 "2010_국공립협의회지표개선요구안" 살핌.

를 보여 주고자 한다.[20] 그에 대한 보기는 일부 대학이 시행하고 있
는 '부분 영어강의' 제도에 대한 것이다. 이때 "부분"에 대한 해석은
교수의 마음에 달렸다. 심지어 어떤 영어강좌는 서류로만 '영어로
강의하기'일 뿐 몽땅 우리말로 하는 경우도 있다. 이에 대한 간단한
자료를 제시하면 다음과 같다.

질문: 강의는 영어로 이루어졌습니까?(7쪽)

대체로 영어로	6%
반쯤 영어로	34%
대체로 한국어로	49%
모두 한국어로	11%

부분영어강의는 대부분 60%가 넘게 우리말로 이루어졌고, 몽땅
우리말로 강의하기였던 경우도 적지 않았다. 만일 중평이 이런 종류
의 영어강의에 대해서까지 모두 점수를 쳐 주었다면, 중평의 국제화
평가는 '엉뚱 평가' 또는 '엉터리 평가' 또는 '부정직 평가' 등의 놀림
거리가 되지 않을 수 없다. 이러한 '짝퉁 영어강좌'에 대한 학생들의
참여도와 성취감은 어떨까? 이와 관련된 차림표를 보자.

질문: 수업 중 본인이 직접 영어를 사용하며 참여한 적이 있습니까?(8쪽)

자주 있다	3%
어쩌다 있다	35%
전혀 없다	62%

---

20 이 글에 대한 인용은 바탕글 안에 "○○쪽"과 같이 적는다.

부분영어강좌는 수강생들을 전적으로 수동적 태도로 바꿔 놓는다. 이는 곧 영어에 대한 열등감을 반영하는 것이기도 하다. 참여도가 낮다는 것은 해당 강좌가 흥미도 없고, 도움도 되지 않으며, 무엇보다 스스로 무엇인가를 적극적으로 배우고자 하는 의지마저 적었다는 것을 보여준다. 이는 한마디로 말하자면 그 강의가 완전히 '실패한 강의'였다는 것을 뜻한다. 그렇다면 부분영어강좌는 영어실력을 높여주기는 하는 것인가? 아래의 표를 보면 놀랍게도 82%에 달하는 학생들이 부분영어강좌가 영어 능력을 키우는 데 아무 도움이 되지 않았다고 답하고 있다.

질문: 부분 영어 강좌가 본인의 영어 능력 향상에 도움이 되었다고 생각합니까?(8쪽)

매우 그렇다	0%
대체로 그렇다	18%
대체로 그렇지 않다	41%
매우 그렇지 않다	41%

'영어로 강의하기'의 문제는 이밖에도 아주 많다. 교수의 영어실력이 모자라는 문제, 외국인 학생들이 영어강의를 들을 실력을 갖추지 못한 문제, 우리 대학생들의 영어 실력 또한 대부분 영어강의를 충분히 소화할 만큼이 되지 못한다는 문제, 절대평가 방식이 허용되는 영어강좌의 학점평가의 형평성 논란 문제, 대학이 앞장서 '무늬만 영어강좌'인 '부분영어강좌'를 허용하는 문제, 그리고 그 편법 실태가 널리 알려져 있는데도 영어강좌 평가를 지속하는 중평의 무책임 문제 등.

가리3. 중평(영어강좌 비율)의 우리말 병신 만들기

나는 앞에서 강의(講義)의 본질을 "올바른 앎을 짜임새를 갖춰 알아듣게 풀이해 주는 일"로 뜻매김했다. 이는 '올바른 앎'을 풀이하는 데는 영어이든 우리말이든 상관이 없다는 것을 뜻하지만, 동시에 강의가 갖춰야 할 요소들이 무엇인지도 잘 말해 준다. 강의는 '올바른 앎'에 대한 것이어야 한다. '올바른 앎'은 단순한 '지식'을 뜻하는 게 아니다. 내가 "하이데거의 철학"에 대해 강의한다면, 그것은 하이데거의 말들을 소개하는 데 그쳐서는 안 되고, 그의 말들이 올바른지, 만일 올바르다면 왜 올바른지, 나아가 그의 말들이 우리들 자신에게 무슨 의미가 있는지 등까지를 밝혀 주는 것이어야 한다. 영어로 강의하기이든 우리말로 강의하기이든 그것이 전달해야 할 게 '올바른 앎'이라는 점은 반드시 충족을 시켜야 할 것이다.

그런데 강의가 '올바른 앎'을 깨닫게 해주려면 무엇보다 강의를 듣는 학생들이 가르치미(교수)의 말을 정확히 알아들을 수 있어야 한다. 나는 영어로 강의하기에 대한 학생들의 이해도를 전국 대학을 단위로 조사한 자료를 찾아보지 못했다. 그에 대한 작은 규모로 행해진, 인용하기에는 그 신뢰도가 높지 않은 몇몇 자료들의 경우, 수강생들의 강의 이해도는 낮게는 35%에서 높게는 50% 정도였고, 강의 만족도 또한 매우 낮았다. 그 까닭은 '영어로 강의하기'가 수강생들을 벙어리 또는 '말 못하는 병신'으로 만들기 때문이었다. 학생들은 우리말로도 알아듣기 힘든 전공내용을 영어로 알아듣는 데 벅차 강의에 적극 참여하기가 결코 쉽지 않다.

대학에서 '영어로 강의하기' 또는 '외국어로 강의하기'가 그 필요에 따라 자율적으로 이루어질 경우, 그것은 아무런 문제가 없을 것이다. 중평의 영어강좌 비율은 정작 '영어로 강의하기'가 필요한 과목들(영어과 과목)은 '영어로 강의할 필요'가 없게 만들고, 대신 '영어로 강의해서는 안 되는 과목들'(국문학을 비롯한 인문학 교육, 법학과 교육, 영어 이외의 외국어교육)은 '영어로 강의하게' 만드는 '물구나무 선 평가 가지'에 다름 아니다. 그것은 대학 교육의 자율성을 그르친다는 점과 강의의 본질을 좀먹는다는 점에서 겹으로 옳지 않다.

아울러 비교육적으로 강제되는 '영어로 강의하기'는 교수에게는 '우리말로 학문하기'의 중요 내용 가운데 하나인 '우리말로 강의하기'의 기회를 앗아가고, 학생들에게는 '우리말로 학문하기'를 경험하고 체득할 수 있는 유일한 기회를 박탈한다. 중평이 '영어로 강의하기'의 평가 가지(지표)를 내세운 것은 '학문어로서의 우리말'이 그 본래의 차원에서 자유롭게 쓰일 수 있는, 보다 중요하게는, 그 생명력을 길이 이어갈 수 있는 '유일한 기회'를 말살하는 '언어 정책'이 되고 말았다. 학문어로서의 우리말이 마음껏 펼쳐질 수 있는 곳은 오직 대학의 강의실과 연구 논문뿐이다. 학문어의 공장(工場)이자 시장(市場)이라고 할 수 있는 대학에서 우리말이 벙어리 시늉을 해야 한다면, 우리말은 말할 곳과 때 그리고 말할 사람까지 잃고 만다.

이제 교수와 학생이 학문어로서의 영어에 더욱 친숙해질수록 학문어로서의 우리말은 그만큼 더 쓰이지 않게 되고, 나아가 현재 필리핀이나 인도에서 일어나는 것처럼, 우리말로 강의하는 교수와 그런 강의를 듣는 학생들은 실력 없는 자들로 낙인이 찍히는 일이 벌어질 것이다.[21] 실력의 기준이 돈(덤값, 보너스, 인센티브)과 취업인 상황에서 '영어로 강의하기'가 그 두 가지 모두를 움켜쥐게 해 주는 '행운의 열쇠'가 된다면, 우리말로 강의하기가 펼쳐질 강의실 열쇠는 어디론가 사라져 버리고 말 것이다. 이때 '우리말로 강의하기'는, 우리가 거기에서 지적 호기심과 깨달음의 기쁨에 들떠 스스로 묻고 그에 알맞은 올바른 대답을 스스로 찾아나서는 일들이 일어날지라도, 열등의 증표가 될 뿐이다.

현재 많은 상위권 대학들은 '영어로 강의하기' 비율이 40%를 넘고 있다. 이는 우리 대학이 영어로 강의하기를 당연한 것으로 받아들이기에 충분하다. 우리 대학에서 '우리말로 강의하기'의 마지막 잎새가 떨어질 날이 올 수도 있다. 그것은 어쩌면 비극이 아닌 '거대한 성취', 말하자면, 드디어 '우리말로 강의하기'에 마침표가 찍히고 '100% 영어로 강의하기'의 신기원이 열렸다는 '위대한 기록유산'이 될지도 모른다. 우리의 대학이 '영어로 강의하기'의 새 역사를 쓰기 시작한 지금이 바로 '우리말로 강의하기'가 암 진단을 받은 때이다. 우리가 좋은 의사를 찾지 않는다면 '학문어로서의 우리말'은 되살아날 수 없게 될 것이고, 우리 모두는 우리말에 대해 큰 죄를 짓게 된다. 죄를 짓는 것은 영어가 아니라 영어를 강제하는 우리, 그리고 우리의 제도들(중평, 대학)이다.

---

21 박영준 외, 「영어를 공용어로 쓰는 국가의 언어 실태와 문제점」, 문화관광부, 2003. 필리핀은 1946년 독립국가로서 필리핀 국어(Pilpino)와 영어를 공용어와 교육언어로 채택했는데, 현재 필리핀에서는 대부분의 교육용 책과 교양서적들은 영어로 쓰이고, 정론지에 해당하는 신문들 또한 모두 영어로 쓰이며, 학술 잡지도 영어만을 사용하고 있으며, 문학 작품조차 영어로 쓰이고, 모든 교육기관의 명실상부한 공식 언어는 영어이다. 타갈로그어(필리핀 국어)는 고작 선정적인 내용으로 채워지는 황색잡지(yellow Journal)에나 쓰일 뿐이다.(33~41쪽 살핌)

도막4. 대학평가의 본질과 학문어로서의 우리말

오늘날 대학평가는 왜 필요한가? 평가란 무엇이고, 그것은 왜 있어야 하는가? 대학이 평가를 받는 것과 '학문어로서의 우리말'이 병이 드는 것은 무슨 관계가 있는가? 이러한 물음들은 묻는 것만으로도 나를 숨 가쁘게 만든다. 내가 이러한 물음들에 대해 올바른 대답을 얻으려면 나는 무엇보다 먼저 '대학의 본질'과 '평가의 본질'이 무엇인지를 물어야 하고, 나아가 그 둘이 '학문어로서의 우리말'과 어떻게 연관되어 있는지를 밝혀야 한다. 내가 여기서 이러한 물음들은 던지는 까닭은 대학평가가 나아가야 할 바람직한 길을 잠깐이나마 찾아보기 위함이다.

마디1. 대학의 뜻과 발전의 의미

가리1. 대학은 키움터이다

우리나라 고등교육법 제28조에 적힌 대학의 목적은 다음과 같다.

> 대학은 인격을 도야(陶冶)하고, 국가와 인류사회의 발전에 필요한 심오한 학술이론과 그 응용방법을 가르치고 연구하며, 국가와 인류사회에 이바지함을 목적으로 한다.

이에 따를 때 대학의 목적은 세 가지이다. 첫째, 사람을 사람답게 기른다. 둘째, 참된 이치와 방법을 학문적으로 알아내고, 그 '올바른 앎'을 가르친다. 셋째, 공동체 모두의 행복에 이바지한다. 나는 이 셋을 '키움'으로 요약할 수 있다고 본다. 첫째, 사람 키우기, 둘째, 앎 키우기, 셋째, 공동체 키우기가 그것이다. 키움은 『대학(大學)』에 나타난 '크게 배움(大學)'의 뜻을 그대로 따른 것이다. 크게 배운 사람은 사람다운 삶의 길을 밝혀 이끌어주는(명명덕, 明明德) 사람으로서 사람들을 깨우치고(신민, 新民), 더 나은 삶을 쫓게 한다(지지선, 止至善).

사람 키우기는 사람의 좋고 착한 본성과 그에게 주어진 씨앗들이 '스스로' 잘 자랄 수 있게 하는 일을 말한다. 키움이 조장(助長)처럼 억지로 또는 잘못된 방식으로 잡아끄는 게 아닌 한, 사람 키우기는 사람이 자신의 본성을 깨우치고, 그 자신에게 주어진 소질들을 깨달아 스스로 '사람다운 사람'이 될 수 있게 해 주는 일이다. 이를 위해서 사람은 저마다 그 자신과 사물 그리고 세계의 본질에 대한 '올바른 앎'(진리)을 일구어 내야 한다. 이것이 곧 앎 키우기이다. 아는 사람은 아는 대로 삶의 길을 가야 하지만, 그 길은 그 자신뿐 아니라 자신이 속한 공동체 모두에게 고루 두루 좋은 길이어야 한다. 이것이 곧 공동체 키우기이다.

키움은 나쁜 쪽으로 자라게 하는 게 아니라 '보다 나은 쪽'으로 커 나가도록 하는 것이다. 이런 의미에서 대학은 사람을 키우고, 앎을 키우고, 세상을 키우는 '키움터'가 된다. 키움이 '스스로' 자랄 수 있게 함을 목표로 하는 한, 키움터로서의 대학은 자치(自治)의 영역이어야 한다. 하지만 키움에 씨뿌림과 거름주기와 같은 돌봄이 반드시 뒤따라야 하는 한, 대학은 이런 의미에서 공동체의 도움을 받아야 하고, 그런 도움을 받는 이상 대학은 공동체의 키움에 이바지해야만 한다.

대학의 대중화는 지중(智衆),[22] 즉 스스로를 '보다 나은 삶을 살 줄 아는 사람'으로 키워 갈 줄 아는 사람들을 대중으로 만들었지만, 그것은 다시금 대학을 정치와 경영 그리고 취업의 장으로 휩쓸어 들였다. 대학이 정부의 통제 대상이 되고, 기업처럼 이윤을 추구해야 하는 경영의 대상이 되며, 사회적 성공의 대명사인 취업의 준비기관이 되는 일은 자치성의 상실을 불러올 수밖에 없다.

우리에게 대학이 순수 자치를 주장할 수 있었던 적은 이제껏 한 번도 없었고, 앞으로도 없을 것이다. 대학이 진리탐구의 터전이라는 말 또한 현실에서는 오다가다 가끔씩 들어맞을 뿐 늘 맞아떨어지지는 않는다. 오늘날 키움터로서의 대학은 배움터이기도 하지만, 가르침터, 일터, 만남터, 쉼터, 따져 밝힘 터이다. 대학은 그 자체가 하나의 복합적 생활공간이다. 대학의 기능 또한 다면적이고 다층적이다. Kerr는 대학이 학문의 상아탑(象牙塔)을 의미하던 전통적인 유니버시티(university, 하나에로 올라감)에서 학문 이외의 다양한 관심과 요구를 병행하여 수렴하는 멀티버시티(multiversity, 여러 목적에로 나아감)로 변모하고 있다고 지적했다.[23]

---

22 지중(智衆)에 대한 뜻매김에 대해서는 구연상, 『철학은 슬기 맑힘이다』, 채륜, 2009, 164~175쪽 살핌.

23 Kerr, C., *The Uses of the University*, New York, Harper&Row, 1963. 여기서는 최성욱, 164쪽에서 다시 따옴.

가리2. 대학 발전의 방향은 아무도 모르는 곳

만일 대학이 크게 배우고 두루 가르치는 키움터로 새겨질 수 있다면, 대학의 발전은 무엇을 뜻하는가? 발전(發展)은 한마디로 말하자면 '보다 나은 쪽으로 펼쳐지거나 나아감'을 말한다. 이때 '보다 나은 쪽'은 서양의 경우, 유토피아나 파라다이스의 경우에 보이는 것처럼 보통 미래에 놓이지만, 동양의 경우, 무릉도원이나 요순 시대가 언급되는 경우에 보이는 것처럼 과거에서 찾아지기도 한다. 현재의 단순한 것이 문제라면, 발전은 보다 복잡한 쪽으로 나아가는 것이 되기 쉽고, 어떤 수준이 낮은 게 문제일 때 발전의 방향은 수준을 높이는 쪽에 맞춰질 것이다.

발전에서 중요한 것은 현재의 상태에 대한 진단이다. 우리가 현재에 만족할 때 우리는 발전의 목표나 목적을 찾기 어렵고, 따라서 발전에 대한 의지를 갖기 힘들다. 보다 나아질 마음을 가진 사람만이 '보다 나은 곳'을 찾는 법이다. 진화론의 의미에서 발전은 유전자의 생존율이 높아지는 것을 말하지만, 발전의 일반적 의미는 삶의 질(質)이 좋아지는 것을 말한다. 지앤피(GNP, Gross National Product, 국민 총 생산)가 아무리 증가할지라도 국민 개인의 삶의 질(바탕)이 자꾸 나빠진다면, 그러한 경제 발전은 국민에게는 발전이라고 할 수 없다.

대학의 발전은 대학이 현재보다 나은 상태로 나아가는 것을 말한다. 나아감의 목표와 나아감의 빠르기 그리고 나아감의 수단이나 방법은 대학의 지속적 발전에 매우 중요한 요소가 된다. 대학 사회가 다원화되고, 그 기능이 복잡해지고 있기 때문에 대학의 발전이 중심이나 균형 또는 그 정당성을 잃게 되면, 대학은 심각한 갈등과 혼란에 빠져들 수밖에 없다. 왜냐하면 대학의 발전이 어떤 부류의 사람들에게는 커다란 이익을, 그러나 다른 부류의 사람들에게는 고통의 가중만 안겨 줄 수 있기 때문이다.

우리 대학들은 그동안 '발전'이라는 말을 마치 역사적 사명인 양, 또는 전쟁터의 깃발처럼 들고 뛰어왔다. 이는 대학이 정부의 통제나 사회의 필요성에 급박하게 부응하면서 대학의 자치성, 바꿔 말해, 학문의 자율성과 고유성은 스스로 내팽개친 꼴이다. 대학 발전의 맨 앞머리에는 언제나 1990년대 말부터 휘날리던 국제화 또는 세계화라는 '빨간 깃발'이 나부끼고 있다. 대학은 발전의 참다운 방향과 빠르기 그리고 안정(균형)과 조화로는 눈을 돌리지 못한 채 그저 사냥개처럼 저 빨간 깃발만 뒤쫓고 있다.

대학이라는 붉은 전차(電車)는 그 앞머리에 "발전"이라는 행선지를 내걸고는 있지만, 그곳이 어딘지를 아는 사람은 아주 드물다. 사람들은 그냥 "그곳"이라고 말할 뿐이다. 대학의 많은 구성원(構成員)들이 거기에 묵묵히 동조해 왔다. 이 붉은 전차는 한 순진한 학자의 학문 여정 따위는 거들떠도 보지 않을 뿐 아니라, 5천 년을 이어 내려온 우리말을 병신으로 만드는 것쯤은 눈 하나 까닥하지 않은 채 저지르며, 학문의 자율성이니 삶의 진정성이니 하는 철학 얘기에 대해서는 무한 경쟁 시대에 분수를 모르거나 현실과 동떨어진 몇몇 고집 센 학자들의 입방정으로 한 칼에 잘라내 버린다.

우리의 대학들은 '영어로 강의하기'와 '영어로 논문쓰기', 영어로 토론하기, 아메리카(미국)로의 유학(留學), 아메리카 학위 따기, 아메리카 닮기를 '발전의 잼자(척도)'로 삼고 있다. 중평은 '대학의 발전'

과 '학문의 발전'에 대한 다양한 생각들을 존중하지 않는 듯 보인다. 우리 대학에서는 '우리 학문의 발전'이 '학문 일반의 발전' 못지않게 중요해야 할 테고, '우리말로 쓴 논문'이 적어도 '영어로 쓰인 논문'보다 낮추 평가되어서는 안 될 테지만, 중평은 학문의 다원성(多元性, plurality)을 전혀 깨닫지 못한 것인지 대학의 국제화, 세계화 또는 미국화에로 방향을 굳히고 말았다. 다원성의 반대가 일원성 또는 획일성이라고 할 때, 중평의 결론이 '대학의 서열화'로 이어지는 것은 거의 운명에 가깝다.

마디2. 대학평가의 본질과 학문어 문제

가리1. 평가의 두 가지 뜻

대학은 왜 평가를 받아야 하고, 또 어떻게 받아야 하는가? 평가의 뜻은 무엇인가? 일반적으로 평가란 어떤 조직의 목적과 활동 또는 기능의 가치를 계산해 내는 과정을 말한다. 이 과정은 목적이 얼마만큼 뚜렷한가(목적의 명확도), 그 목적을 달성하기 위해 자원이 얼마나 효율적으로 활용되었는가(수단 적절성), 그것의 효과는 얼마나 되는가(기능의 효율성)라는 세 단계 물음으로써 이루어진다.[24] 이에 따를 때, 대학평가(academic evaluation)는 대학이라는 조직체가 갖는 가치나 그 기능의 효과를 측정하고 판단하는 과정을 의미한다. 따라서 대학평가의 구체적인 기준은 대학 고유의 목적 내지 기능이

---

24 김기언, 230쪽 살핌.

각 대학에서 구체적으로 어느 정도 달성되고 있는가라는 관점에서 설정할 수 있다.[25]

그런데 "**평가(評價)**"라는 말에는 두 갈래 뜻이 뒤엉켜 있다. 하나는 가격(價格) 매김이고, 다른 하나는 가치(價値) 매김이다. **가격**은 우리가 어떤 물건을 사고팔 때 거기에 매겨지는 값을 말하고, **가치**는 우리가 어떤 사물에 대해 그것에 맞는 어떤 보편적 기준에 따라 매기는 값을 말한다. 가격은 시장에서 형성되는 '흥정 값', 즉 '사고팔고 값'이라고 할 수 있고, 가치는 사물 자체가 객관적으로 갖는 '본디 값'이라고 부를 수 있다. 보기컨대 배추의 '흥정 값'은 배추가 풍년이 들었을 때, 정부가 그 값을 조절하기 위해 시장에 개입하지 않는 한, 크게 떨어지고, 그렇지 않았을 때 크게 오르는 법이다. 하지만 배추의 '본디 값'은 우리가 배추김치를 담그는 데 배추를 쓸 수밖에 없는 한 크게 달라지지 않을 것이다.

가치가 한 사물이나 사람이 그 자체로 지니는 쓸모의 정도라고 할 수 있다면, 가격은 같은 쓸모를 갖는 상품들 사이의 비교를 통해 매겨지는 가치, 또는 그 상품들을 사고파는 사람들 사이에서 형성되는 가치를 말한다. 우리가 어떤 것을 평가할 때 우리는 먼저 우리가 구하고자 하는 값이 가격인지 아니면 가치인지부터 확정해야 한다.[26] 왜냐하면 흥정 값은 때마다 사람마다 달라질 수 있는 것으로서 거래(去來)의 대상이 되지만, 본디 값은 인과적 관계나 사회적 약속 또는 본질적 속성 등을 통해 고정되어 있기 때문이다. 본디 값에

---

25 김기언, 231~232쪽.

26 구연상·김원명, 『서술 원리, 논술 원리 II』, 211~212쪽 살핌.

대해 흥정하려 하는 사람은 이미 값 매김에 실패하고 만 것과 같다.

가리2. 대학평가의 올바른 뜻

대학평가는, 평가의 두 갈래 뜻에 따라 보자면, 두 갈래로 나뉘어 이뤄질 수 있다. 첫째 갈래, 한 대학이 시장에서 사고 팔릴 때 그 대학은 얼마의 값이 매겨질 수 있는가? 이 물음에 대한 대답은 대학을 사고팔고자 하는 사람들이 얼마의 값을 내놓느냐에 따라 결정된다. 오늘날처럼 취업이 중요한 시대라면, 대학의 흥정 값은 기업의 선호도(평판도)나 졸업자의 취업률로써 매겨질 수 있을 것이다. 둘째 갈래, 한 대학이 키움터로서 갖는 쓸모, 즉 키움에 이바지해 온 힘쓴 보람(功勞)에 얼마의 값이 매겨질 수 있는가? 이 물음에 대한 대답은 그 대학에서 자라난 학생들의 만족도나 교육여건, 교수들의 강의 및 연구논문 그리고 사회 발전에 대한 봉사 및 공헌도 등의 세 갈래에 대한 평가로써 값이 매겨질 수 있다.

그런데 평가는 그것을 맡아 하는 기관(機關)의 목적과 계산이 들어가지 않을 수 없다. 오늘날 대학평가는 주로 정부나 언론사에 의해 이뤄진다. 그런데 정부의 평가는 정권이 바뀔 때마다 그 기준이나 목적 그리고 방향성이 크게 달라지기 쉽고, 언론사는 사기업으로서 그들 자신의 이익을 고려하지 않을 수 없다. 한마디로 말해, 공정하고 객관적인 대학평가는 불가능하다. 비록 평가 주체들이 자신들의 평가방식이나 기준을 공개하긴 하지만 그에 대한 정확한 설명이나 산출자료 등은 내놓지 않는다. 평가는 평가의 갈래와 가지 그리고 그 몫과 산출자료와 방법 등이 깨끗하게 드러날 때, 그리고 그 맡은 기관의 중립성과 공정성에 대한 사회적 믿음이 공유될 때 올바르다.

중평이 영어논문과 영어강좌 비율을 대학평가의 정당한 대상으로 삼으려면, 그것들은 대학의 본디 값이나 흥정 값을 결정하는 데 중요한 요소가 되어야 할 것이다. 영어강좌는 사람 키우기로서의 교육 분야에 속하고, 영어논문은 앎 키우기로서의 연구 분야에 속한다. 하지만 이 두 가지는 우리가 이제까지 살펴본 바처럼 대학의 자율성을 크게 해치는 요소일 뿐 아니라, 우리 대학의 교육과 연구를 방해할 뿐이다. 심지어 이 두 가지는 학문어로서의 우리말을 병신말로 만드는 주범이기까지 하다. 이는 공동체를 키우는 게 아니라 병들게 하고, 사람들을 영어할 수 있는 모둠과 우리말을 하는 모둠으로 둘로 가름한다.

나는 '대학의 국제화'라는 평가 가지가 대학평가의 갈래에 첨가된 것은 대학의 본디 값에 의한 것은 아니라고 본다. 그것은 평가 기관의 정치적 판단, 달리 말해, 그들의 계산법(이해관계)에 따라 비싸게 사고팔 흥정 값에 의한 것이다. 중평의 국제화 부문은 '본디 값'을 무시한 채 '흥정 값'으로 대학을 평가하려는 꼴과 같다. 이는 오늘날 대학당국이 뛰어난 수학자를 자기 대학에 모셔온 뒤 중평을 위해 영어강좌 비율을 올려야 하니 그에게 영어를 가르치고, 영어로 논문을 쓰도록 강제하는 것과 같다. 이러한 본말전도(本末顚倒)의 상황을 아래의 보기로써 생각해 보자.

만일 하버드 분교가 서울에 문을 열어 모든 강의와 교재가 영어로 이루어지고, 아울러 교수진 전체가 미국인이거나 영어 능통자이며, 학생들 또한 여러 국가에서 온다고 치자. 만일 이 분교가 중평이 자기 대학교수들이 쓴 한국어 논문을 빵점으로 처리하고, 영어과 강의점수를 평가에 전혀 반영하지 않은 것에 대해, 나아가 중평이 학문어의 자유, 논문에 대한 공정한 평가, 강의에서 쓰이는 말에 대한 선택권을 침해했다고 항의한다면, 중평은 뭐라 대답할 것인가? 한국어 논문은 그 수준과 인용정도가 낮고, 영어과에서 영어로 강의하는 것은 당연한 일이라고 강변할 것인가? 그러나 중평은 논문의 질을 평가할 수 있는 기관이 아니고, 미국 대학이 영어로 강의하는 게 당연하다면, 한국 대학이 한국말로 강의하는 것 또한 당연시해야 할 것이다.

우리 대학에서는 우리말로 강의하고 논문을 쓰는 게 '본디 값'이다. 만일 어떤 대학평가 기관이 우리 대학에서 영어의 사용 정도를 평가 대상으로 삼고자 한다면, 그 기관은 먼저 영어 사용이 우리 대학들의 목적이나 활동 그리고 기능에 필수적임, 말하자면, 영어 사용이 대학이 사람을 키우고, 앎을 키우고, 공동체를 키우는 데 반드시 필요한 것임을 증명해야 한다. 이를 좀 더 구체적으로 말하자면, 영어는 대학에서의 교육과 연구 그리고 봉사의 '내재 변인'으로서 영어 사용이 대학의 본디 값을 잴 수 있는 척도여야 한다는 것을 뜻한다.

보기를 들어, 수학과 학생은 수학자로서 자라나야 하고, 수학적 앎을 체계적으로 일구어 나갈 수 있어야 하며, 나아가 수학적 앎을 통해 공동체 발전에 기여할 수 있어야 한다. 이때 영어 사용이 그 학생을 가르치는 '내재 변인'이 되려면, 그 학생이 영어를 아는 것이 그가 수학자가 되고, 수학 실력을 높이고 공동체에 이바지하는 데 결정적이어야 한다. 하지만 영어를 잘하는 모든 사람이 수학자가 될 수 없다는 것은 분명하다. 그렇다면 우리가 검토해야 할 사항은 대학에서의 영어 사용이 강의(교수, 학생)와 연구 그리고 공동체 이바지에 얼마만큼 긍정적 영향을 끼치는가 하는 점이 될 것이다.

가리3. 중평(영어로 강의하기 및 영어로 논문쓰기)의 우리말 비틀기

우리의 대학은 분명 영어로 강의하고 논문을 쓸 수 있어야 하지만, 그것은 대학의 본디 값이 아니라 흥정 값에 속하므로 필요에 따라 자율적으로 선택될 사항이지 보편적으로 강제되어야 할 내용은 아니다. 교수와 학생이 강제로 영어강좌에 참여했을 때 그 강의효과가 크게 떨어진다는 점은 이미 우리가 살펴본 것처럼, 비록 모든 대학과 모든 교과목의 경우를 살펴본 것은 아니지만, '매우 부정적'이었다. 영어로 논문쓰기 또한 우리 대학에서 보편적으로 강제될 수 있는 게 아니다. 평가기관이 자신들이 높게 치는 '흥정 값'으로 '외부 개입'을 하는 순간 대학의 본디 값은 흔들릴 수 있다.

이에 대한 좋은 보기가 있다. 중평은 2005년까지 '강의실 정보화 비율'이라는 평가 가지를 적용해 왔는데, 이로써 우리 대학에는 강의실 첨단화라는 거센 바람이 불어 시설비 투자가 급등하는 일이 벌어진 바 있다. 그런데 중평은 2006년부터 이 평가 가지(정보화)를 변별력이 없다는 이유로 평가 지표에서 지워버렸다. 중평은 2012년 그동안 우리 대학들을 공사판으로 만들게 했던 '기숙사 수용률'이라는 평가 가지를 잘라버리기도 했다.[27] 강의실에 컴퓨터 설비가 갖춰져 있고,

---

27 손우정, 「왜 대학은 〈중앙일보〉에 쩔쩔매는가? [게릴라칼럼] 삼성 '총장추천제'만큼 심각한 언론의 대학서열화」, 오마이뉴스, 2014.01.27.

기숙사가 잘 마련되어 있다면 분명 여러 모로 편리할 것이다. 하지만 이러한 설비들은 대학의 본디 값이 아니다. 중평이 대학을 사고파는 흥정의 대상으로 삼는 바람에 대학의 본질은 뒤로 밀리고 말았다.

학문어로서의 우리말은 우리 대학의 본디 값인가, 아니면 흥정 값이 될 수도 있는 것인가? 즉 우리말은 중평이 자신들의 평가 가지에 마음대로 넣었다 뺐다 해도 되는 물건인가? 이 물음은 우리 대학이 우리말 없이도 그 본질을 잘 발휘할 수 있는지를 묻는 것과 같다. 나는 독일유학을 다녀온 한 선배로부터 독일에서 김치 대신 양배추로 김치를 담가 먹은 적이 있다는 이야기를 들은 적이 있다. 나는 우리 대학이 우리말 대신 영어를 학문어로 선택하는 일은 우리가 양배추로 김치를 담그는 일과 비슷하다고 본다.

우리말은 그동안 우리 대학이 자신의 본질을 다하는 데 필수적이었다. 만일 해방되던 해 우리에게 주시경 선생과 조선어학회가 만들어낸 '한글 맞춤법 통일안'(1933년), '표준말 모음'과 '외래어 표기법'(1941년)이 없었다면, 미군정은 우리의 모든 교육을 일본어로 실시했을 것이다. 우리말과 우리글(한글)의 문법과 표기법이 학문적으로 체계화되어 있었을 뿐 아니라 1929년부터 시작된 우리말 사전 편찬이 있었기에 해방 뒤 우리의 모든 교육언어는 초등학교부터 대학에 이르기까지 모두 우리말로 이루어질 수 있었던 것이다.

우리말은 우리 대학이 처음 설립될 때부터 학문어로 써왔고, 강의는 말할 것도 없고 번역과 저술 그리고 논문에 이르는 우리 학자들의 모든 학문적 업적이 고스란히 담겨 있는 말이다. 학문어로서의 우리말이 해방과 더불어 본격적으로 쓰이기 시작했다고 본다면,

우리 대학이 최근 10년 동안 매진해 온 영어로 강의하기와 영어로 논문쓰기는 지난 70년의 학문 역사를 스스로 부정하는 꼴이 되고 만다. 국제화라는 화두가 우리말을 학문 세계로부터 추방시키고, 병신으로 만들며, 그 안에 내재된 잠재력을 송두리째 무시해도 좋을 만큼 우리 대학에게 절실하고 필요한 것은 결코 아니다.

우리 대학들이 100년은 커녕 5~10년의 앞날도 내다보지 않은 채 국제화니 발전이니 하는 눈앞의 신기루를 쫓아 자신의 오늘을 있게 해 준 우리말을 헌신짝 버리듯 내팽개치고는 중평의 평가 가지들을 무턱대고 채우려하면서 학문어로서의 우리말 쓰기를 가로막고 오직 영어 쓰기만을 강제하는 일은 대학사회의 복잡성과 특수성을 그르치는 일일 뿐 아니라, 나아가 대학에서 배우고 가르치는 앎들이 강의실에서 전수되고 창출된다는 지식 생산의 고유성을 깨트리고 마는 일이기도 하다.[28]

우리 대학은 우리말로써가 아니고는 이러한 복잡성과 특수성 그리고 고유성을 지켜갈 수 없다. 우리의 대학들은 그들이 대학에서 이루어지는 교육과 연구의 다양성을 중평의 단순모형에 맞춰 재단해 버릴 때 이미 대학의 본질(키움, 자라게 해 줌)까지 함께 잘라내 버린 것임을 빨리 깨달아야 한다. 우리의 대학들이 우리말을 스스로 '학문어 병신'으로 만들어 버린다면 그것은 제풀로 되먹임되어 우리 대학들의 학문어 정체성과 역사적·민족적 정체성을 마치 '텅 빈 둥지'처럼 또는 '뿌리 뽑힌 나무'처럼 맹맹하게 만들고 말 것이다.

---

28 장상호·김용덕·진교훈(1990), 「대학교육과정의 국제비교연구」, 연구보고 제88-20-15호, 6쪽 살핌. 여기서는 최성욱, 173쪽에서 다시 따옴.

학문어로서의 우리말을 키우기 위한 길

도막1. 학문어의 특성

학문어(우리말)의 생존과 보존 그리고 발전은 그 언어가 학문의 본질을 충족시킬 때 저절로 가능해진다. 학문의 사명은 기존의 지식 체계를 이어가고, 그것을 배우고 가르치는 가운데 잘 써먹으며, 나아가 보다 나은 지식 체계를 건립하는 데 있다. 그런데 이러한 사명의 완수는 반드시 학문어의 도움을 빌어서만 가능하다. 생활의 지식조차도, 그것이 한때 학문적 발견의 산물이었거나 누군가에 의해 수립된 지식 체계가 전수된 것인 한, 학문에 그 기초를 두고 있는 셈이다. 학문어가 없다면 지식은 제대로 전달되기커녕 살아있기조차 힘들다. 여기서 말해지는 지식과 학문 그리고 학문어의 뜻들은 다음과 같이 매기단될 수 있다.

앎(지식) = 주어진 물음에 대한 올바른 대답
앎짜임새(학문) = 앎을 올바로 짜나가는 일(체계화)
앎적기말(학문어) = 앎을 적어 나가기 위한 말과 글(언어)

이러한 정의에 따를 때, 우리말(한국어)이 학문어가 된다는 것은 우리가 우리말로써 무엇이든 자유롭게 물을 수 있다는 것, 그리고 그러한 물음들에 대한 옳고 바른 대답들을 우리말로써 자유롭게 찾아 나설 수 있다는 것, 아울러 올바른 대답들의 체계를 우리말로써 통일적으로 적어 짜나갈 수 있다는 것을 뜻한다. 누군가 물음과 그에 대한 올바른 대답의 짜임새를 우리말(한국어)로 막힘없고 걸림

없이 적을 수 있을 때 우리말은 학문어로서 손색(遜色)이 없게 된다.

그런데 학문어 속에 담기는 하나의 앎은 다른 앎들과 서로 연관되어 있다. 하나의 앎은 다른 앎들에 근거하거나 의존하는 방식으로 서로 관계한다. 또 앎은 하루아침에 만들어지는 게 아니라 특정한 전통 세계 가운데 전수되고, 사용되며, 비판되거나 새로워진다. 이렇게 학문적 앎이 우리 모두에게 두루 그리고 내리 알려질 수 있고, 널리 소통될 수 있으며, 언제든 비판될 수 있으려면, 그것은 글(말), 즉 하나의 학문어 속에 심겨져 있어야 한다. 학문(앎짜임새)이 특정 개인의 소유물이 아니라 인류의 자산인 까닭이 여기에 있다. 학문어는 학문적 앎(지식)의 소통 수단이자 근거로서 다음과 같은 두 가지 특징을 갖는다.

마디1. 공공성

학문어는 공공재(公共財)로서 모든 사람이 함께 쓸 수 있는 말이어야 한다. 고대 그리스 학자들(탈레스, 피타고라스 등)은 이집트로부터 받아들인 당시의 최첨단 학문을 학자 집단만의 전유물로 삼으려 하지 않고 폴리스(도시 국가) 시민 모두와 함께 나눌 수 있는 그들의 '우리말'(고대 그리스어)로 번역하여 가르쳤다. 이러한 시도는 소크라테스 철학으로 대표되는 학문적 대화술을 낳았고, 그러한 학문적 성과들은 플라톤과 아리스토텔레스의 책들을 통해 로마 세계와 르네상스 그리고 서양의 근대를 거쳐 오늘날까지 영향을 미치고 있다.

학자들은 자신들이 쓰는 학문어를 앞선 세대로부터 이어받아 자신의 세대에서 더욱 갈고닦은 뒤 다음 세대에게로 넘겨준다. 학문어는 동시대 사람들을 위한 것일 뿐 아니라 세대에서 세대로 이어져야 하는 것이기도 하다. 학문어의 공공성은 공간적 차원을 넘어 시간적 차원까지 포함하는 셈이다. 우리에게 이러한 공공성을 갖출 수 있는 학문어는 우리말뿐이다. 학문어로서의 영어는 '다음 세대'에서도 '우리 모두'를 위한 것이 될 수 없다. 우리의 대학들이 영어를 학문어로 강제하는 일은 학문어의 공공성을 깨트리는 일이고, 우리의 '국어기본법'에 명시된 우리의 공용어(公用語)의 생존과 발전을 침해하는 위법 행위이기도 하다.

마디2. 소통성

학문어는 모든 사람이 서로의 말바(말하고자 하는 바)를 막힘없고 걸림 없이 함께 나눌 수 있는 말이어야 한다. 소통(疏通)의 우리 옛말은 '사무치다'를 뜻하는 "ㅅㅁㅊ다" 또는 "ㅅㅁㅊ다"이다. 그 뜻은 '멀리까지 미치거나 깊이 꿰뚫어 앎'이다. '사무침'에는 앎의 뜻 말고 다다름과 투명성의 의미도 속한다. "達 ㅅㅁㅊ 달"[1]이나 "透 ㅅㅁㅊ 투"[2]의 글월이 그 증거가 될 수 있다. 사무침은 말이나 글의 뜻하는 바와 그로써 드러난 것(속사정이나 처한 환경 그리고 맥락)이 훤히 그리고 속속들이 미루어 아는 상태를 말한다.[3]

---

1 《신증유합(1576) 상:1》
2 《신증유합(1576) 하:4》
3 구연상·김원명, 1권, 70~76쪽 살핌.

학문어는 우리가 그것을 통해 '학문적 앎'을 마음껏 함께 나눌 수 있는 말이어야 한다. 학문어는 그것의 쓰미(사용자)들에게 읽고 쓰기가 쉬워야 하고, 그것으로 쓰인 알속(지식)들에 대한 비판과 토론이 매끄럽게 이뤄질 수 있어야 하며, 학문에 대한 가르침과 배움이 잘 되어야 하고, 갈말(학술어) 만들기가 자유로워야 한다. 학문어는 발에 딱 맞는 신발처럼 그것의 쓰임 자체가 걸림이 없어야 하고, 갈말들의 마디나누기(분절)가 쉬워 앎의 체계를 짜기가 편리해야 한다. 즉 한 공동체가 채택해야 할 공식적 학문어는 모든 사람이 그것의 문법과 조어법 그리고 낱말의 통일성에 이미 능통해 있어 그 말바를 거침없이 함께 나눌 수 있는 말이어야 한다.

도막2. 우리말로 학문하기 운동

마디1. 외국어 원전 신비주의

그런데 우리나라는 조선시대에는 한자를, 일제강점기에는 일본어를, 해방 뒤부터는 우리말을 학문어로 써 왔고, 최근에는 영어를 비롯한 여러 외국어들도 부분적으로 학문어로 쓰이고 있다. 이 때문에 우리의 학자들은 한자, 일본어, 우리말, 영어 그리고 그 밖의 다른 외국어까지 알아야 하는 경우가 숱하다. 우리가 우리말 하나로 학문어를 삼을 때도 학문 분야마다 서로 소통하기 어려운 법인데 이렇게 여러 학문어들이 복잡하게 뒤엉켜 있을 때 그 어려움은 두 말할 필요가 없다. 일반인들은 학문어는커녕 학술어(갈말)조차 정확히 이해하기 힘들다.

내가 대학원 철학과에 입학하던 1990년대 우리 학계는 '원전 신비주의'라는 말로 고통을 받고 있었다. 유학파 교수들은 저마다 자신들이 유학할 때 읽었던 외국어 책들로 강의하고 논문을 썼다. 대학원생이 되어 가장 먼저 해야 할 일은 지도교수가 즐겨 쓰는 외국의 학문어를 배우는 것이었다. 나는 수업 때마다 독일어 책을 20쪽씩 번역해 가야 했고, 수업은 번역본을 읽고 그 번역의 올바름을 토론하는 방식으로 이루어졌다. 어떤 교수는 독일어를, 다른 교수들은 불어나 영어를, 또 다른 교수는 한문을 그들만의 학문어로 가르쳤고, 그들 밑에서 지도를 받는 학생들도 그 학문어에 따라 정확히 구분되었다.

우리가 한 학기에 부지런히 읽어낼 수 있는 외국어 원전의 분량은 책 한 권도 안 되는 경우가 많았기 때문에 수업에서 우리가 다룰 수 있는 학문적 논의와 깊이는 너무도 제한적이었고, 고작 자신의 전공 분야에 국한되고 말았다. 게다가 연구자들마다 동일한 외국어 원전을 서로 다른 낱말로 번역하거나 다르게 해석하기 일쑤였다. 그렇기 때문에 학회에서는 늘 번역어 문제가 불거져 나오곤 했다. 학회는 이러한 문제를 줄이고자 연구자들이 원전을 함께 읽는 모임을 따로 만들기도 하고, 학술어 통일 작업을 하기도 했다. 그렇기 때문에 국내에서의 학문 연구는 주로 외국 학자의 논문이나 책에 대한 것일 뿐이었고, 국내 학자들이 쓴 글에 대한 비판이나 토론은 거의 일어나지 않았다.

외국어로 학문하기는 그 학문어의 제약으로 말미암아 한 학자의 학문 지평을 극도로 좁히게 되어 다른 전공자들과는 대화조차 어렵고 만다. 게다가 학문어로서의 외국어는 '지배자의 언어'가 되고, 그 언어에 통달하여 외국어로 학문할 줄 아는 사람은 '지배 계급'으로 군림하게 되는 반면 우리말로만 학문할 줄 아는 사람은, 한국어 자체가 '피지배자의 언어'로 추락해 있기 때문에, '이류 학자' 또는 '제대로 학문할 줄 모르는 사람'으로 폄하된다. 나아가 일반 대중은 학문뿐 아니라 학문어 자체로부터 소외를 당해 끝내 '학문 문맹'에서 벗어나지 못한 채 삶을 마감할 수밖에 없다.

마디2. 우리말로 학문하기의 성장과 몰락

국가의 몰락이 동시에 문자와 학문의 몰락으로 이어졌던 고대 이집트와 페르시아 사례를 통해 볼 때, 소수의 학문 계급이 학문어를 독점하고, 다수의 피지배 계층 사람들이 학문 문맹 상태에서 벗어나지 못하는 상황은 문자의 위기가 최고의 위기에 달한 상황이라고 할 수 있다. 만일 우리 학계가 신비(神秘)에 휩싸여 있던 외국 책들을 하나둘씩 우리말로 번역하려 하지 않았다면, 그리고 우리의 학자들이 우리말로 강의하기와 우리말로 발표하기 그리고 우리말로 논문쓰기를 포기해 버렸다면, 우리말은, 비록 국가가 몰락하지 않은 상황에서도 이미 오래 전에 학문어로서의 목숨이 끊기고 말았을 것이다.

2001년 우리말로 학문하기 모임("우학모"로 줄임)에 150명의 교수들이 모여 '우리말로' '우리의 학문'을 하자고 소리 높여 외쳤다. 이 외침은 우리도 이제는 단순히 서양의 학문을 우리 사회에 소개하는 데 그치지 말고 우리말과 우리의 현실 문제에 바탕을 둔 학문을 해야 한다는 것이었다. 이때 우리말은 학문어 또는 학문의 방법을 뜻하고, 현실 문제는 학문의 내용을 일컫는다. 우학모는 이를 위해 동서양의 고전들을 우리말로 번역할 것을 외쳤고, 학문과 일상이 서로 소통되어야 함을 외쳤으며, 우리 스스로 학문적 이론들을 만들어내자고 외쳤다. 이는 외국어 원전 소개 중심의 학문관, 문제의식의 이질성, 체계화의 어설픔 등의 문제를 극복하고 '자생적 학문의 전통'을 만들어 모든 국민이 우리말로 학문의 진수를 접할 수 있게 하자는 뜻이었다.

하지만 우리의 대학 현실은 대학의 국제화 정책 및 '영어로 강의하기'와 '영어로 논문쓰기'라는 평가 제도로 말미암아 우학모의 외침과는 동떨어진 쪽으로 빗나가고 말았다. 나는 이 책을 통해 지난 10년 동안 우리 대학들이 영어를 우리의 학문어로 강제해 온 것이 그릇되었다는 것을 밝히고자 했다. 나아가 나는 앎의 체계화로서의 학문이 세 가지 성격(공공성, 개방성, 소통성)을 갖는다는 사실을 통해 우리의 학문어는 오직 우리말뿐임을 강조했다. 우리 모두가 자유롭게 그리고 그 뜻하는 바를 막힘없고 걸림 없이 함께 나눌 수 있는 학문어, 달리 말해, 학문적으로 묻고 대답하고 대화하고 따지고 밝히고 짜 맞춰 나갈 수 있는 학문어는 우리말뿐이다.

21세기는 '지식(앎) 공유의 시대'가 될 것이다. 이는 미래는 학문(앎 짜임새)의 중요성이 더욱 커질 것임을 뜻한다. 앎은 피라미드 꼴로 쌓이기도 하지만 벌집 꼴로 부풀어지기도 하며 뇌 시냅스 그물처럼 처음도 없고 끝도 없이 짜여 나가기도 한다. 앎은 전문 학자뿐 아니라 일반 대중에 의해서도 만들어질 수 있다. 그로써 앎의 다양성(갈래와 가지 그리고 그 모양)은 뿌리줄기(리좀, Rhizome)처럼 뻗어나갈 것이다. 이러한 학문의 창의성(새로움)은 학문어의 자유로부터 시작된다. 즉 모든 사람이 학문어에서 막힘이나 걸림이 없을 때 학문은 끊임없이 새로워지고 두터워질 것이다. 우리가 학문들 사이의 소통뿐 아니라 학문과 일상의 소통까지를 아우르는 '앎 함께 나누기(정보 커뮤니케이션)'를 이루어가려면 우리는 가장 먼저 학문어의 통일을 이루어야 한다.

하지만 앎은 전 세계 학자들에 의해 일궈지고 캐내지고 발견되거나 밝혀진다. 우리는 이러한 앎도 함께 나눌 수 있어야 한다. 이를 위해 우리는 전 세계에서 소통되는 앎들을 빠르게 우리말로 번역해 들이고, 우리 자신이 생산한 앎들을 세계로 알릴 수 있어야 한다. 전 세계의 학문어가 영어로 통일된다면 우리는 아마도 굳이 우리말을 학문어로 고집할 필요는 없을 것이다. 하지만 우리나라에서는 우리말이 학문어이듯, 프랑스에서는 프랑스 말이, 독일에서는 독일 말이, 일본에서는 일본 말이 그들의 학문어이고, 영어는 그 자체로 하나의 학문어이면서 동시에 많은 사람들이 소통의 편리를 위해 쓰는 즐겨 쓰는 말, 즉 소통어(疏通語)인 것이다. 학문어는 학문의 과정과 결과를 적는 말이고, 소통어는 돈처럼 서로 다른 학문어들을 서로 통할 수 있게 해 주는 말이다.

영어는 영어권 학자들에게는 학문어가 되지만 우리에게 학문어가 아니라 소통어가 된다. 영어권에서 유학한 우리나라 사람들은 자신들이 배운 학문어가 영어이기 때문에 영어가 우리의 학문어인 양 착각하기 쉽지만, 우리의 학문어는 우리말뿐이다. 우리에게는 소통어인 영어가 우리의 대학에서 학문어의 지위를 넘보는 까닭은 학문어로서의 우리말이 학문을 하는 데 불편한 점이 많기 때문이다. 말과 글은 쓰기에 편리해야 하는 도구성도 갖고 있다. 우리가 우리말의 쓸모와 편리성을 키우지 못한다면 우리말은 버림을 받게 될 것이다.

따라서 우리는 학문어로서의 우리말을 지키는 데 그쳐서는 안 되고 그것을 빼어나고 뛰어나게 키워 나가야 한다. 그것의 가장 좋은 길은 우리 스스로 우리말로 수준 높은 학문을 하는 것이다. 우리가 학문의 모든 영역에서 우리말로 강의할 수 있을 뿐 아니라 우리말로 세계적인 논문을 쓸 수 있을 때 학문어로서의 우리말은 활짝 피어나게 된다. 만일 아인슈타인이 우리말로 논문을 썼고, 그를 지지하는 과학자들이 그의 논문을 인용하고 있다면, 우리말이 학문어임을 의심하는 사람은 아무도 없을 것이다. 오늘날 우리 학계가 온 힘을 다해 이루어야 할 바는 학문의 패러다임을 바꾸는 우리말 논문을 쓰는 일이고, 그로써 우리의 사람됨과 공동체다움을 보다 낫고 아름답게 바꿔 가는 데 이바지하는 일이다.

도막3. 우리 학문의 큰길(大道)

나는 우리말을 지키고 키우려면 '우리말로 학문하기'와 국제화하기라는 두 마리 호랑이를 모두 잡아야 한다고 생각한다. 여기서 내가 말하는 학문의 국제화는 학문의 영어화 또는 미국화가 아니라 우리말로 학문하기의 수준이 세계적 수준이 되는 것을 말한다. 우리는 이를 위해 우리보다 앞선 학문들을 뒤따라 잡을 필요가 있다. 이 길은 지난 10년 동안 우리 대학들이 선택했던 길, 즉 뒤쳐진 학문어로서의 우리말 대신 영어로 학문하는 길이 아니라 느리더라도 우리보다 앞선 학문들을 우리말로 번역해 들이고, 우리말의 말하기(표현) 능력을 최대한 살려내는 길, 한마디로 말해, 우리말로 학문하는 길이어야 한다. 나는 우리말로 학문하기의 길과 국제화의 길을 함께 가는 길을 '학문의 큰길(대도, 大道)'이라 부른다. 우리가 그 길을 가기 위해서는 다음 세 가지가 반드시 필요하다.

마디1. 번역 제도 키우기

번역(飜譯)은 외국어로 된 것(말, 글)들을 우리말로 '뒤쳐 옮기는 것'뿐 아니라 우리말로 된 것들을 외국어로 바꿔 쓰는 것이기도 하다. 학문 분야에서 그동안 번역은 주로 학술 책에 대해 이루어져 왔고, 학술 논문은 여러 편으로 묶여 한 권의 책으로 번역되는 정도였다. 요즘 학문은 단행본보다는 학술지 논문들을 통해 소통되므로 이제는 개별 논문들도 가능한 한 모두 번역될 필요가 있다. 나는 학문과 관련된 글(책, 논문, 보고서 등)에 대한 번역을 모두 싸잡아 '학문 번역'이라 부른다.

학문 번역에는 두 갈래가 있다. 하나는 우리말로 된 것을 외국어로 옮기는 것이고, 다른 하나는 외국어로 된 것을 우리말로 옮기는

것이다. 먼저, 우리말로 된 것을 외국어로 옮기는 '내보내기 번역'은
해당 외국어를 모국어로 하는 전문가의 도움을 받을 때 제대로 될
수 있다. 이는 우리가 외국의 원전을 우리말로 바꾸는 일을 외국인
이 우리의 원전을 그들의 '우리말(그들의 모국어)'로 옮기는 일과 같다.
이러한 일은 우리의 학문수준이 그들보다 현저히 높을 때에만 가
능하거나 해당 외국 연구자가 우리 원전의 번역 필요성을 느낄 때만
가능할 것이다.

아니면 현재처럼 우리나라 학자가 자신이 쓴 논문을 직접 영어로
번역한 뒤, 그 번역문을 외국인에게 수정받는 것도 나쁘진 않다. 만
일 우리가 이러한 과정을 보다 전문적으로 대행해 줄 수 있는 '공적
기관(학문 번역원)'을 세울 수 있다면,[4] 우리는 우리말로 논문을 쓰고,
그 기관(학문 번역원)이 우리말 논문을 영어나 필요한 기타 외국어로
번역을 도맡아 주는 시스템도 마련할 수 있을 것이다. '내보내기 번
역'은 한국인 영어 능통자에 의한 애벌 번역과 그것을 전문적으로
고쳐 줄 외국인 또는 외국 거주 연구자들과 네트워크를 이뤄 운영
될 수 있을 것이다.

학문 번역의 둘째 갈래는 '들여오기 번역'이다. 이것은 전 세계의
외국어로 된 좋은 책과 논문, 또는 오늘날의 우리가 쉽게 읽어낼 수
없는 문헌들을 우리말로 뒤쳐 옮기는 일이다. 이 일은 '학문 번역원'
뿐 아니라 각 대학의 '학문 연구소'를 통해 가능할 수 있다. 외국어
로 된 문헌이나 우리의 고 문헌 등을 우리말로 옮기는 일은 대학원

---

4 학문 번역원은 그 범위가 기술과 방법 그리고 콘텐츠 분야까지 넓혀질 수 있을 때 '학술
　과 콘텐츠 번역원'이 될 수 있다.

석사 과정생이나 전문 연구원에게 맡길 수도 있다. 여러 편의 논문을 번역하거나 학술적 가치가 큰 책을 번역하는 것은 석사 학위로 인정될 만하다. 다만 석사 학위 논문을 대체할 번역서에는 학술적 가치를 증명해 줄 해제나 각주 등이 정확히 달려 있어야 한다.

그런데 이러한 학문 번역은 시장성이 낮은 게 문제이다. 우리는 학문의 공공성을 살리기 위해 '학문 번역'의 경우는 '학문 번역원 데이터 베이스'를 통해 전자 책이나 문서로 출판할 수 있다. 나는 '한국고전번역원'에서 제공하는 '한국고전종합DB'를 즐겨 찾아본다. 이곳은 놀랍고 고맙고 가슴 벅찬 곳이다. 이곳에서는 우리 고전의 원문과 번역문 그리고 해설 등을 무료로 제공해 줄 뿐 아니라 검색(찾아보기) 기능까지 마련되어 있어 가히 우리 고전의 디지털 도서관으로 삼을 만하다. 다만 이곳은 들여오기 번역만 제공된다는 한계가 있다.

만일 우리가 '학문 번역원'과 같은 기관을 만들고, 그곳을 통해 출판되는 모든 번역물[5]을 가지런히 갖추어 두는 '디지털 장서각(藏書閣)'을 세울 수만 있다면, 우리는 100년 뒤 누구든 우리말로 마음껏 자신의 학문을 펼칠 수 있을 뿐 아니라, 우리 학문의 국제화 또한 거침이 없게 될 것이다. 이는 우리말 논문에 대한 국제적 검증 제도를 함께 마련하는 효과도 있고, 아울러 장기적으로는 현재 각 대학이 바라는 영어논문의 수를 획기적으로 늘리는 좋은 방안이기도 하다. 학문 번역원은 '학문 번역사(飜譯士)'를 둘 수 있고, 번역사는 번역 박사와 번역 석사로 나눌 수 있다.[6]

---

5 번역물의 원본은 이미 인용이 가능한 방식으로 출판되어 있어야 한다.
6 번역 출판과 관련된 복잡한 판권 문제가 발생할 수 있지만, 이 문제는 현재의 관례로도

아울러 우리는 번역물에 대한 평가도 원전에 대한 평가 못지않게 높여야 한다. 번역물은 '원문 지시 창작물'로서 그 본디 값의 측면에서 원문과 동일한 값을 받을 수는 없지만 그 흥정 값의 측면에서는 우리의 다양한 필요를 채워준다는 점에서 높은 값을 줄 수 있다. 또 우리는 우리의 학자들이 쓴 영어논문에 대해 우리말 번역을 의무화해야 한다. 이는 우리말의 학문어 지평을 넓히고 깊히는 보람된 일일 뿐 아니라 우리가 우리의 학자들이 쓴 글마저 영어로 읽어야 하는 불편과 자존심 상함을 막기 위한 일이기도 하다.

번역물에 대한 평가의 어려움은 내용은 동일하지만 말은 전혀 다른 두 개의 글이 생산된다는 데 있다. 게다가 본디의 글이 이미 학계의 평가를 거친 것이라면, 그것의 번역물에 대한 평가는 겹치기 평가가 되는 셈이다. 우리가 '본디 글'을 밑글이라 할 수 있다면, '번역된 글'은 딸글(딸린 글)이 된다. 우리 학계가 이러한 '번역 딸글'에 대해 높은 평가를 내리기는 쉽지 않아 보이지만, 학문어로서의 우리말을 올바로 키워 나가기 위해서 우리 학계는 '국내 학술지 투고 규정'을 바꿔서라도 번역물을 높이 대우해야 한다.

마디2. 우리말 갈말 갈고다듬기

학문의 큰 길을 가기 위해 우리는 무엇보다 '우리말 갈말'의 수를 끊임없이 늘려 나가야 할 뿐 아니라 갈말의 뜻을 엄밀하게 갈고

충분히 해결될 수 있다.

닦아야 한다. 우리가 일본 학문의 영향력 아래에서 벗어나지 못했을 때는 "atom(못쪼갱이)"[7]을 일본어에서 빌려 온 "원자(原子)"라는 말로 썼지만 우리가 미국 학문의 영향을 직접적으로 받게 된 뒤부터 "quark"는 "쿼크"로 읽히고 쓰이고 있다. 그리고 쿼크에 대한 설명을 찾아보면 아래와 같은 방식의 갈말 쓰임이 나타난다.

　　질량·스핀 및 패리티(反轉性) 등은 시공양자수이고, 아이소스핀(isospin:I)·하전(charge:Q)·중입자수(baryon number:B)·스트레인지니스(strangeness:S) 등은 내부양자수이다. 같은 다중항(多重項) 속에서 이들 내부양자수 사이에는 다음과 같은 관계가 실증적으로 성립한다.[8]

$$Q = I_2 + \frac{B+S}{2} = I_2 + \frac{Y}{2}$$

　　여기에 쓰인 물리학 갈말들은 그 낱말들의 정체가 애매할 뿐 아니라 그 말의 종류 또한 뒤죽박죽이다. "질량(質量)"은 한자 낱말이고 "스핀"은 영어 낱말이며 "이고"는 순우리말이며, 관계식 자체에는 영문 알파벳이 쓰였다. 우리 가운데 이러한 설명의 말을 손쉽게 이해할 수 있는 사람은 극히 드물 것이다. 그 까닭은 여기에 한글로 쓰인 낱말들이 대개는 영어 낱말을 가리키는 기호(記號)이기 때문이

---

7 "못쪼갱이"라는 말은 "못+쪼개다+알갱이"의 꼴로 만든 것이다.

8 두산백과, "쿼크" 항목 살핌. 출처: 네이버 지식백과 > 두산백과 http://terms.naver.com/entry.nhn?docId=1150899&cid=40942&categoryId=32247

다. 심지어 "스트레인지니스"라는 말은 영어 "strangeness"의 소리를 가리킬 뿐 우리말 체계에서는 아무 뜻이 없다. 그것의 우리말 번역어 "기묘도(奇妙度)" 또한 사정은 마찬가지이다.

"질량(質量)"이란 말은 어떤 것(물체)의 순수한 바탕이 갖는 헤아려 잴 수 있는 크기를 말한다. 그것은 영어 "mass(매스)"를 가리키는 낱말이다. '매스'는 우리말로 '덩어리'를 뜻한다. "덩어리"는 어떤 것들을 한데 뭉쳐 놓은 것을 말한다. 진흙 덩어리나 수박 덩어리는 그것을 이루고 있는 낱알이나 낱낱으로 흩어질 수 있다. 한 물체의 덩어리는 지구와 달에서 같겠지만 그 무게는 서로 다르다. 나는 '덩어리'라는 낱말이 '질량'이라는 낱말보다 훨씬 이해가 잘 된다. 물리학에 쓰이는 갈말(학술어)들이 그 뜻을 이해하기가 어려운 까닭은 물리학자들이 그 갈말들을 일반인도 이해할 수 있을 만큼 갈고 닦지 않았기 때문이다.

나는 "존재(存在)"라는 낱말의 뜻을 밝히기 위해 오랜 세월을 보냈다.[9] 우리 철학계와 문학계는 "존재"라는 낱말을 아무 문제가 없는 양 써 왔지만, 그것은 우리가 "존재"라는 한자 낱말뿐 아니라 우리말 "있다"와 "이다"에 대한 깊은 성찰이 없었기 때문에만 가능했던 일이다.[10] 조선시대에는 '존재'라는 낱말 대신 "유(有)"라는 낱말

---

9 이에 대한 연구 결과는 구연상, 「하이데거의 존재물음과 "있다"의 근본의미」, 『존재론연구』(제26집), 한국하이데거학회, 2011, 「하이데거의 존재물음과 "이다"의 근본의미」, 『존재론연구』(제28집), 한국하이데거학회, 2012, 「하이데거의 계사(繫辭) 해석에 대한 비판(셸링 강의를 중심으로)」, 『존재론연구』(31집), 한국하이데거학회, 2013 등을 통해 발표되었다.

10 존재라는 말이 처음 등장한 것은 1871년 프랑스어-일어 사전 『후츠와지텐(佛和辭典)』(코쥬도, 好樹堂 지음)으로 불어 낱말 "에트르(être)"가 "존재, 형체"로 풀이되어 있다. 야나부

이 쓰였지만, 우리말 "있다"의 말 뿌리는 이두(吏讀)로 거슬러 올라갈 만큼 오래고, "이다"라는 낱말 또한 마찬가지이다. 게다가 "잇다"라는 낱말은 "있다"와 "이다"를 한데 아우른 꼴로서 '존재'를 대체하기에 충분하다. 그렇다면 하이데거의 저 이름 높은 책『존재와 시간』이라는 제목은『잇음과 때』로 새롭게 번역될 수 있다.

우리가 쓰고 있는 많은 갈말들은 일본어 학술어를 그대로 가져다 쓴 것들이거나 영어나 다른 외국어들을 번역하지 않은 채 소리나는 대로 적은 것들이다. 그 까닭에 우리의 갈말들은, 위에서 "쿼크"에 대한 설명에서 본 바처럼, 서로 일관성과 통일성이 없는 경우가 많다. 학문어로서의 우리말은 마치 머리는 긴 털이 난 개이고, 몸통은 돼지, 꼬리는 여우, 팔다리는 용, 그리고 날개가 달린 상상의 동물 혼돈(混沌)을 닮았다. 하지만 자세히 들여다보면 눈도 코도 귀도 제대로 분간할 수 없다. 이렇게 갈말들이 그 뜻이 애매하고 이해가 어려우며 그 말밑(어원)마저 서로 이질적일 때 우리는 그것들로 엄밀한 학문을 펼칠 수 없다.

우리는 우리말로 학문한 전통이 너무도 짧아 우리말 갈말들도 모자라고, 그것들의 체계도 허술하다. 그렇지만 우리가 저마다 우리말 갈말들로써 자신의 이론을 세워 나간다면, 우리의 갈말들도 넘치고 짜임새가 탄탄해질 것이다. 최봉영은『한국인에게 나는 누구인가』(지식산업사, 2012)에서 나, 느낌, 보다, 성미, 차림, 감 잡기 등의 낱말 뜻을 파고들어 그 안에 담긴 한국인의 세계를 엿보았고,『말과

아키라 지음, 서혜영 옮김,『번역어 성립 사정』, 일빛, 2003. 110~123쪽 참조.

바탕공부』(고마누리, 2013)에서는 아름다움, 성, 덕, 교육, 정치 등의 묵직한 주제들에 대한 독창적 이론을 펼쳐 보였다. 나 또한 그동안 공포, 두려움, 불안, 후회, 감각, 존경, 권태, 존재, 서술, 원리, 철학, 악 등에 대한 철학적 분석을 시도해 왔다. 우리가 학문의 모든 분야에서 우리말로 학문하기를 실천하기만 한다면 학문어로서의 우리말은 결코 병들 수 없다.

마디3. 책 되살리기

중평은 논문의 가치는 크게 인정하는 반면 저술의 학문적 가치는 전혀 인정하지 않고 있다. 이는 학문적 연구 가치를 균형 있게 평가하는 태도는 결코 아니다. 학문의 진보나 혁명은 한 편의 논문보다는 책을 통해 촉발되고 구체화된다. 갈릴레이는 『천문대화』(天文對話, Dialogo soprai due massimi sistemi del mondo, 1632)를 저술하여 지동설을 세상에 알렸고, 다윈은 『종(種)의 기원(起原)』(On the Origin of Species by Means of Natural Selection or the Preservation of Favoured Race in the Struggle for Life, 1859)을 통해 진화론을 내놓았으며, 아인슈타인은 『특수 그리고 일반 상대성 이론에 대하여』(Über die spezielle und die allgemeine Relativitätstheorie, 1916)를 출판해 자신의 이론을 설명했다.

자연과학의 영역에서 학문적 책을 쓴다는 것은 학문의 연구 방법론을 발전시키는 데 큰 기여를 해 왔다. 현대 학문은 기본적으로 저마다의 고유한 방법론의 기초 위에 세워진다. 수학적 지식은 물리학자나 경제학자 또는 생물학자뿐 아니라 거의 모든 자연과학에 필수적이다. 수학의 언어를 갖추지 못한 사람들은 자연과학의 논문을 읽을 수조차 없다. 방법론은 매우 엄격하기 때문에 배우는 데 시간이 많이 걸릴 뿐 아니라, 대개의 방법론은 서양에서 개발된 것들이기 때문에 우리말로는 이해하기 힘들다.

방법론은 내용에 앞서는 때가 많거나 때론 방법과 내용이 분리되지 않을 때도 많다. 자연과학적 실험들은 그것이 특정 가설이나 이론에 근거해 시행되는데, 이러한 이론과 가설은 다시금 이러한 실험의 방법에 기초해 고안된다. 방법론을 갖춘 학자는 그것을 통해 수많은 내용의 논문들을 양산해 낼 수 있고, 그때 그는 자신의 결과물들에 대해 최초 명명의 영광을 안게 된다. 이렇게 태어난 갈말들이 특정 학문 분과에 쌓이고, 그것들이 체계를 이룬다. 체계가 잡힌 학문은 그 방법론과 갈말들 사이에 경계가 모호해져 그 둘을 따로 떼어낼 수 없게 된다.

책은 복잡한 방법론과 그것을 통해 설명하고 증명하려는 내용을 역사적이고 포괄적이고 체계적으로 펼쳐 낼 수 있다. 책은 한 이론이 어떠한 방법론 틀 안에서 고안되었고 실험되었으며 그 결과가 무엇인지를 전체적으로 말해 줄 수 있다. 우리는 책을 통해 체계화에 대한 노력을 다하게 되고, 그로써 새로운 학문 틀이 짜일 수 있다. 학문적 책은 단순히 논문들을 모아놓은 형태로부터 여럿이 저마다의 전공 분야를 소개하는 묶음 그리고 하나의 주제를 전문성과 대중성을 조화해 설명하는 것에 이르기까지 다양하다.

인문학 연구의 경우 책은 반드시 필요하다. 인문학 책은 전통을 이어받고, 한 시대를 살아가는 사람들이 함께 나눌 수 있는 생각을 두루 담아내며, 그로써 사람과 세계 그리고 가치와 의미의 모든 영역이 한데 어우러질 수 있는 하나의 길을 닦아 낸다. 인문학 책은 전문가뿐 아니라 대중까지도 읽을 수 있어야 한다는 점에서 다른 분야의 책들에 비해 그 영향력과 소통력이 가장 크고, 그런 만큼 공공성의 책임도 무겁다. 인문학 책이 품어야 할 이러한 가없이 길고 끝없이 넓으며 거침없이 펼쳐져야 할 숨결은 13쪽 길이의 글에 담길 수 없다.

인문학자들은 국제 학술지 논문의 값이 한 편에 10억까지 폭등했음에도 외곬으로 싸구려 우리말로 논문을 쓰려 한다. 그들에게 영어로 논문을 쓰는 것은 그들 자신의 학문 정신에 등을 돌리는 것과 같다. 인문학은 사람의 삶의 뜻하는 바를 묻고, 올바른 삶과 그렇지 않은 삶, 또 아름다움과 미움, 참됨과 거짓됨 등을 나누고, 그 나눔이 올바를 때, 그 가름으로써 삶을 길을 밝히려 한다. 이렇게 사람의 삶에 대해 물음을 던지고, 그때마다 우리 자신에게 필요한 대답들을 찾아내야 하는 학문들은 학자들 자신이 몸담고 살아가는 세계를 떠나서 학문할 수 없다. 사람이 바뀌거나 말이 달라지거나 시대나 관점이 뒤바뀌면 학문의 모든 것이 새롭게 검토되어야 한다. 이러한 학문은 시간의 의미 위에서 끊임없이 움직일 수밖에 없다.

인문학은 세계 속에서 삶을 더불어 살아갈 수밖에 없는 사람들을 위해 이루어진다. 사람들마다 생각이 다르다면, 그것에 대한 학문도 달라질 수밖에 없고, 말이 바뀐다면, 그 말 때문에 학문의 짜임새도 바뀔 수 있다. 사람의 삶을 위한 학문은 사람들이 그 학문 자체를 이해하지 못할 때 그 자신의 목적에서 벗어나는 것이다. 그것은 위반(違反)이다. 생물학이 하늘의 별자리를 탐구한다면 그것은 생물학에 대해 위반이 된다. 인문학은 학자와 그가 탐구하는 다른 사람들 사이의 끊임없는 대화를 통해서만 가능하다. 자신이 대상으로 한 사람들에게 전혀 다가갈 수 없는 인문학은 자기 본질을 위반하는 범죄를 저지르는 것이다. 중평이 국내 학술지를 싸구려 취급한 것은 우리말로 논문을 써야만 하는 '학문적 당위'를 짊어진 인문사회학자들을 모욕한 것에 가깝고, 그들을 학문적으로 타락시켜 자기 학문의 범죄자가 되도록 부추긴 셈이다. 이는 곧 한마디로 말하자면 학자에게 학문의 진정성을 "배반(背叛)"하게 한 것이다.[11]

나는 숙명여대에서 '인문학 독서토론'이라는 과목을 가르치는데, 이 과목에는 인문계뿐 아니라 자연계와 예체능계 전공 학생들도 들어온다. 학생들은 보통 처음에는 인문학 책 읽기를 두려워한다. 인문학 읽기의 어려움은 가끔은 문제 자체로부터 비롯되기도 하고, 또 때로는 방법론 때문에 생기기도 하지만, 보통은 책 읽기 경험이 부족한 데 그 원인이 있다. 고전(古典)은 어떤 정형화된 문제와 그에 대한 널리 알려진 정답을 제시하지 않는다. 거기에는 물음들이 꼬리에 꼬리를 물고 이어질 뿐 아니라 수많은 대답들이 검토되고 나아가 우리 자신이 도저히 풀 수 없는 문제들까지 던져진다. 하지만 학생들은 한 학기 동안 6권의 고전을 나와 함께 읽고, 거기서 던져진 문제들을 저마다의 삶에 비춰 풀며, 서로의 생각들로써 토론을 벌이는 가운데 세상 읽기를 배울 수 있다. 인문학 책이 없었다면, 이러한

---

11 찰스 귀논 지음, 강혜원 옮김, 『진정성에 대하여』, 동문선, 2005, 204쪽 살핌.

자기 발견과 세계에 대한 통찰은 불가능한 것이다.

오늘날 모든 학문이 다른 학문들과의 융합의 길을 가지 않을 수 없다. 특히 인문학은 과학과 기술 그리고 공학과 의학 등 삶의 모든 영역을 한 곳에 묶어세워야(包括) 한다. 오늘날 우리 사회가 동양과 서양이라는 두 전통의 혼합 속에서 새로운 전통을 만들어가고 있는 한, 인문학은 이러한 복합하고 완전히 새로운 전통의 의미를 현대의 지평에서 설명해야 한다. 우리는 한문전통이 깊고 오래고, 일본의 전통 또한 무시할 수 없으며, 서양전통은 홍수처럼 급류처럼 우리 사회를 집어삼켰지만 정작 우리의 자신의 전통이라고 내세울 만한 것은 인문학 영역에서 그리 많지 않다. 우리가 이러한 포괄(묶어세우기)을 스스로 이뤄낼 수 있을 때 우리 학문이 만들어지는 것이다.

우리는 숨 가쁜 산업화와 가슴 뜨거운 민주화 그리고 한 발 앞선 정보화와 내달리는 세계화를 이루었다. 한류(韓流)는 우리 문화의 자긍심을 되살려 주고 있고, 한글은 우리의 모여살이(사회)의 완전한 소통 도구가 되었으며, 한국 사람들 자신이 경쟁력의 원천이 되어가고 있다. 우리는 우리네 삶의 원리와 살이(방식)에 큰 가치가 깃들여 있을 것이라고 믿고 있다. 우리가 아직 그 원리를 속 시원하게 밝혀내고 있지는 못하지만 우리는 분명 우리들 자신의 숨은 힘을 굳게 믿고 있다. 우리의 인문사회학자들이 우리말을 내동댕이치지 못하는 이유는 이러한 믿음 때문이다.

나는 우리 인문학자들이 무의식적으로 품고 있는 올곧은 마음을 늘 보아왔다. 다만 그들은 그들이 풀어야 할 과제가 얼마나 큰지를 가늠하지 못하고 있다. 오늘날 우리는 한문과 일본어 그리고 영어로 만들어진 깊고 넓은 전통들을 용광로와 같은 우리네 삶 속으로 녹여내고 불러내어 '우리'의 창조적 전통으로 새롭게 빚어내야 한다. 이 '새로움의 길'은 오직 학문어로서의 우리말을 밑바탕으로 해서만 가능하고, 전통과 창조의 길은 그 숨이 짧고 밭은 논문이 아니라 모든 것을 한데 아울러 묶어세울 수 있는 책을 통해서만 닦일 수 있다. 말이 곧 길이고, 책이 곧 길닦이이다. 수학이 없으면, 물리학은 길을 잃어버리듯, 우리말과 그것으로 된 책이 없으면, '우리 학문의 길'도 끊기고 만다.

"말할 줄 아는 이는 말할 때도 알아야 한다."(내 말)

| 참고문헌 |

1. 책

강한영 교주, 『申在孝 판소리 사설集(全)』(한국고전문학대계 8), 교문사, 1984.

구연상, 『감각의 대화』, 세림M&B, 2004.

_____, 『공포와 두려움 그리고 불안』, 청계, 2002.

_____, 『부동산 아리랑』, 채륜, 2011.

_____, 『철학은 슬기 맑힘이다』, 채륜, 2009.

_____, 『후회와 시간』, 세림M&B, 2004.

_____ · 김원명, 『서술 원리, 논술 원리(I)』, 한국외국어대출판부, 2011.

_____, 『서술 원리, 논술 원리(II)』, 한국외국어대출판부, 2011.

레오 바이스게르버 지음, 허발 옮김, 『모국어와 정신 형성』, 문예출판사, 1993.

리처드 도킨즈, 홍영남 역, 『이기적 유전자』, 을유문화사, 2006.

막스 베버 지음, 이상률 옮김, 『직업으로서의 학문』, 문예출판사, 2005(초판, 1994).

복거일, 『국제어 시대의 민족어』, 문학과지성사, 1998.

야나부 아키라 지음, 서혜영 옮김, 『번역어 성립 사정』, 일빛, 2003.

연세대학교 교양교육위원회 편, 『대학의 뜻』, 역세대학교 출판부, 1991(초판, 1979).

유협 지음, 최동호 역편, 『문심조룡』, 민음사, 1994(초판), 2005(6쇄).

이기상 · 구연상 지음, 『존재와 시간 용어 해설』, 까치, 1998.

정대현, 『한국어와 철학적 분석』, 이화여자대학교 출판부, 1984.

조동일, 『우리 학문의 길』, 지식산업사, 1993.

죠지 밀러 지음, 강범모, 김성도 옮김, 『언어의 과학』, 민음사, 1998.

찰스 귀논 지음, 강혜원 옮김, 『진정성에 대하여』, 동문선, 2005.

최봉영, 『말과 바탕공부』, 고마누리, 2013.

_____, 『한국인에게 나는 누구인가』, 지식산업사, 2012.

토마스 S. 쿤 지음, 김 명자 옮김, 『과학혁명의 구조』, 1986.

폴 리쾨르 지음, 양명수 옮김, 『악의 상징(1960년)』, 문학과지성사, 1994.

피터 파브(Peter Farb) 지음, 이기동, 김혜숙, 김혜숙 옮김, 『말, 그 모습과 쓰임. 사람들이 말을 할 때 어떤 일이 일어나는가?』, 한국문화사, 1997.

허웅, 『한글과 민족문화』, 세종대횡기념사업회, 1999(초판, 1974).

2. 논문

구연상, 「『사씨남정기』의 악 개념에 대한 철학적 분석」, 『존재론 연구』(29집), 2012.

_____, 「견해 논술의 원리에 대한 철학적 분석」, 『철학논총』(제66집), 새한철학회, 2011.

_____, 「말의 얼개와 특징」, 『존재론 연구』(11집), 한국하이데거학회, 2005.

_____, 「번역, 옮김인가 뒤침인가」, 『존재론 연구』(15집), 한국하이데거학회, 2007.

_____, 「아우구스티누스의 악 개념과 그에 대한 작은 비판」, 『철학연구』(122집), 대한철학회, 2012.

_____, 「하이데거의 계사(繫辭) 해석에 대한 비판(셸링 강의를 중심으로)」, 『존재론연구』(31집), 한국하이데거학회, 2013.

_____, 「하이데거의 존재물음과 "이다"의 근본의미」, 『존재론연구』(제28집), 한국하이데거학회, 2012.

_____, 「하이데거의 존재물음과 "있다"의 근본의미」, 『존재론연구』(제26집), 한국하이데거학회, 2011.

김경한·이수영, 「영어교과교육 게재 논문의 학술적 가치와 성과」(Vol.11 No.1), 『영어교과교육』, 한국영어교과교육학회, 2012.

김기언, 「한국 대학평가 관련자의 권력구조와 대학평가」, 『현대사회와 행정』(Vol.14 No.2), 한국국정관리학회, 2004.

김삼웅(독립기념관장), 「선비들의 사대 곡필과 주체적 글쓰기」, 『인물과 사상』(10월), 2007.

김은성 외, 「2012년 국어 정책 통계 조사」, 국립국어원·이화여대산학협력단, 2012.

김정남, 「한국어 대명사 '우리'의 의미와 용법」, 『한국어 의미학』(13), 한국어의미학회, 2003.

김정호, 「우리·알·얼의 어원과 어의변천 연구」, 『어문연구』(48), 어문연구학회, 2005.

남경숙, 「영어 몰입 교육에 대한 인식 연구 : 교사, 학생, 학부모를 중심으로」, 부경대학교 일반대학원 영어영문학과 박사학위 논문, 2010.

박영준 외, 「영어를 공용어로 쓰는 국가의 언어 실태와 문제점」, 문화관광부, 2003.

박희병, 「병신에의 시선(視線) - 전근대 텍스트에서의」, 『고전문학연구』(24), 한국고전문학회, 2003.

안인희, 「우리말—피진 중국말과 피진 영어?」, 『새국어생활』(제15권 4호), 국립국어원, 2005.

이정연·최원준·손나비·강병덕, 「대학교 전공영어강의의 전공학습 효과 및 효과적인 학습 전략과 교수법」, 『교과교육학연구』(Vol.17 No.3), 이화여자대학교 교과교육연구소, 2013.

정은하, 「중앙일보 대학평가 평가지표와 대학순위의 관련성 분석」, 중앙대학교 대학원, 석사논문, 2012.

조태린, 「공공언어 문제에 대한 정책적 개입 방식」, 『한말연구』(제27회), 한말연구학회, 2010.

조현연, 「대학종합평가와 성과관리」, 『産業經營硏究』(No.15), 가톨릭대학교산업경영연구소, 2007.

한학성, 「대학 영어강의, 그 참을 수 없는 위선의 가벼움」, 한말글문화협회 주최 한말글 사랑 이야기 마당 발표문(발표날짜: 2013.05), 2쪽 살핌. 출처: http://blog.daum.net/lonestar71/8377776.

3. 신문기사

「론셜」, 독립신문, 제1권 제8호, 1896.4.23.

곽성순 기자, 「잊을만하면 터지는 의학논문 조작…잘못된 관행 탓? [커버스토리] 경직된 상하관계와 삐뚤어진 의리로 '공짜저자' 등 관행 여전」, 청년의사, 2013.12.16.

곽희양·김지원 기자, 「학령인구 감소 반영, 수도권 국·공·사립대도 일률적 정원감축」, 경향신문, 2014.01.09.

김기중, 「서울시내 주요 대학 영어강의 '상승곡선' 학부 3.45%·대학원 7.83%↑…'질적 기준 마련' 지적도」, 한국대학신문, 2008.02.15.

김기태, 「경원대, 3대 과학저널 논문에 5억 성과급」, 한국대학신문, 2007.10.15.

뉴스 대학경영, 「한양대 '영어로 수업' 교양강의 첫 개설」, 한국대학신문, 2006.02.10.

_____, 「정운찬 "영어강의만 능사 아니다"」, 한국대학신문, 2006.10.24.

대학평가팀 안석배 기자(팀장), 「[2009 아시아 대학평가] "연구수준이 대학수준"… 연구능력 60%, 교육수준 20% 비중」, 조선일보, 입력 : 2009.05.12.

대학평가팀, 「[2009 아시아 대학평가] 11개국 463개대(大) 첫 분석 '연구 능력'에 높은 점수」, 조선일보, 2009.05.12.

_____, 「[2009 아시아 대학평가] 충남대 '교원당 논문수(數)' 연·고대 앞서… 지방국립대 약진」, 조선일보, 2009.05.12.

민주화를위한전국교수협의회·전국교수노동조합·학술단체협의회 공동성명, 「서남표 카이스트 총장은 즉각 사퇴하고, 모든 대학 당국은 "서남표"식 경쟁교육을 협력적 엘리트교육으로 전환하라!」, 2011년 04월 11일 13시.

민현희 기자, 「'대학구조개혁' 2회 연속 최하위大 자동 퇴출교육부 추진계획 발표 … 대학 5개 등급 분류해 정원 감축」, 한국대학신문, 2014.01.28.

백수현, 「세계 양대 국제인용색인 'A&HCI'·'SCOPUS' 등재」, 한국대학신문, 2012.08.20.

손우정, 「왜 대학은 〈중앙일보〉에 쩔쩔매는가? [게릴라칼럼] 삼성 '총장추천제'만큼 심각한 언론의 대학서열화」, 오마이뉴스, 14.01.27.

손현경 기자, 「제주대 학부생이 SCI급 논문 10편 발표 '화제'」, 한국대학신문, 2014.01.23.

송아영, 「한상근 KAIST 교수, '우리 말 강의하겠다' 선언」, 한국대학신문, 2011.04.11.

안석배 기자, 「[글로벌 명문 포스텍] 내년부터 학생 입학사정관제 도입」, 2010.09.07.

이다솜 기자, 「세종대왕이 울고 갈 초등학생 언어?...누리꾼도 '알쏭달쏭'」, 뉴시스, 2013.05.27.

이덕환, 「〈대학시론〉 진정한 대학의 국제화」, 한국대학신문, 1999.06.02.

이성일 연세대 영문학과 교수님의 정년퇴임 고별사(2009년 2월 19일)

이항수 특파원, 「[2009 아시아 대학평가] "한국 대학 당장 영어로 강의하라"」, 조선닷컴, 2009.05.12.

이희진 CBS사회부 기자, 「[Why뉴스]왜 영어강의가 문제인가?」, 노컷뉴스, 2011.04.20.

임아영·김형규·정희완·백승목 기자, 「영어에 갇혀 학문·연구 뒷전 "사제 간의 소통 생각도 못해"」, 경향신문, 2011.04.11.

정성민, 「올 대학가에는 어떤 일이? 4·15 총선 참여, 중·장기 발전계획, 50주년 기념행사」, 한국대학신문, 2004.03.06.

_____, 「한국외대, 고속 승진·조기 정년보장제 시행」, 한국대학신문, 2009.01.19.

조양희, 「[고려대] 영어강의 가능해야 교수 임용」, 한국대학신문, 2003.03.15.

최성욱 기자, 「충남대 학부생 'SCI'에 논문 게재 '화제'」, 한국대학신문, 2013.12.04.

한용수, 「서울대 교수 채용 "영어 못하면 탈락"」, 한국대학신문, 2007.11.20.

_____ ·신하영·정성민·민현희·김형·이정혁 기자, 「대학평가 재탕기사 게재, '서열화' 우려. 〈조선일보〉 '2009 아시아대학평가' 5월에 이어 6월 23일 기사식 광고 붙여 게재」, 한국대학신문, 2009.06.26.

헤럴드 생생뉴스, 「조국 교수 "서남표 카이스트 총장 물러나야"」, 헤럴드경제, 2011.04.08.

홍기삼, 「대학가 원어 강의 확산」, 한국대학신문, 1999.11.08.

4. 인터넷 자료

대학평가팀, 「[2009 아시아 대학평가] 충남대 '교원당 논문수(數)' 연·고대 앞서... 지방국립대 약진」, 조선일보, 2009.05.12. http://news.chosun.com/site/data/html_dir/2009/05/12/2009051200129.html?related_all

대한출판협회 누리집(www.kpa21.or.kr) > http://www.kpa21.or.kr/bbs/board.php?bo_table=d_total&wr_id=117

두산백과, "쿼크" 항목 살핌

중앙일보 대학평가, 「2010 최근5년 간 주제별 연구 경쟁력 조사」. 출처: http://univ.
　　joongang.co.kr/customer/pds_list.asp(자료실)

　　　　　　　　　, 「2010 중앙일보대학평가 지표설명 및 계산법」(엑셀 파일), 퍼온 곳:
　　http://univ.joongang.co.kr/university/

　　　　　　　　　, 「2013 중앙일보대학평가 지표설명 및 계산법」(엑셀 파일), 퍼온 곳:
　　http://univ.joongang.co.kr/university/

한국연구재단 홈페이지(http://www.nrf.re.kr/nrf_tot_cms/index.jsp?pmi-sso-
　　return2=none)

사이의 사무침 03
하얀 이야기

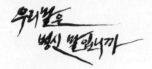

1판 1쇄 펴낸날 2014년 09월 30일
1판 2쇄 펴낸날 2015년 03월 20일

지은이 구연상

펴낸이 서채윤
펴낸곳 채륜
책만듦이 김미정

등록 2007년 6월 25일(제25100-2007-000025호)
주소 서울 광진구 능동로23길 26
대표전화 02-465-4650 ㅣ **팩스** 02-6080-0707
E-mail book@chaeryun.com
Homepage www.chaeryun.com

© 구연상, 2014
© 채륜, 2014, published in Korea

책값은 뒤표지에 있습니다.
ISBN 978-89-93799-32-3 93800

이 도서의 국립중앙도서관 출판예정도서목록(CIP)은 서지정보유통지원시스템 홈페이지(http://seoji.nl.go.kr)와
국가자료공동목록시스템(http://www.nl.go.kr/kolisnet)에서 이용하실 수 있습니다. (CIP제어번호: CIP2014026037)